32

林行止作品集粹

騁懷寫讀

林行止

著

www.cosmosbooks.com.hk

書　　名　騁懷寫讀

作　　者　林行止

編　　校　駱友梅

封面設計　郭志民

出　　版　天地圖書有限公司

　　　　　香港皇后大道東109-115號

　　　　　智群商業中心15字樓（總寫字樓）

　　　　　電話：2528 3671　傳真：2865 2609

　　　　　香港灣仔莊士敦道30號地庫／1樓（門市部）

　　　　　電話：2865 0708　傳真：2861 1541

印　　刷　亨泰印刷有限公司

　　　　　柴灣利眾街德景工業大廈10字樓

　　　　　電話：2896 3687　傳真：2558 1902

發　　行　香港聯合書刊物流有限公司

　　　　　香港新界大埔汀麗路36號中華商務印刷大廈3字樓

　　　　　電話：2150 2100　傳真：2407 3062

出版日期　2017年12月／初版

3

騁懷
寫讀

目　錄

林行止作品

5

逆水行舟大不易
反其道行勝一籌

一、

　　去年底一連三天談「美國第一大淡友」，寫了萬餘字，卻意猶未盡。樂飛費筆下的李雲摩，認為投資者的致命傷是「無知、貪婪、恐懼和奢望」，這些與生俱來的品性，從無大變，那意味投資者作決策時，仍受品性「引力」所左右。

　　顯而易見，「無知」容易令投資者聽信他人，尤其是「財經演員」的意見進行買賣（財經「演員」大多是既得利益集團的僱員，他們的特點是很少也許從不如實地公佈本身的投資成績）。「貪婪」會使投資者想以刀仔鋸大樹、對那些「在六個月內從十萬元變為數十萬元」的投資「機會」發生興趣，進而把儲蓄養老的資金押上；「恐懼」是令投資者一見「勢頭不對」便不問價位沽之哉，錯失跌而復升的獲利機會；「希望」則使投資者相信「明天會更好」，於跌勢已成的熊市初期，不肯壯士斷臂割掉，損失結果不問可知。

李雲摩同時指出，「羊群本性」（herd instinct）是通病，這便是中環中人知之甚詳的「盲目跟風」，如火如荼的申請新股狂潮，便是顯例，試問參與其間的人有多少了解相關公司的情況（他們知道的只是「新股上市價位必升」）；「羊群行為」（herd-like behaviour）是許多股票、商品期貨以至匯價暴漲急瀉的動力（人民幣匯價之大幅波動，肯定也是與此有關），是經紀行及相關行業的重要賺錢機會。

要採取甚麼態度才能克服上述的人性「痼疾」？答案是不可能，因為「江山易改本性難移」，那才是顛撲不破，只有極少數特立獨行而又富思考的人才能冷靜地採取與「羊群」盲動「背馳」的方法，火中取栗，這樣做的人被稱為「逆行者」（contrarian，翻查數本英漢字典，均不收此字；《新保爾格萊夫金融辭典》〔*The New Palgrave Dictionary of Money and Finance*〕卻有整整一頁的解釋）。在「逆行者」心目中，「財經演員」不外是一班身無寸縷的「皇帝」，其言不足信，信其言的「羊群」——股蟻的集體行為很少能夠得到好收成。「逆行者」不追隨「大勢」，他們的着眼點在那些評論界和「大行」視而不見的股票。

「逆行者」不肯跟風其實不是沒有所本，學者如莫狄亞的研究（見《行為金融學指南》〔J. Montier: *Behavioural Finance: A User's Guide*〕）顯示，機構投資者買入的股票組合（包括不同性質、規模的企業，

價值股及增長股），其價格水平比他們賣出時平均相差 17%，那等於說基金經理買賣皆錯，照他們的指示「跟出跟入」的當然是會吃大虧。在這種情形下，逆市而行的股民便有得着的空間──最低限度不會成為機構投資者的陪葬供品。

逆大勢而行而欲有斬獲，困難不下於「逆水行舟」。「逆市者」幹與群眾相反的取捨，不等於群眾看好你看淡便能袋袋平安，那即是說，「羊群」東奔你西走，絕非能有斬獲的保證；而且這樣等於你的投資是受「羊群」動向操控，而「羊群」未必全是錯着。事實證明在牛市和熊市初期，股蟻盲動帶來利潤的機率不低。所謂「絕不準確的時鐘每天亦有兩次準確」，正是「羊群」投資有時會有所得的寫照。

「逆行者」的特色是自己的個別思考，是筆者常說的、投資者應做資金的主人；當「羊群」向南之時，你不是往北，而是可能東奔西走，亦不排除「隨大隊」向南推進。總而言之，投資者必須憑自己的盤算而非盲從「大趨勢」，視其為尋寶的地圖。大家知道，成功投資者的其中一個性格元素是富膽識，這是「逆行者」不可或缺的特質。逆向而行有時很孤獨，會受家人朋友相識訕笑，因此敢於不接受大家公認的勢頭，才能有望成為有大成的「逆市者」！

騁
懷
寫
讀

二、

　　筆者公開發表的第一篇「書評」（讀者隨筆），是刊於《信報月刊》創刊號（1977年3/4月）的〈「相反理論」是可行的投資方法嗎？〉，評介50至70年代美國著名投資理論家堪富利・尼爾（H. Neill）鼓吹甚力的「相反理論」。自從1949至1974年，他所主編的《相反意見》（*Contrary Opinion*）雙週通訊自1962年開始，每年召開一次公開論壇，宣揚「相反理論」；在1963至1975年那十二年內，他又編彙一份月刊《反芻者》（The Ruminator），對「相反理論」的廣泛應用作深入的研究，先後寫過兩本風行不輟的小冊子 *Ruminator* 和《反向思考的藝術》（*The Art of Contrary Thinking*）。

　　尼爾是「相反理論」的始創者，在他之前，雖有近似的主張被提及，但將之理論化和發揚光大，使「相反理論」成為一門證券投資不可或缺的「藝術」，正是此公。

　　根據尼爾的觀察，華爾街投資者經常對消息作出失利的反應，在錯誤的時間入市和離場，因此一個成功的投資者必須具有「相反理論」的常識。那即是說，在股市中只有「反潮流」的少數才有較大收穫。

　　尼爾認為，大眾對股市的一致看法，其正確性必須受到質疑；因為他們在十個決定中，通常出錯的判斷會

達九項之多，因為群眾心理受興奮和恐懼的情緒蒙蔽，欠缺投資決策時最不能少的清醒推敲和思前想後的反芻。換句話說，他們對消息的反應過敏和衝動，因此未能謀定而後動。

「反潮流」的投資法有其歷史根源。尼爾舉出的歷史事例有二。一是發生於17世紀30年代「鬱金香狂潮」，當時歐洲人對荷蘭特產鬱金香（Tulip）的愛好釀成一次搶購狂潮，使鬱金香花苗價格飈上九重天，結果因此而破產的人以萬計（按尼爾所據當然是小說化的《瘋眾》）；其一為發生於1720年英國的「南海泡沫」，南海公司1711年在倫敦成立，從事西班牙及美洲的貿易，1713年英國海軍大敗西班牙艦隊，國力如日中天，先後與西班牙、法國、荷蘭等簽訂對英國非常有利的條約（直布羅陀海峽便是當時割據得來），英國的軍事和外交勝利，使很多人看好擴展外貿的南海公司前景，股價節節上升，一些「未經證實」的消息源源傳出，市民瘋狂搶購它的股票，直至「壞消息」出現，戳破氣泡，股價暴跌，不僅小投資者血本無歸，連皇室亦瀕臨破產的邊緣，還把當時的政府拖垮！

尼爾認為基本上群眾最易受騙，他們的生活方式、教育、娛樂、服飾、詞彙、飲食習慣、居住環境、所讀的書報雜誌和所看的電視頻道都差不多，這使他們對某件事有幾乎雷同的反應。現在，由於電視機特別是網絡的普及，群眾對事物的反應更趨一致。

寫讀

騁懷

究竟投資基金經理、證券分析家、大投資或投機者應對這種群體現象持甚麼態度和採取甚麼行動，才能達到利潤目標？尼爾這本只有一百二十四頁的《反芻者》提供部份答案。尼爾指出，愈來愈多的投資基金經理，由於他們的背景與環境近似，因此行動愈來愈像「羊群」，有時他們一齊買貨，以致股價突然上升；有時卻一致沽貨，使股市跌個不亦樂乎。他們這種心態和被稱為「股蟻」、「盲俠」的小投資者如出一轍；許多投資基金一敗塗地，就是這種因素所促成。

要在股市中有所收穫，尼爾認為，你必須瞻望前景，盡量做到不受當前過份樂觀或過份悲觀的群眾情緒所影響。尼爾理論的正確性毋庸置疑，可是知易行難是致命弱點；「時機」（timing）仍是把「相反理論」付諸實行的最大障礙。

筆者選評尼爾這本小冊子的原因，是因為「反其道而行理論」是可令投資者清醒冷靜的方法，但投資者不能寄望從這類著作中獲得「一定有賺頭」的投資法則，因為這從未存在過。筆者觀察股市動態的時日不算短，得出的結論是任何投資方法的失敗與成功機會相等；最重要還是對「時機」的掌握，那是天下第一難事！

筆者愈來愈感到投資技術的理論與應用，往往含有返璞歸真的意味。投資者通常從「實力」（fundamental）入手，經過一段花樣百出、「古靈精怪」的技術性鑽研後，最後只有回歸「數據」，因為對

「實力」的衡量、評估,才能悟出獲利之道!不過,如今主宰投資市場去從的是「資金流向」,數以萬億美元計的熱錢在世界各地流竄,它們投入便百物騰貴,抽出便跌個不亦樂乎;因此,在當前的機制下,影響股市升沉的,無疑是掌握大額熱錢的機構投資者,可是他們卻非賺錢的必勝客!

2016年1月14日

兩腳書櫥三腳貓
咯咯雞啄色迷迷

■翻閱清趙翼《陔餘叢考》，見頁九一八有〈兩腳書櫥〉條：「齊陸隆學極博，而讀《易》不解文義；王儉曰：『陸公書櫥也。』今人謂讀書多而不能用者為『兩腳書櫥』，本此。」近日一位表現不佳的高官揚言自己日讀一書，而他說的「一書」包括「雜誌」和「刊物」云云，兩者究竟如何混為「一書」，媒體似無「深層分析」，且讀「書」時的態度是隨意、是輕可如飲茶食飯……，庸庸得色，以此「兩腳書櫥」老成語贈之，誰曰不宜?!

趙翼（1727-1814）是清代大學問家，本書之外，重要述作還有《二十二史札記》。和香港這位大官不一樣，趙氏做官時公務纏身，無暇讀書，致仕回鄉後才「靜心讀書……日夕惟手一編，有所得輒札記別紙……。」遂有數巨構傳世。

筆者對我國文人喜把同行登徒子形容為「風流倜儻，到處留情」，甚為反感；對那些辭官後寫詩作文自

鳴清高的士人，照例加上「為官清廉、深得民心」的評語，更可謂歪曲事實，縱容貪腐，遺害深遠，莫此為甚。以趙翼為例，今人說他「家境清貧」，寒窗苦讀多年，終於「中舉」，做官，46歲便「視富貴如浮雲，辭官還鄉而不出」，自此「息意榮進，專以著述自娛」。如此以讀書寫作為樂，過的當然是物質享受豐裕「揀飲擇食」婢僕成群的名士生活。《中國歷代人名大辭典》（二卷本，上海古籍出版社）所收數千歷代名人小傳，那些致仕後歸隱田園吟詩作對埋首著述的，十之八九是「為官清廉」之輩。然而，看楊聯陞的《國史探微》（新星出版社）及完顏紹元的《趣說古代官場生態》（福建人民出版社），知古代官僚的俸祿非常菲薄，不少過的是僅堪溫飽有時且不能餬口的清寒生活，他們又如何能「兩袖清風」回故里優游林下讀書吟詩著述？不必諱言，他們那些出身清貧的都曾貪……。後人所以為「尊者諱」，全因他們有詩文傳世！這種因為慕其文名而罔顧事實為其貼金的寫法，誤導後人至今！事實上，我國古代（以至當代）是無官不貪的——他們受「專門利人毫不利己」這類假大空理想的誤導，結果莫不栽在白花花的銀子堆上。

　　■書名「陔餘」，意為「循陔之餘」；據作者的〈小引〉，本書「為循陔時所輯」，而「循陔」是「恪盡孝道奉養父母」之謂，「語出晉人束皙的詩作〈南

陔〉」。趙翼辭官奉侍老母（「乞養歸」），盡「循陔之事」；五年後母逝，遂名其雜著為「陔餘」。

順便一提，奉養雙親又稱「夕葵」，《高陽雜文》（台北風雲時代出版）頁一三一說「夕葵」有養親之意，典出杜詩「孟氏好兄弟，養親唯小園，負米夕葵外，讀書秋樹根」。後人引「詩」據典，「夕葵」便與「養親」同義。

《辭源》不收「循陔」及「夕葵」，因作說明如上。寫此百餘字，用去半天時間，因為「小時候」讀高陽，記得有此典故，但書欲用時方不見，尋尋覓覓，消耗不少時光。

■去年12月下旬談「早午餐」及「點心」，語焉不詳，今見《陔餘叢考》頁九一九有〈點心〉條：「世俗以小食為點心，不知所始。按吳曾《能改齋漫錄》云：唐鄭傪為江淮留後，家人備夫人晨饌，夫人顧其弟曰：『治妝未畢，我未及餐，汝且可點心。』其弟舉甌已罄。俄而女僕請飯庫鎖匙，備夫人點心，傪訴曰：『適已點心，今何得又請？』是唐時已有此語也……」。

清人不知「點心」始於何時，趙翼翻查典籍，指出「點心」一詞唐代已有。

「點心」一般英譯Dim Sum，陸谷孫教授主編的大型辭書《中華漢英大詞典》（識字分子應購備）譯「點心」為light refreshments及文雅的to snack to allay hunger；把動詞to改為名詞a似較恰妥。無論如何，筆者以為「點心」譯為pintxo更妙，此物為西班牙巴斯克地區「特色食物」，除體積差異，與tapas相若，與粵食蝦餃燒賣之類「點心」大小類同，符合小巧玲瓏的「點心」之義。此字雖為比中文和希臘文還古雅難學且與「祖家」西班牙文兩不相干的巴斯克文，惟早在英語世界通行，「食家」無人不識也。

　　■去年7月中旬寫「東雞西漸雜記」系列，對雞的種切，茲茲在念，近（1月11日）見discovermagazine.com有題為〈雞隻偏愛美人〉（Chickens prefer beautiful humans）短文，大喜；該文引述一組研究員的「實驗」，得出雞隻具「偏愛美人（男和女）的天性」；研究員在雞籠裏放置一系列美醜有別的男女臉部特寫相片，結果發現「公認（該大學學生一人一票選出）最美者」被啄次數最多；反是，雞則望望然而不啄。真是信不信由你。不過，從研究員根據電腦記錄的「啄美人」次數繪成的圖表，則不由你不信。雞與人的審美觀點一致，這是第一次聽聞。

　　寫「第一次聽聞」，顯見筆者孤陋寡聞（誤把蔡英文先生當作蔡英文女士是一例）。翻書，原來科學家的有關發現，早於2002年完成，是年三位瑞典斯德哥爾摩大學分屬動物研究所和跨學科文化研究院的學者，在第十三卷第三期的《人性學報》（*Human Nature*）發表

懸
騁
讀
寫

同名論文，結論便是「雞愛美人」——公雞迷美女、母雞愛俊男！

這項破天荒的發現，令這三位學者獲2002年哈佛大學的搞笑諾貝爾（Ig Nobel Prize）科學獎，翌年筆者才知有此獎（2003年10月14日首度介紹此獎〔見〈擬出「租國」計劃　獲頒另類諾獎〉，收《舞袖長風》〕），對「雞愛美人」遂無所聞。至於何以現在Discover Magazine突以新聞形式重彈此調，則非筆者所知。

（閒讀偶拾）

2016年1月21日

樓股匯跌航運殘
國際大鱷誇誇談

　　羊年將盡，猴年即至，不祥之象紛呈，預示猴年
不大安寧。困擾世人未完未了的天災人禍，舉其犖犖大
者，有難民潮、天氣反常、恐怖襲擊、內戰烽火、國
家崩潰、網絡攻擊……，這些大家耳熟能詳的「壞消
息」，由於大多發生於與香港沒有直接政經聯繫的遙遠
國度，港人尚能以袖手遠眺的心態大呼「好驚人」，而
泰然自若。在經濟線上，股市和期市的急挫以至匯市吹
無定向風，卻令人心浮氣躁、手忙腳亂，甚至有切膚之
痛的金錢損失。

　　事實上，市場上種種不合常理有違邏輯的反應，才
讓富於思考的投資者煩惱不已——無錨紙幣隨印隨有，
其中以始作俑的美元最多，以常理度之，美元匯價應
如地底泥，然而，美元匯價卻一枝獨秀；氾濫市場的美
元有價，以之定價的多項商品相應地「低價不算低」，
雖說這些商品價格因經濟放緩需求萎縮而下挫，但它們
不像紙幣，不是無中生有之物，而且不少還是日常必需

品，其價格暴瀉，完全不合道理……。不按常理的走勢，令不少投資者——「盲俠」和精通投資之道的——叫苦連天！

*　　　　*　　　　*

「環球股災樓市轉弱元朗凹頭住宅地流標」，那是昨天《信報》頭條的新聞題目，反映了「62%受訪者認為，未來一年樓價將會下跌」的預期；同一民調顯示2015年看淡樓價前景的只有22%！

樓價升降的理由，相信讀者都有一套了然於胸，筆者過去說之已屢，現在「並無補充」；今天要舊調重彈的是，經過過去數十年的反覆上升，大多數港人已在置業與「賺住賺價」之間畫上等號，而這正是促使港人奮不顧財力亦要置業的根本誘因。在土地供應有限（有自然的土地不足亦有人為的「不賣地」）條件下，人人置業的結果便是樓價攀升至「世界最貴」的水平。事實上，香港樓價不僅「世界最貴」，還是世上置業者最難負擔（香港已「六連冠」），昨天的消息顯示，Demographia最新的報告，去年香港樓價中位數（五百五十六萬一千港元）是港人年入息中位數（二十九萬三千元）的十九倍左右，高於2014年的十七倍！

香港樓價最貴和最難負擔，早非新聞；然而，樓價

所以能夠長期處於「最高」後出現「更高」的情況，皆因「賺住賺價」已融入港人基因有以致之，但如今大多數（是否代表大多數人，筆者不敢肯定）被訪問者看淡未來樓價，那意味對新樓和二手樓的需求放緩，後果已寫在牆上。

現在的問題是，如果當局不在「適當」時候「減辣」或收緊「覓地建樓」策略，等於放任樓價下跌，日後再要製造一次令市民有「買樓必賺」憧憬的市況，絕非易事。這是當前香港樓市令人傷神之處。

$*$ $*$ $*$

世界經濟發展呆滯不前，最有說服力的證明是國際貿易大幅放緩，中國出口集裝箱運價指數（CCFI）去年底較2003年高峰時跌去近半（從一千一百八十點水平跌至七百五十點左右）：一個四十呎標準貨櫃從荷蘭鹿特丹運至上海，只收三百美元，僅夠支付「燈油火蠟」——已大幅減價的燃油、處理（手續費）及運河（蘇彝士）收費。有論者指出，如果你外遊一年，把傢俬雜物裝進貨櫃「遊船河」的費用，比把之存入「迷你倉」廉宜。昨天（26日）彭博消息指，一艘一千一百呎商船的日租是一千五百六十三美元（比高峰跌92%！），加上大約四千美元的燃油費，還不及一架法拉利F40（1987至1992年生產，一共一千三百一十一

架;現價一百六十多萬美元)的日租五千五百九十七美元!航運業之不景,概可想見。

　　航運收費大跌的原因有二。其一當然是經濟不前令國際貿易量減縮;其二則為在國際貿易黃金期航費最昂貴時,船東錯估前景(這種情況股市投資者最清楚,今年每股賺一元,論者必然「順藤摸瓜」預測明年盈利比今年更上層樓),訂造大量新船(下訂單時當然以為非如此不足應付預期會不斷增加的需求);製造一艘大型貨櫃船大約需時三年,結果不問可知,新船落水時「巧逢」貨運衰退,因此出現噸位大增收費大降令船東血本難歸的情況。船東毫無例外向銀行融資訂購新船,如今不僅「生意難做」且逢開始加息,經營壓力,港人皆見。船公司為「救亡」不得不「蝕訂」取消造船訂單,丹麥的馬士基(Maersk)月前便取消六艘三E級巨型貨櫃船……,航運不景,造船業自難置身事外!

　　去年中以來,船公司紛紛「分散業務」應變,在碼頭、離岸鑽油及船隻維修上投資;另一方面,船公司紛紛聯營,以減輕成本和「穩定」船費。這樣做的成效,有待觀察;如今大家可見的是,由於運貨及船隻成本下降,貨價相應低廉,消費者肯定可以受惠——這亦是通脹漲不起通縮在門前徘徊的原因之一。

　　　　＊　　　　　　＊　　　　　　＊

有「外匯大鱷」別號的大炒家索羅斯「預測」，中國經濟硬着陸（「散晒」之謂也），他因此拋空亞洲貨幣。方卓如週一在他的專欄指出，大炒家不會「事先張揚」他的投資策略，事實上，他入貨或沽貨後才「公佈周知」。從人為私利而忙的角度出發，他這樣做合理合法，問題是投資者應否跟進。對此，方君有一針見血的分析，當大鱷公開說出買賣情況時，必然是他已打算「平倉離場」；換句話說，後知後覺的投資者便可能成為大鱷點心！

近日有關索羅斯的報道，主要集中在他看淡中國經濟前景，這種見解是否正確，難說。筆者的看法是，中國經濟陷入高成長後的下降循環，惟以中國的政治結構，北京當局肯定不會讓相關的困難在統計數字上展現（因此，索羅斯認為中國的GDP增長只有3.5%，肯定與當局公佈的數字不符），領導人說了算數，中國GDP增幅不會乖離已公佈的數字。任何有點經濟常識的人都知道，指令（計劃、規劃）經濟尤其是在低息環境下，必會造成嚴重經濟資源浪費。問題是以中國當前的「國力」，絕對有辦法有財力把這些浪費資源化於無形。當然，這筆爛賬遲早要算，但肯定不會在政權穩如磐石的時候出現！

此間傳媒似未提及的是，索羅斯對中國的深度看法，見一月號的《紐約書評》（*Nybooks.com*），在訪問快結束時（訪問稿長達十頁），他指出以歷史角度

讀懷騁寫

看，中國的地位十分重要，但她的巨額外匯和人民對現屆政府的無比信任（Trust；因為成功克服了不少老大難的問題），正在急速流失。前者因私人（海外投資者及內地官商豪富）「走資」及官方「托（匯）市」，後者則因政府同時做了很多錯誤決策；在眾多錯誤決策中，令筆者眼睛一亮的是，索羅斯認為打貪而沒有獨立傳媒，注定失敗！對此讀者應有同感，對何以沒有能夠暢所欲言的傳媒便不能肅貪的原因，肯定大家心中有數，不說也罷。

在達沃斯論壇上發言，索羅斯進一步分析他在《紐約書評》訪問中強調中國對世界性通縮有「負面影響」；在論壇上他更指出中國目前的經濟處境，造成「環球通縮、商品價格下挫及競爭性匯價貶值」……。

此間投資者最關注的，也許是人民幣匯價會否繼續「下行」，這不易有正確「預測」。市上最流行的說法是，就刺激經濟增長上，北京已無計可施，只好藉貨幣貶值以促進出口，但實際上北京正動用大量美元購進人民幣以支撐其匯價不致縱身下滑——僅去年12月便花了一千零八億美元，如果她有意「以鄰為壑」（譯「搶鄰居」俗卻傳神），便不會用「得來不易」的珍貴外匯在市場上購買人民幣了。

〔財經近事雜記·二之一〕

2016年1月27日

濫發紙鈔狂賒借
哀鴻遍野美匯威

　　羊年將盡，當前世界經濟搖搖欲墜，導因是美國聯儲局猛發紙幣令信貸氾濫融資幾乎無代價所致。研究上世紀二三十年代經濟大蕭條有成的奧國學派，早已指出過度寬鬆的貨幣現象會造成經濟資源大浪費，事實果然如此。眼前情勢比約百年前的更複雜、較嚴峻，此為看中聯儲局「在直升機上撒銀紙」令資金成本近乎零的「機會」，令新興市場銀行、國營企業和私營機構，莫不大舉擴展借進極低息甚且無息的美元，「擴充營業」（特別是為了達致上級交下的增長目標），以致各行各業都出現「資本性投資（設備）過剩」的普遍現象。

　　在一「寬」三大情形下，聯儲局於「深思熟慮」後提高美元利率，債台高築的美元債務人便陷入無法自拔的困境，加上因時局不靖而成避難貨幣的美元更逞強勢，匯價節節上升，賺取相對弱勢貨幣的美元債務人，百上加斤、叫苦連天，以至無力還債而醞釀財政危機。大家應該留意的是，在金融市場裏，還債是借貸

騁懷
寫讀

者唯一不能逃避的事（Debt is the only thing real!），這即是說，借債的便有無法推卸的法律（道德且不去說）責任，到期一定要還。加息及強勁的匯價令他們痛不欲生，經濟發展呆滯不前，而促使經濟前景難以樂觀的是，2008年那場華爾街引發的金融危機，其所以不致釀成世界性經濟恐慌，除了聯儲局不顧後果的「量化寬鬆」，更重要的是新興國家、尤其是中國經濟興旺，如今不僅她們的經濟增長明顯放緩，且深受債務及產量過剩之困，已無力再度刺激本土經濟，世界經濟遂「受累」而欲上乏力！

債務重壓如何紓困？在經濟向前動力放緩的情形下，以新債養舊債不失為救一時之急的權宜辦法，但是長期會把債務人推進破產邊緣。

至於解決債務的辦法，人人會說的是經濟增長、通貨膨脹及破產。經濟增長令百業興旺，債務負擔有望受惠於水漲船高而有財力償還；通脹等於貨幣購買力萎縮即借入的一元，還債時可能只需八角，減輕了債務負擔；至於破產，是一了百了一拍兩散，這當然是在無法可想下才會出現！

除了上述三種情況，戰爭是最徹底減債的辦法。突然提起戰爭，是《原子科學家學報》（*Bulletin of the Atomic Scientists*〔*The Bulletin.org*〕；美國向廣島及長崎擲原子彈後有關科學家於1947年在芝加哥創辦「供外行人閱讀的學報」）昨天（美東時間週二）發出公告，

指該刊為記錄「人類面臨毀滅性災難」而創設的「末日鐘」（Doomsday Clock），有三分鐘便到「午夜」——三分鐘是指「很快」，「午夜」是指「環球翻天覆地大災難」（Global Catastrophe）。「末日鐘」所以如此接近「人類自毀」階段，《學報》指出有下列四項理由——第一、美國政府決定動用三千五百億美元，在未來十年強化、翻新其核武庫（軟件及硬件）；第二、南中國海的衝突升級；第三、中國、巴基斯坦、印度以至北韓都在充實核武火藥庫；第四、去年是有紀錄中最酷熱的年份。

美國原子科學家之言不必盡信，他們採用的「末日鐘」亦不一定「科學」，即可能準確亦可能不準確；惟他們指陳的四項事實，的確會危害世界和平。萬一「世界性大災難」來臨——第四次世界大戰的犀利武器是石頭——等於債權人與債務人同為灰燼，那還說甚麼應還未還的債務!?

* * *

1月22日，國際勞工組織（ILO）公佈年度就業調查，指出未來一年世界性失業率將惡化。造成失業率上升的原因，除了科網業並非勞工集約行業、投入服務的機械人增加之外，主要還是商品期貨大跌價，令眾多相關行業（從原料開採、生產到消費品製造）並無可為，

不得不解僱大量工人。該組織又指出，去年環球失業人數一億九千七百萬一千，比2007年（金融危機前）增二千七百餘萬，今年失業人數預期一億九千九百多萬，而2017年將突破二億人。調查顯示先進國家，除了若干歐盟成員，失業情況未見惡化，那意味發展中（新興）國家首當其衝，將面對失業情況惡化的打擊。中國社科學院農村發展研究所教授、社會問題研究中心主任于建嶸，昨天在財經網誌發表題為〈我國三類隱性失業人口正在形成〉的短論（Comments.Caijing.com.cn），扼要分析了內地「名義上就業了，實際上卻處於一種失業或半失業狀態」。這類稱為「隱性失業」的人數近來大增。雖然文章並無提供具體數據，但很明顯，城鎮職工、農村剩餘勞動力和大學畢業生的「人浮於事」情況最嚴重。事實上，這種情況世界各地都有，只是ILO並未進行調查。換句話說，隱性失業令各地就業情況愈來愈不樂觀。

非常明顯，失業人數增加，不管失業福利制度多完善，亦會拉闊本來已呈兩極化的貧富懸殊鴻溝，在「六十二名超級豪富坐擁等於世上一半窮人的財富」即貧富絕對不均的情形下，如果政府再不「左傾」、不傾向「社會主義」，不以扶貧為施政主軸以至取消一些給予富裕階級的稅務優惠，世界各地將難有寧日。

自從評介皮格蒂那本膾炙人口的《21世紀的財富》（2014年6月）後，筆者多番為文希望資本主義世界應

在扶貧上多做工夫⋯⋯。去週《金融時報》國際事務首席記者在報道「達沃斯論壇」活動時，指出目前不少國家出現的「政治現象」（Political theme）是「反精英」（認為他們討盡便宜）、「對貧富兩極化憂心忡忡」及對政治人物貪腐極表憤怒⋯⋯。以目前的情勢看，特別是在失業會進一步惡化的趨勢已在形成，政府尤其是大有盈餘的，採取系列貧困階層可實質受惠的政策，是避免社會動亂促進「和諧」的必由之路。

資本家減肥的日子當來臨！

*　　　　*　　　　*

值此世局日趨凶險之際，筆者不期然想起19世紀大炒家彌敦・羅思財（N. Rothschild 1777-1836）說過一句千古傳誦的名言（亦是股市鐵律）：「血濺街頭是入市的好時機！」（原文為Buy on the Cannon, Sell on the Trumpets.）。他的意思是當加農炮開火、戰場上血肉橫飛時，保守投資者心驚膽跳，不問價位拋售股票（當時熱門投資媒介是股票，外匯期貨樓市尚未成形），他們的憂懼並非沒有道理，因為戰火可以摧毀一切，證券市場和上市公司的生意都可能毀於一旦，股票（和公司債券）遂成廢紙（當年的證券印刷精美、紙質極佳，廢券因此可做牆紙及燈罩），這即是說，他們的拋售是經過理性的分析和考慮。

　　和一般保守投資者不同，羅思財的看法遠為樂觀而且鞭辟入裏，了解到交戰雙方既有輸必有贏，後者可能搶掠搜刮前者的財富，造成獨贏之局；亦可能貸款給戰敗國重建經濟（在這種過程中戰勝國的企業當然佔盡便宜），共創財富形成雙贏，因此一聞炮聲便抓機會入市！

　　顯而易見，由於軍事科技的突飛猛進，「血濺街頭時入市」漸漸不合時宜，這是因為炮火的破壞力日益強大，「血濺」之後要經歷一段長時期才能復元，因此「血濺」時宜袖手旁觀，待「加農炮聲平靜」後入市，為時未晚。進入21世紀，情況又有所不同，因為現在國與國之間動武，即使俱非核武國，亦很易因大國介入而引爆核子戰爭，而其破壞力無與倫比，在這種情形下，欠債固然「一筆勾銷」，能否活命才是關鍵，持有甚麼投資媒介已無關宏旨。

　　不過，當這種情況出現或你預期快將出現時，「武功最高強」及有較可靠的導彈防衛系統的美國，便成世上富裕階級的資金（和人身）避難所，「血濺街頭……」也許可改為「導彈快橫飛是投資美國的好時機！」

　　〔財經近事雜記‧二之二〕

2016年1月28日

達爾文後知後覺？
孫悟空印裔華籍！

一、

　　筆者於2005年開始寫「生肖」，是年為乙酉雞年，專欄取題為〈猴嘯隨愁去　雞鳴喚福來〉（見《蕩魄驚魂》），「大吉大利」，此為留法學者游順釗博士傳來揮春之句，正合筆者「願景」，遂以之題拙文。

　　不經不覺寫「生肖」連本文已第十二年了！翻閱十二年前2004年一月號的《信報月刊》（總第三二二期）「猴年專輯」，除了朱鶴亭和朱有道兩位著名玄學家「測猴年香港運程」的大作，還有當年任城市大學首席講師宋立功的〈猴年是特區政府政治大轉型關鍵年〉，當時「弱勢政府管治面臨癱瘓」、「民主派的壯大、民建聯的搖擺不定及特區政府的持續弱化」，終於導致特區第一任行政長官董建華於連任兩年多後未任滿便以「腳痛」落台。可惜，香港政局的發展令人覺得「雞鳴」並未「喚福來」，十二年後的今天，香港市民「還政於民」的訴求不僅未獲北京正面回應，實際上還

是愈走愈遠！換句話說，政治沒有「大轉型」，而是香港市民不情不願地、順着北京設下的軌跡、艱苦蹣跚地爬行。

　　今回丙申猴年，始於2月4日（立春），玄學家翻查曆書，指出是「逢三破之年」，預示猴年困阻重重。二月號《信月》，請得玄學大名家蔡伯勵、盧恒立、李健麟、伍懷璞、文相濡及蔣匡文撰文，只要看看這些大作的題目，便知今年不論政治經濟，行事得十分小心。蔡文題為〈丙申辛苦年　股樓沉悶〉；盧文以〈寅申沖海陸空意外頻繁〉為題；李文是〈地運改變　奇門測股市：春天見底〉；伍文點出〈熒惑〔（熒熒如火……，使人迷惑）守心　天災人禍　政經波動〕；文文指〈猴年經濟衰退　屬水行業無生氣〉；至於蔣文則為〈銀根資金短缺　經濟不暢順〉。這些大作俱言之有物、持之有故，可說有益有建設性，讀者不應錯過；對於理性讀者，筆者認為曆法權威蔡伯勵這段話值得深思：「事先做好準備，遇吉固然皆大歡喜，逢凶也可心存警戒，雖然預言以天時為據，但所謂天時、地利、人和，總存在變化的可能，或吉中有凶，或凶中帶吉，惟有多做善事積福，自然可化戾氣為祥和。」當然大有道理，卻有點像「免責聲明」。

　　事實上，玄學有如經濟學，並非精確科學，其分析可因突如其來的客觀環境變化而荒腔走板，因此讀者只宜作為參考、談佐，不可照單全收。蜚聲國際的盧恒

立解釋何謂「迷信」，可圈可點可讀：「所謂迷信，就是你本身不認識這個事物，卻盲目去相信。例如別人講的説話，你從來不去找出根據和理由，就去盲目相信，這就是迷信。牛頓本身也是研究星座的，他説：『我學過所以我信，你沒有學過，不能批評我。』凡是你經過真正研究後，覺得值得相信的，便不是迷信。」這樣説來，只要經常拜讀有關玄學的文字，有點心得，雖然經常求籤問卜，便不入於迷信。

二、

　　説猴年無法不從一度被基督教會稱為「魔鬼使者」（The Devil's Disciple）的達爾文（C. R. Darwin, 1809-1882）説起，他所以有此別稱，皆因他在石破天驚的傳世巨構《物種起源》（*On the Origin of Species*），以演化理論，否定「人是上帝的產物」，大膽地指出「人是猴子的近親」！在神權比現在彰顯甚至霸道的19世紀，達爾文不見容於教會，是理所當然。不過，達爾文的發現，特別是他沒有否定「上帝的神力」，他只是説上帝沒有用亞當一條肋骨「變出」夏娃的「特異功能」而已，算是相當謹慎和克制，對教會表示了一定的尊重，教會不為已甚，令議會通過為他舉行國葬並讓他埋骨於西敏寺公墓，達爾文遂成為19世紀在此「聖人墓」下葬的五名非皇族成員的英國偉人之一。雖然教會至今仍堅持人類是上帝的傑作，實際上已無法不接受「物種

騁懷寫讀

演化」亦即人類是猿猴進化而成的説法；2008年，英國聖公會發出公函，為「誤解你的理論、作出錯誤的反應和鼓動他人對你的攻訐」，正式向達爾文道歉。雖然教會沒説明是否同意「猴變人」的説法，但肯向達爾文道歉，一切盡在不言中；天主教對此不置一詞，顯見聖公會遠為開放開明。

達爾文的猴子，指的是屬於「人科動物」（Hominidae）的猩猩（和黑猩猩），不是常見的猴子；但不論是哪種猴子（狐猴、跗猴、闊鼻猴、狹鼻猴、長臂猿、猩猩、黑猩猩……），形貌和生理條件等，都與人類相近，非虔誠基督徒的現代人，因此對達爾文「證實」「猴子變人」之説深信不疑，美國的「創世研究學社」（The Institute for Creation Research）甚至稱達爾文為「猴子後面的男人」（C. Darwin: The Man Behind the Monkey）！

人是猴子「演進」而來，是達爾文的「發現」，在我國卻是「古已有之」，安德明和楊利慧的《金猴獻瑞》（陝西人民出版社）第二章〈生民造物的始祖與英雄——神話中的猴〉，詳盡地活潑地記錄種種有關「猴子變人」的傳説和神話，大開眼界。據説「盤古王開天闢地時，大地上全是猴子，生的便是人類，盤古王很憂心，這些猴子渾身長毛，四肢動彈，只在樹枝間跳來跳去，長久下去，天下昏昏沉沉的咋個開交啊！」盤古王為牠（他）們配婚……。《金猴獻瑞》引藏文文獻《西

藏王統記》，細説由觀世音「點化」的一隻獼猴與岩洞
女妖發生關係而生育人類；四川甘孜地區亦流傳類似
「猴子生人」的民間故事……。不知成於何年何月亦不
知作者何許人的成語千句文，有「人猿揖別，挺起脊
樑；勞動造人，歷盡滄桑……，物競天擇，萬物靈長」
之句，可知猿猴變人，在我國真的是自古已然。

　　這種種神話講述的便是人類源起於猴子！如果有一
天學者在劍橋大學藏書極豐的圖書館發現我國這類「猴
變人」文字的英譯本，説不定有學者會考出在劍大唸
書的達爾文以「無薪給自然學家」身份加入皇家「小獵
犬號」（HMS Beagle）為期五年的環球考察前，讀過
我國這些神話。筆者這點猜想，不算天馬行空。吳承恩
（1500-1582〔生卒年俱不確定〕）寫下《西遊記》後
三百餘年，胡適（1891-1962）才考出齊天大聖的故事
源自印度神話！

　　〔猴子雜識‧三之一〕

2016年2月2日

問仁四非禮　甘地三不猴

三、

　　談猴子當然不能不說《西遊記》。這本「傑出浪漫主義神話長篇小説」共一百回，從第一回至第七回，寫的是後來得乃師菩提祖師賜以法名悟空（是猢猻〔猴子別稱〕，因以孫為姓）這隻美猴王的出身和種種「反建制」抗爭的精彩章節；孫悟空所以自號齊天大聖，則因牠欲「與天地齊壽」拜師求長生不死而得名。現今的網絡世代，對《西遊記》的故事結構也許已沒有甚麼印象，但對齊天大聖大敗哪吒、翻轉王母娘娘蟠桃盛會以至推倒太上老君煉丹爐大鬧天宮最後不得不由「宇宙最強」的如來佛親自出馬，把牠鎮壓在五行山下等驚天地泣妖魔令「反建制派」人心大快的內容，相信或多或少都有所聞，惟已難引起科網一代的勃勃興致；真的有點反諷況味，因為孫行者的所作所為，盡顯在這隻頑猴靈猴眼底，甚麼社會地位、傳統價值、權貴道德，不過都是牛鬼蛇神，通通該被打倒，老孫追求的是無拘無束、「不要管我」的自由！這不正是當今香港年少一代的訴

求？他們最需要的正是「孫悟空精神」！內地的情況正好相反，經過這麼多年的「改造」，內地人民仍對從《西遊記》編成的「折子戲」十分着迷，約半月前傳出今年央視的《春晚》電視節目將取消十二年前那場令觀眾如癡如醉的「猴戲」，便引起網民的齊聲反對。如此心態，反映內地缺乏的正是孫悟空畢生所追求的無拘無束的自由！

遊印度，無法迴避的街景，除了全國未見一個垃圾箱而遍地垃圾，便是混雜於熙來攘往人群中多不勝數的聖牛和靈猴。雖然被英國人統治了三百多年，基督教價值觀深入民間，但就是不上印度人腦，如今九成以上的印度人仍信奉主張萬物有靈的印度教，萬物包括死物和動物即山川動植物，街道樓頭樹頂可見的猴子（長尾葉猴），便是因為牠被抹上一層神話顏色，令人們敬而遠之，不敢捕捉驅趕而無處不在。

與中國不同，印度猴不僅出現在藝術作品及廟宇家室，而且進入人們的日常生活。在印度的大城小鎮，很難不會遇上以好奇眼光打量着你而你一揮手牠們即逃遁的猴子群。由於牠們居無定所，跳來躍去，伺機攫取食物，真的予人以神乎其神的觀感（公元前四世紀亞歷山大大帝的遠征軍進入印度北部叢林，遇上成千上萬猴子，未見此物的馬其頓大軍以為碰上長毛小矮人，遂「格殺勿論」；看過名導演奧利華・史東約十二年前的電影《亞歷山大帝》的，莫不對這群面目猙獰、囂聲刺

耳的猴子留下深刻印象）。長尾葉猴體長頭小面黑耳聳尾翹，與九龍金山郊野公園馬騮山那群猴子的體態有異，惟頑皮放任桀驁不馴搶食偷物的本性則一。這種特性，加上印度教的泛神論將之視為神猴，令牠成為印度史詩《臘瑪延那》（又譯《拉麻傳》及《羅摩衍那》，意為臘瑪〔羅摩、拉麻〕的漫遊）的主角，這隻（種）「聰明多能」在五世紀印度政治鬥爭中擔當重要角色的猴子，據胡適在〈西遊記考證〉（收《胡適論中國古典小說》）的考證，正是孫悟空的原型！換句話說，吳承恩必然是聽聞有關故事或讀過有關譯文，才塑造出齊天大聖這一大受歡迎的美猴王！胡先生在〈考證〉中說：「哈奴曼（Hanuman，史詩中的猴子）的神通事跡，在印度老幼皆知；而中國與印度有着長期的文化交流，偉大的『哈奴曼』的故事不會不傳進來。」因此，胡氏小心求證後，大膽假設「『哈奴曼』是孫悟空的根本。」學問可以各自精彩，在學術界與胡適地位不相伯仲的大學者陳寅恪、季羨林及柳存仁等，據「西」學家說「都傾向於或十分贊成此說」。

四、

　　年前遊印度，在大城或鄉間「名勝」，似乎到處都見那三隻正襟危坐的猴子。一隻雙手遮目，作吾不欲觀之狀；一隻雙手掩嘴，作噤不作聲狀；一隻雙手捂耳，作吾不欲聽之狀。非常明顯，不論出於哪種藝術形式，

「三隻襟坐猴子」代表的是「非禮勿視、非禮勿聽、非禮勿言」，那當然是出自《論語·顏淵篇第十二》（日本的「三不猴」，英語地區的Three Wise Monkeys亦應本此），但當地導遊煞有介事地說是出自聖雄甘地的手筆，因之亦稱「甘地三猴」（Gandhi's Three Monkeys）；甘地以之教導印度人「守禮」、潔身自愛——不看壞事、不聽穢語、不出惡言，因此說是「甘地三不猴」才恰可。以筆者之見，甘地肯定做了吳承恩——後者據印度神猴為己有；前者則據《論語》為己用。正如胡適先生所說，中印文化交流，自古已然，作為知識分子，甘地讀英譯或梵譯的《論語》，或聽通漢學的友人轉述，因此知「顏淵問仁」的「孔學」，不足為奇，如此才「發明」印度「三不猴」。筆者又見過一座「四坐猴」的雕塑，第四隻猴雙手護下體，作守身如玉狀，印度導遊說此一當代人的作品，其梵文說明之意為「非禮勿做（為）」，有不可姦淫之義，筆者以為這也是印度有心人據《論語》的「第二次創作」。《顏淵篇第十二》的「非禮」共四句，第四句「非禮勿動」。非禮勿動或勿為或勿做，指的都是約束、警惕自己勿做非分之事。雙手護下陰，意為性衝動時應止乎禮不可獸性大發而「亂來」。

不過，說得明白點，這第四隻猴子雙手護着下體，應含不可手淫之意，因為猴子與人類行為相近的另一「動作」便是手淫。據荷蘭Groningen大學醫學院泌尿

騁懷
寫讀

科教授Mels van Driel於二三年前出版的專著《手作》
（With the Hand: A Cultural History of Masturbation；
書名不譯了）具體而微的描述（頁九十四╱九十五），
公猴與母猴在性衝動而未能覓得伴侶時，都會旁若無
「猴」地「指頭兒告了消乏」（《西遊記》及《紅樓
夢》俱如是說），如今印度那麼多強姦案，正是印人不
聽「非禮勿動」而出狀況。除了自慰，猴子似乎亦善於
放屁，雖然未見相關「文獻」，卻於一本書的封面見
之。紐約城市（市立）大學文學教授華萊麗‧阿倫《論
中世紀的放屁》（*Valerie Allen: On Farting: Language
and Laughter in the Middle Ages*）一書，有「狼放屁」
的敍事而似未見有「猴放屁」的描述，惟以兩猴戲屁
——作放屁狀——的繪畫作封面。顯而易見，和其近親
人類一樣，猴子消化不良時亦會「氣」不自禁地隨時鳴
放！

〔猴子雜識‧三之二〕

2016年2月3日

沐猴並非猴沐浴
愛啖水果不食肉

五、

據高建軍《生肖猴》（齊魯書社）的〈字詞熟語見猴蹤〉一節，指出這種軀體瘦削、四肢靈活、智力「不下於人」的動物，所以被先人名以猴子，皆因其有「伺望、觀察」即等「候」環境比較安全時才取食攫物的耐性和警覺性，因以「候」名之。古人說，猴者「候」也。事實上確是如此，猴屬動物聰明機警，善於識別「誘餌」，輕易不會出手。名之以「候」，誰曰不宜。至於候字加上犬旁，以其為獸也；而候變為侯，則有褒獎提高其地位之意，以「侯」為古代位列第二等的貴族爵位（公「侯」伯子男），猴子從侯，因有智慧高於其他動物之義。

因為無尾而在進化上比猴高級的猿，其得名為象形的「袁」字（無尾猴直立時其狀如「袁」云云），加上犬旁，說明其為動物；不過，古人認定有尾為猴無尾為猿的說法，經不起「考證」，因為有學者說「袁」字

「連尾巴都畫出來了」。無尾的動物被冠以有尾字之名，說古人造字不乏很牽強，「袁」字便是一例。

從我國有關猴子的神話，可知上古時期猴子已進入人們的視野，《山海經》所記一百二十多種動物中，便有「人面青獸」猩猩，學者斷定為猿猴的一種；最早訓釋詞語的《爾雅》所輯錄的狒狒、蒙頌、猱及蜼等，學者認為是不同的猿猴。猿猴與先民並存同活，毋庸置疑。

「自古以來」猿猴便生活在與人距離不遠的世界，且有一定的社會地位，先由可「通天」的靈獸，隨着民智漸開，而慢慢變為人類的玩物、生財「工具」、僕役甚至是作奸犯科的共犯⋯⋯。

現在雖已不復睹，但章回小說中仍可讀到的「猴王廟」，便是古人供奉「猴王爺」的廟宇，猴子愛搗亂的性格，令古人以為天災尤其是洪水汜濫，皆因猴子挖山掘洞而起，因此每逢大雨成災，鄉人便拜祭「猴王爺」，祈求牠向老天爺疏通疏通⋯⋯。經濟進步，人類物質生活日漸豐裕，隨之而來的知識增進和對自然界的了解，「傳說」取代了「神話」，至是「人獸分隔」觀念漸趨成熟，《禮記·曲禮》所謂「鸚鵡能言，不離飛禽；猩猩能言，不離禽獸」，便是人自覺「高禽獸一等」而有「禽獸也能說人話卻不是人」的結論。

猿猴下降凡間且成為僅次於人的動物，「萬物之靈」對這種乖巧聰明模仿力強而又素食即飼養經濟成本

較輕的動物，實行充份利用。猴子長相若人，由牠扮演人往往會產生喜劇效果；我國戲劇中「猴兒戲」（更具體的如「悟空戲」、「大聖戲」）的主角孫悟空，都由「武功高強」的武生擔當，他們既要模仿猴子的輕盈、敏捷，又要符合武術技擊的章法，如演猴子出洞、窺望、看桃、攀登、喜樂、蹬枝、藏桃、蹲坐、吃桃、拚搶、驚竄及入洞等，真的非武林高手莫辦！

當然，亦有受過嚴酷訓練的猿猴「粉墨登場」，做「人戲」。據晉朝傅玄〈猿猴賦〉的描述，猿猴表演戴紅頭巾、穿紅襪，臉上塗脂抹粉；牠們搔癢捉蝨，揚眉蹙額，若愁若嗔，仿老翁悲嘯長吟，學女子跳舞（手舞足蹈），翻觔斗、騎羊奔走等……，給老百姓帶來無盡歡樂。古人認為母猴尿與馬尿相混餵馬，是最佳的馬匹防疫劑，因此說猴能驅瘟避邪、震懾妖異，帶來吉祥，北魏賈思勰的《齊民要術》說，「常繫獼猴於馬坊，令馬不畏避惡，消百病也」。即把猴子縛於馬廄，馬匹便百病不生；據《漢語大辭典》，猴之別稱「馬留」，為猱（猿類）之反切；「馬留」即留於馬廄猴子，留字加馬旁，本此。讀《西遊記》，當知孫悟空曾任管理馬匹的弼馬溫，這是天上諸神看不起這隻頑皮搗蛋的馬騮精而對牠的奚落。弼馬溫為避馬瘟的諧音詞，給老孫做這個芝麻小官，有要牠撒泡尿與馬尿混合便能使馬匹免疫之意，但這隻頑猴是雄性，其尿無效，老孫知道受愚而大鬧天宮；其後悟空「下凡」，當唐僧取西經的「首

席實Q」，遇有人以弼馬溫之名叫之，便是刺中牠的要害，必大動肝火、暴跳如雷……。

猴子會登台做戲，當然亦能隨主人行走江湖兼賣藝，那便是古人所說的「耍猴子」，郭崇的《燕京歲時記》指「木箱之內藏有羽帽烏紗，猴手自啟箱，戴而坐之，儼如官之排衙（官員升堂）……。」解放前內地多見這類街頭猴戲，以博取圍觀者一點賞錢；當然有藉此賣藥賣糖果的，香港街頭亦偶有所見，今年初被安樂死的「靈猴金鷹」，便是「陳標記小兒疳積散」的有名推銷員。可惜金鷹之後似無來者，猴戲在港似成絕響！

六、

有關猴子種切，尚有數款可以一談，分述如下——

《趣味考據》（雲南人民出版社）第三卷頁三三六引《淮南子‧修務訓》謂：「楚人有烹猴而召其鄰人，以為狗羹也而甘之。後聞其猴也，據地而嘔……。」食猴肉即使在肉食供應匱乏的古代亦不普遍；但吃猴腦則相當流行，筆者「小時候」嘗見明人筆記有一令人毛骨悚然的縛活猴敲碎其頭蓋伴猴凄厲叫聲圍食猴腦髓的描述，可惜欲用時遍找不獲（好像曾於「閒讀偶拾」記之）。無論如何，「現代化」——大規模飼養肉食用的禽畜以來，吃猴肉（食猴腦更無論矣）已無所聞。不吃猴肉，當然因為可供選擇的肉食甚多，亦與國人的信仰觀念有關，以民間有吃猴肉是「棄善從惡、棄佛從魔」

最後斷子絕孫的說法。後果如斯嚴重，猴肉自然是乏人問津。清劉廷璣的《在園雜志‧卷四》〈獼猴美人〉條說猿猴「不食煙火，愛啖果者，猴性然也」；明李翊的《戒庵老人漫筆》頁六十二記「猿食豬肉，疾患風癱……。」人不吃猴肉猴不食獸肉，但曾見猴子用樹枝放進蟻洞取蟻而食的紀錄片，那是不是另類肉食？

　　有關猴子的成語，可寫一本小冊子，而有關猴子的書，大都有此附錄，筆者不想多說，但人人曉得的「沐猴而冠」，有學者考出「純屬誤會」。《史記項羽本紀第七》記「項王見秦宮皆以燒殘破，又心懷思欲東歸，曰：『富貴不歸故鄉（里），如衣繡（錦）夜行，誰知之者』。說者曰：『人言楚人沐猴而冠耳，果然』（都說楚人是戴着帽子的猴子，愚笨不堪）。項王聞之，烹說者」。明張岱的《夜航船》卷十七〈四靈部〉（頁三一一）指「沐猴，小猴也，出罽賓國（公元三世紀西域小國）。史言『沐猴而冠』，以沐為沐浴之沐，非也」。

　　誰是誰非，筆者真的「木宰羊」！

　　猴子不但會做戲、能江湖賣藝，還是稱職的家僕，明相胡惟庸家中便養十數猴子，牠們穿袍戴帽、衣冠楚楚，媲美今之管家（Butler）。客人造訪，牠們上茶進酒還會打恭作揖甚至吹奏笛簫耍弄兵器娛賓，被稱「孫（猻）楚郎」。

　　不過，最駭人聽聞的，是猴子可被訓練為盜賊！

元陶宗儀的《南村輟耕錄》卷二十三有〈猴盜〉條（頁二八一一二），生動地描述猴子作賊的經過，記錄如下：「……次日客酬讌，邀至其室（客棧房間），見柱上鎖一小猴，形神精狡。既而縱使周旋席間，忽番語（未說操何種番語）遣之，俄捧一碟至。復番語詈之，即易一碗。生（說此事的優人杜生彥）驚異詢其故。客曰，某有婢得子，彌月而亡，時此猴生旬有五日，其母斃於獵犬，終日叫號可憐，因令此婢就乳之，及長成，遂能隨人指使，兼解番語耳。生別後，至濟州留吳同知處。忽報客有攜一猴入城者。吳語生云，此人乃江湖巨盜，凡至人家，窺見房屋路徑，並藏落所在，至夜，使猴入內偷竊，彼則在外應接。吾必奪此猴為人除害也。明日，客謁吳，吳款以飯，需其猴。初甚拒。吳曰，否則就此斷其首。客不得已，允許，吳酬白金十兩。臨去，番語囑猴。適譯史聞得，來告吳曰，客教猴云，汝若不飲不食，彼必解爾縛，可亟逃來，我只在十里外小寺中伺也。吳未之信。至晚試與之果核水食之類，皆不食。急使人覘之，此客果未行。歸報，引猴過殺之。」

　　智力雖然不弱，卻始終不如人類，猴子遂被「充份利用」，以至假借其名牟取利益，「馬騮搣」便是一例。一向以來，好茶者認為產於高處不勝寒的山巔鐵觀音，「要靠猴子採摘……清香出眾，茶色碧綠帶黃，入口回甘，是茶中極品」。這種茶也許真的是「茶中極品」（看其價錢，不是極品不行），但此一「西

洋鏡」，昨天被人揭穿底細。「福建馬騮摵傳人王水德」接受《信報》記者張綺霞訪問（C3版），指出這種「武夷岩茶，需要採茶人從懸崖游繩而下採摘，遠看就好像猴子在山崖爬動；另一說法是指安溪的鐵觀音，由於茶農要在高高的茶樹之間彎腰仔細地挑選抓摘最好的茶葉，動作就如猴子抓取食物般，因而得名。至於坊間流傳訓練猴子抓取茶葉，則是從未發生過的事，因為猴子無法如人一樣，辨識應該摘取哪些部份。」

　　王水德是老實人！

　　〔猴子雜識·三之三〕

2016年2月4日

騁懷
寫讀

空門大師戲叫座
財色大鱷好題材

一、

　　米高．路易斯應該是作者專欄「長期讀者」（如果有的話）不會陌生的名字，因為1989年筆者便評介他的處女作《車大炮》（M. Lewis: *Liar's Poker*，其後他愈寫愈精彩，所出的數部著作，作為他的「忠實讀者」，筆者都在這裏一一細說。如今又提路易斯，是因為據其2010年初版的作品The Big Short，不但拍成電影，而且正在上演。這部電影的中譯為《沽注一擲》，筆者不大受落，以這個「中性」詞，既可代表「好友」傾家購貨，亦可表示「淡友」竭盡所有沽空，因此與本書描述「三家對沖基金四狂人」看穿部份害群之馬的投資銀行家佈局欺騙客戶（和老闆）而沽空獲厚利的投機活動絕不相配，筆者因此譯為《空手道高手》。於今重讀，仍覺此譯較能反映書意和現實。

　　為介紹這本書，筆者於是書出版後不久，在《信報》以「淡友功在市場」系列，一口氣寫了四篇共萬餘

字的「書評」（收《攀梯登月》），從這幾名「空手道
高手」明查暗訪、仔細分析後沽空大賺，說及在股市拋
空造淡對股市和經濟的影響。一句話說，筆者認為有根
有據的沽空具非凡的積極意義（市場未覺察的問題由他
們揭示），亦是數月前李克強總理在「拋空」之前加上
「惡意」一詞，令筆者費解困惑的原因。

二、

在2008年「金融海嘯（危機）」中大發其財的
投資（機）者，主要是拋空「次按」（Sub-Prime
Mortgage；對貸款者條件極寬鬆的物業按揭）及以次按
產品包裝而成的「信貸違約掉期合約」等的、高深莫測
的衍生工具；「淡友」們最初逆市而行，頗有損失，可
是市場很快證實他們的做法正確！《空手道高手》寫的
便是這些「高手」從輸到贏的經過。

筆者對路易斯有「偏愛」，以其資料蒐集多元全
面、文風輕快，揮灑自如、不拘一格，可讀性高。《空
手道高手》這本書所以能在剖析「金融海嘯」多如牛毛
的出版界脫穎而出，皆因他發掘了數位於不知不覺間有
份引發「海嘯」、加速大市跌勢而又從中賺到盤滿缽滿
的投機者的心路歷程和買賣活動，作者過人——一般
財金記者和評論員——之處，在看到主流傳媒忽略的小
事，而這些「小事」，正是引致「金融海嘯」的關鍵。

路易斯何來這種能見大多數人未見的能耐，這不得

不佩服他的慎密小心和見微知著；最重要是具備有所見便鍥而不捨的尋根問柢的精神及「打破沙鍋璺到底」的韌性和幹勁，是新聞工作者的學習榜樣！

三、

　　筆者未看《沽注一擲》那部電影，惟據大讚該電影並建議「投資者必看」的友人相告，主角之一的對沖基金經理看淡後市，起因是一名脫衣舞孃向他大吹大擂如何在股市買賣中賺大錢；舞孃一邊跳鋼杆舞一邊滔滔不絕誇誇其談說其得心應手的投資心法，「十分有看頭」。事隔數年，筆者已記不起書中是否曾經有此描述，猶有記憶的是，路易斯仔細描述導致主角伊士民（S. Eisman）肯定大市會出大問題的原因，為其牙買加籍家傭喜氣洋洋地說她「不必交上期亦無抵押品便購得物業」，這位女傭（和她的姊妹）很快在紐約皇后區擁有六座物業（六個住宅單位？），她向他解釋：「第一間物業升值，債權人建議把之再按（『次按』由此而來），我於是又有二十五萬購第二間……。」如此這般，身無長物的外勞便成六間物業的「業主」。伊士民大空「次按」合約，良有以也。此事令筆者想起最近（12月30日）又提及老甘迺迪聽擦鞋童介紹他入市、知牛市已近尾聲而拋售沽空的舊事。一句話，人民的眼睛是雪亮的，股民的眼睛則受貪婪無厭之心蒙蔽而「矇查查」！

四、

　　把通常又黑又胖的牙買加女傭，化身為金髮美艷曲線玲瓏還不停「跳舞」的舞孃，大有吸引觀眾進場的作用，這正是導演或編劇人有商業頭腦的聰明處。

　　《沽注一擲》的香港票房如何？美國的可以說是相當成功，筆者並未見到有關數字，說其「成功」，只因看到製片公司HBO已計劃再接再厲，把華爾街史上最聳人聽聞的「龐茲騙局」主事人馬多夫（Bernie Madoff, 1938-）的「騙史」搬上銀幕。馬多夫的「犯罪詳情」，見2008年12月16日作者專欄〈代有貪婪蠢人騙局不斷重演〉（收《婪火焚城》），他於2009年6月29日被判有期徒刑一百五十年（不准保釋）——公元2159年11月24日，老馬若健在，便可「重獲自由」。顯而易見，這個曾任納斯特股市主席的大騙子，壞事做盡（受騙的資金共達一百八十多億美元），才會被1954年在九龍出生（1956年舉家移美）的主審法官陳卓光判以重刑！

　　從《沽注一擲》把女傭變為舞孃，筆者肯定有關馬多夫的電影，必然會在老馬和他的女人堆大「影」特「影」；而此中最出位的是他的其中一位情人溫絲汀（S. Weinstein），她在他被判刑後三個多月，便出了一本《馬多夫的其他秘密——愛慾、金錢、馬多夫和我》的書，筆者的「書評」題其為〈情婦輸精光

騁懷
寫讀

出書畫出腸〉（收《股旺樓熱》），顯見這名與馬多夫有賓主之誼且財產亦被騙光的情婦，心有不甘、早有預謀。這本二百多頁的書，寫的大部份是無關痛癢的瑣事雜事（非如此無以「出書」），對她和他偷情的細節，繪聲繪影、有如黃色小說；令筆者吃驚的內容，是溫絲汀對馬多夫那話兒的描述，（頁一二三）有這段露骨的表述：「伯尼（馬多夫的名字）的那話兒非常細小（very small penis），這不僅僅指長度，寬度（circumference）亦然。」雖然馬多夫的「器具細小（not well- endowed），但我每次都有性高潮！」

本屬財經類書籍讀到這樣的敍事，筆者不無錯愕；更想不通的是，溫絲汀在此後花了約千字（頁一二四——一二五）引述一份討論那話兒長短大小的醫學研究論文（原來有所謂「小小弟弟綜合症」〔Small Penis Syndrome, SPS〕），不厭其詳地分析女性對此的感受……。她所以在這件事上愈扯愈遠、愈描愈「黃」，肯定與促銷該書有關（而且很可能是出版商的主意）。這些「畫出腸」的描述，必然會成為馬多夫電影除了「騙錢」以外的重要情節！

《沽注一擲》「收得」，荷里活「食正條水」，必會大拍與金錢特別是與華爾街鱷群有關的電影，那不僅更全面地揭露金融界黑幕，令「不讀書」的觀眾尤其是股蟻們了解華爾街的運作，而為了吸引人買票，在枯燥的金錢交易上加添色情「鏡頭」，是提高票房的不二法

寶。記不起哪位書評家說過,除了世人公認的大人物,一般人的自傳或傳記,若沒有三四段婚外情,很難成暢銷書。旨哉斯言。電影何其不然?

筆者雖對本地影業完全外行(看電影並非興趣所在),但從賀歲片「片種」單調無聊引起影評人的冷嘲熱諷看來,也許開拍題材與「國際金融中心」有關的電影,是有生意眼的盤算。國際金融鱷魚齊集香江,當中必有拍之不盡的素材。願影業界人士把握。

2016年2月18日

騁懷寫讀

讚美掌聲富激勵
有償拍掌用計多

一、

　　美國總統政黨提名人競選白熱化，有關新聞天天見報，這類「黨同伐異」的競選，同志互揭瘡疤甚至抹黑中傷，司空見慣。胸懷大志的男女政客，莫不大義炎炎，看他們高談闊論，雄韜偉略，頗有一旦當選，美國以至全世界政經困難和民生疾苦都會迎刃而解……。在這場四年一次自吹自擂攻擊對手不遺餘力的政治角力中，筆者獨對去週日假其母之口宣佈退出角逐黨內提名的傑布‧布殊的其中一次演出最感興趣。2月3日，他在新罕布什爾州對一群共和黨支持者大吹法螺後，場下竟然鴉雀無聲，聽眾對他的誇誇其談毫無興趣?! 遠在想像之外的反應，令他非常尷尬，竟認真地要求聽眾「拍掌」（Please clap），好讓他有下台之階。

　　現階段實在無必要細讀細聽這些美國政客販賣的是甚麼政策，他們的政治意念和施政方略，留待他們入圍最好是當選後再評論，也為時未晚。筆者對他的注視，

純粹因為乃父其兄都曾當過美國總統，於無聲處欲聽群眾的掌聲而起。

鼓掌在我國歷史不長（自古以來，國人以打躬、作揖、叫好或跪拜代之），在西方文明則流長源遠。美國威斯康辛大學的歷史及人文科學教授阿特烈，十多年前為鼓掌而寫了一本約二百五十頁的專著：《古羅馬人表示熱烈歡迎的手勢》（G. S. Aldrete: *Gestures and Acclamations in Ancient Rome*；下稱《手勢》），專論拍手和喝彩與政界及演藝界的關係──關係他們的民望和票房。茲事體大，可知這種「手勢」並非隨興之所致拍拍掌或喝幾聲彩這麼簡單。

拍掌以示認同、欣賞、歡迎、祝賀的文字記載，應該始於《聖經》。舊約〈烈王記〔下〕〉第二章第十二節有這段描述（譯文據香港聖經公會的《聖經》）：「祭司（耶何耶大，Jehoiada）領王子出來，給他戴上冠冕，將律法書交給他，膏他作王（proclaimed him king and anointed him）；眾人就拍掌說：『願王萬歲！』（They clapped their hands and said 'Long Live the King!'）」。此事應發生於公元前五六世紀，其時古羅馬（公元前753年成立至公元476年解體）已善於此道，至於究竟是「誰學誰」，便非筆者所能「論證」了。

從《手勢》所附大約二十幀圖相所示，古羅馬人早已精通用「手勢（語）」表達「意思」，筆者甚且興起

今日交通警察指揮交通的「手勢」源於古羅馬的想法，因為七情六慾古羅馬人均能以「手勢」表達，而這些示意方式與交通警察所用的手語大同小異。從發展出一套複雜的「手勢」系統看，古羅馬人的確有能力於距今約三千年前「發明」鼓掌（拍手）以代替碰擊金屬兵器發出的聲響高低來表示對政客、將領（和演員）的擁戴或不滿。據《手勢》的分析，鼓掌（及喝彩）的輕重，細分為磚頭（The bricks）、瓦片（The roof tiles）及蜜蜂（The bees）三式。磚頭為雙掌伸直相拍、瓦片是雙掌彎曲（一如屋頂瓦片）互拍，而蜜蜂應為發出哼唱讚美（或喝倒彩）之音。這些方法似成絕響，但如此仔細分工，真的令人拍掌叫絕。

二、

　　古今如一，政客都是精明（不一定聰明）人，在古羅馬，他們很快意識到鼓掌及喝彩發出聲浪的強弱，傳遞出人民對亮相公眾人物的喜惡程度，有些未能視民望如浮雲的政客，因此派遣手下到公眾場所，聽聽那一位政客尤其是「政敵」出現時掌聲的「分貝」高低，以此作為猜度此人民望高下的準則，《手勢》甚至稱掌聲是古羅馬的「民意調查」，而且準確性甚高；正因為它「忠實反映民意」，當以兇殘聞名的暴君卡利古拉（Caligula，公元12至41年；37至41年在位）在公眾面前現身時只聽到零落掌聲時，慍怒之餘，恨恨地

説：「羅馬人真的嫌命長！」（I wish that the Roman People had one neck!直譯應為「我真想把羅馬人一刀殺盡！」）

　　鼓掌既然如斯重要，那個以弒母殺妻焚城遺臭的古羅馬皇帝尼祿（Nero，公元37-68；54-68年在位）便曾組織了一隊大約五千人的鼓掌隊（The Claqueur，職業捧場客、啦啦隊），每人每場表演費四百古羅馬銅錢（Sesterces，料購買力不薄，不然沒那麼多人爭取加入），「埋伏」在他將到之處，等他出現時便熱烈鼓掌、大聲喝彩，營造其受萬民敬仰的假象。演藝界很快受此風氣感染，藝人表演時購買大量入場券給答應他一出場開口便拍爛手掌和叫好的觀眾⋯⋯。據《手勢》考證，到了19世紀初葉，巴黎的「職業鼓掌員」已制度化，由是「溫馨地拍掌」和「熱烈地鼓掌」亦有不同價錢。當然，此時的「職業鼓掌員」已不滿足於一張免費入場券！

　　「職業鼓掌團」在政治上發揮最大影響力的一次是在公元七世紀，當時東羅馬帝國（拜占庭）皇帝赫拉克利亞斯（Heraclius，575?-641；610-641年在位）與盤據於今之東歐的阿瓦爾（Avar，五至八世紀的小國）國王就土地問題談判，赫拉克利亞斯竟然「奇兵」突出，不帶軍隊而帶「職業鼓掌團」赴會，他們竭力盡情拍掌、熱情洋溢嘶聲喝彩，「蕃王」（Barbarian King）果然聞聲喪膽，讓拜占庭皇帝佔了大便宜——以手無寸鐵的

鼓掌團代替全副武裝的軍隊「打勝仗」，應為史上絕無僅有的一次（見《手勢》頁一三八）。

　　「職業鼓掌團」如今已不可見，不過，它並未消失，只是以較隱蔽的形式在幕後發功。政治上以物質誘因「購買」選民和民意，無論在民主國家或民主仍如攀梯登月之不可能的香港，均為不可告人但無人不知的秘密。在演藝界亦如此，如今的甚麼「粉絲俱樂部」，後面都有偶像作「金主」。美國政治狂人特朗普的「公關」並不諱言僱請荷里活的臨時演員充當啦啦隊員，到他演講的現場鼓掌和喝彩！聽眾對小小布殊的表演「反應冷靜」，顯而易見的原因是沒有職業啦啦隊撐場之故——那是他不屑以金錢購買叫好之音和鼓掌之聲，還是助選人員的疏忽，便非筆者所知。

三、

　　鼓掌在我國可說是新時代的產物，古人不興這一套，是因為鼓掌和拍手這種「手勢」，有時會被當事人視為故意搞亂起哄，因此並不流行；直至上世紀20年代，我國戲劇先進譯介並演出西方話劇如易卜生的《娜拉》和莎士比亞的《羅密歐與茱麗葉》時，連西方的鼓掌叫好文化亦一併引入……。曾看過一篇奇文（不記得其名矣），說鼓掌是馬哥孛羅來華時傳入，當然是「大話西遊」，因為此君根本未曾踏進我國國門！

　　眾所周知，如今內地鼓掌之風極盛，以筆者的揣

測，那主要是受蘇聯老大哥的影響。筆者醞釀寫此文時與友人閒聊談及鼓掌的「歷史」，有博學老友提及已故蘇聯諾獎小說家蘇辛尼津（A. I. Solzhenitsyn）在《古拉格群島》（The Gulag Archipelago，他因此書被當年的「蘇酋」布里茲涅夫褫奪國籍並逐出國境）加插一段史大林與掌聲有關的「小故事」，十分精彩、非常驚慄。話說「史魔」出席地方黨部大會，進場時與會者起立鼓掌十多分鐘；至此，有紙廠黨書記以為拍得太久了，首先坐下、停拍，會眾隨之，一場暴雨打芭蕉般的巨響掌聲，遂歸於沉寂！蘇辛尼津寫道：「翌日這位紙廠負責人『被失蹤』！」筆者未讀過此書而友人手邊無此書，究竟這名殺人不眨眼的大獨裁者對掌聲是否真的如此敏感（更大可能是他的特務人員揣摩上意後施毒手），當然無從驗證，但看蘇聯電影和偶然有關蘇共大會的新聞報道，與會者在領導人發言至「動人心弦」處必拚命鼓掌，以示對領導人的尊敬和對他所說的認同。事實上，在沒有民主選舉制度的國度，和古羅馬一樣，掌聲的高低有無，確是民情的反映，當權者對之極為重視，不難理解。這種風氣，中共全面承繼，且有青出於藍而勝於藍的架勢！

筆者有一次體驗內地官場為領導人講話不歇鼓掌的經驗。大約四十年前，筆者應邀遊內地，第一站是北京，節目之一是赴人民大會堂聽某領導人作報告，筆者最怕這種場面，台上的人念念有詞，聽眾憪憪欲睡，自

已無心聽講，當發言被雷動般的掌聲打斷時，便用筆在
發給與會者的文本上用紅色作一記號。令筆者頗以為奇
的是，引發掌聲的說詞，可說都是套語或陳詞慷慨其實
空泛無物的八股！會後一看，紅色標記數十處，與會者
對講者的崇拜，已到極致。當天的「報告」全文後來在
《信報月刊》發表，紅色鼓掌部份一併刊登，未有刪
除，許曾引起邀請筆者北上人士的不快。無論如何，在
沒有一人一票選領袖的地方，鼓掌文化還是會進一步發
揚光大的！

2016年2月23日

官久自富從來是
識着識食今速成

甲、

　　有問「三代富貴，方知飲食穿衣」諺語出處，眾人默默，筆者亦無頭緒；回家東翻西看有所見，且愈讀愈有「趣味」，甚至可說讀出一點「微言大義」，成此短文。

　　諺語根源應在魏文帝（曹丕，187-226）的詔書（古代皇帝教導人民如何「做人處世」的文告）：「三世長者知衣服，五世長者知飲食。」成語「三世仕宦，方會着衣吃飯」。從此衍生。到了清代，此語改為「三世作官，才曉着衣吃飯」（見顧仲：《養小錄‧序一》）。順便一提，這裏的「長者」並非「年長父兄之稱」，而是「顯貴者之稱」（見《辭源》的解釋），因此才有「三世仕宦」的成語。

　　現從兩個層面解讀這成語。

　　第一、為甚麼當官而且是數代為官的所謂簪纓世家的「長者」才知衣着、識飲食？那說明了當官雖然奉祿

菲薄，卻都宦囊充盈，過的是生財有道物質享受豐裕的
奢華生活，非如此，哪有講究飲食衣着的「本錢」！

　　關於古代（其實亦包含現代）官僚的「實際」收
入，司馬遷《貨殖列傳（第六十九）》這段話說的透徹
明白：「……賢人深謀於廊廟，論議朝廷，守信死節；
隱居巖穴之士，設為名高者，安歸乎？歸於富厚也。是
以廉吏久，久更富，廉賈歸富！」相信源自我國而現今
仍流行於南韓的成語「官久自富」，是從太史公這段精
警的說話變化而來。換句話說，自古以來，在法治鬆懈
（或根本無有）、制度虛設的地方，為官的即使自詡為
清官（廉吏），亦莫不財來有方，如果廉賈（官商）勾
結、互補不足、各牟其利，則雙方都「歸富」。

　　眾所周知，在依法辦事的「人治」社會，商民一
體，為了求法政軍權一把抓的「青天大老爺」開恩、方
便，即使廉吏不開口、伸手，有求於衙門的各色人等，
亦會自動「供奉」，若拜神仙鬼怪然，結果便成「廉吏
久，久更富」！值得注意的是，司馬遷為公元前的漢朝
人，他對廉吏（清廉自守奉公守法的官僚）根本不清不
廉的觀察，顯示比二千年前更久的年代，我國的官場已
無官不貪，可知貪腐在我國真正是「古已有之」，官僚
血管裏流的絕對是「貪血」。至於貪腐之風是否「於今
尤烈」，要看習大大究竟是真正肅貪還是清除異己──
如果異己鏟除而「廉吏」制度未立，恐怕「廉吏久，久
更富」的時代還會延續下去！

　　第二、隨着「社會進步」，致富的已不再限於「仕宦」了，經營有術的商賈，亦能「與王者埒富」（太史公語），即今人所說的「富可敵國」。

　　在「舊社會」，的確是「三世富貴方知飲食穿衣」。因為別說當時「人均GDP」低，升斗小民除了逢年過節，普通日子過的只是粗茶淡飯不知肉味的餬口生活，上酒家飯店「開洋葷」、吃鮑參翅肚的，可謂絕無僅有（我國最早的食堂設於驛站，只有官員才能光顧；「對外開放」的食肆，13世紀才在杭州發展起來〔可於《清明上河圖》畫卷上見之〕），在這種條件下，如何能夠「曉飲食」?! 至於懂得「着衣服」，於物料匱乏一般百姓穿的只是粗衣麻布、講求的，是蔽體保暖的年代，綾羅綢緞確非大富大貴人家莫辦。換句話說，在經濟未發達的非消費主導社會，當然是只有極少數人足以知食識衣；官宦之家的「長者」因此要累積數代人的飲食和穿着經驗，才能稱得上知味──飲食的滋味和衣飾的品味。

　　如今情況，尤其是在城市生活，各種風味食肆開遍大街小巷，食材來自五湖四海，絕對豐儉由人；形形色色的時裝店亦隨處可見（網購更無論矣）。打開電視，不論有綫無綫或數碼台，很難不見飲食節目；而介紹時裝的，更有專門頻道，時裝的網站銷售更深入民間。時裝美食節目無處不在，正好說明其有龐大的市場需求，反映一般人均能負擔上館子和按時換季添新裝的服飾消

費。結果，知飲食和曉衣着，當然不止於「三世富貴」之仕女，有胃口、好飲食、尚時髦且知「扮靚」有「界外利益」可益世人因此樂此不疲的消費者，短則三月長則三年，便可能成為「知衣服和知飲食」之人了。

顯而易見，此中有滋味和品味的問題，但那涉及價值觀和審美角度，不能一概而論。可以肯定的是，你不能說不好魚子和松露菌的人為不知食、不嗜法國紅酒而偏好米酒的人為不識酒，更不能說喜大杯酒大塊肉而討厭動輒數十道菜的「分子料理」的人為不懂享受；當然，你更不能說對法、意時裝嗤之以鼻者為不懂衣着。食甚麼飲甚麼穿甚麼戴甚麼，各有各的門道各有各的偏愛。在當前這個信息瞬間傳遞寰宇的世界，大多數人只要願意，都能於短期間內成為「曉着衣吃飯」的「長者」。

「三代富貴，方知飲食穿衣」已過「使用期」，可以休矣！

乙、

2月4日拙文（第六節）談源自《史記》的成語「沐猴而冠」。筆者引明張岱《夜航船》指「沐猴，小猴也，出罽賓國」；成語的「沐猴」以「沐為沐浴之沐，非也」。究竟《史記》還是張岱正確，筆者不能定奪。

不數日，接《信報》「北狩錄」主人劉偉聰電郵，筆者不知道的事他解釋得一清二楚：「查早在宋人裴駰

《史記集解》已引張晏曰：『沐猴，獼猴也。』唐人司馬貞《史記索隱》更明言：『言獼猴不任久着冠帶，以喻楚人性躁暴。』是時也，項羽只欲東歸，炫耀鄉里，不思進取關中，故說者以此譏之，正中項羽心眼，遂有殺身之禍。」（「項羽聞之，烹說者。」）

劉君說他亦不知道張岱的「罽賓說」何所據，只知據《漢書·西域傳（上）》所載「罽賓……出封牛、水牛、象、大狗、沐猴……」又指「漢通罽賓在張騫之後，以上解釋項王時語，似不通」。筆者則以為不能說「不通」，因為沐猴肯定古已有之，即在罽賓「立國」前已存在。在時序上因此應該沒問題。

至於沐猴是甚麼猴，劉偉聰果有所見，他引《詩·小雅·角弓》有「毋教猱升木」一語，指出歷來註家愛引三國時吳人陸璣疏云：「猱，獼猴也，楚人謂之沐猴。」至此沐猴是甚麼猴，便大白於天下了。

2月15至17日，劉偉聰在「北狩錄」論證孫悟空是否「印裔華籍」，爬梳古人近人著論，極具啟發性。有興趣者不宜錯過。

順便一提。作者專欄不止一次提及《夜航船》一書，前曾解此書名，雖無大錯，卻不到家。近讀元陶宗儀《南村輟耕錄》，見卷十一有〈夜航船〉條，錄如下：「凡篙師於城埠市鎮人煙湊集去處，招聚客旅裝載夜行者，謂之『夜航船』。太平之時，在處有之，然古樂府有夜航船曲，皮日休詩有『明朝有物充君信，攜酒

騁懷
寫讀

三瓶寄夜航』之句。則此名亦古矣。」「夜航船」是時
代產物，早已消失。

2016年2月24日

錢花不完嗜享樂
擺設盛宴利主人

一、

　　對於人為甚麼會「窮奢極侈」，經濟學家、社會學家及心理學家各有精闢剖析。除了説之已屢的炫耀性消費和代理（你）消費（Vicarious Expenditure），值得大家深思的還有美國學者柯林‧金甫（Colin Campbell）提出的「不可抗力的自我感覺良好享樂主義」（Autonomous Imaginative Hedonism；「自動」譯為「不可抗力」，「自我想像」譯為「自我感覺良好」，似較能達意）。這即是説，人們大都有追求美好物事的「想像」，而「舊想像」幻滅「新想像」自動又生，這種心理因素形成的「精神享樂主義」（Mentalistic Hedonism），令人們無止境地追求物質（和非物質）享受並從中獲得樂趣；Paypal創辦人之一、美國科網巨擘蒂爾年前與友人合撰的《從無到有》（Peter Thiel〔B. Masters〕：*Zero to One*），進一步指出近今尤其是科網世代堅信「明天會更好」，因此很

易成為「盲目樂觀主義」（Indefinite Optimism）的信徒，表現在生活上，便是「今朝有酒今朝醉」，因為他們自我感覺良好，相信「千金散盡還復來」，遂盡情花費。

上述二三百字，是讀台灣中央研究院副研究員巫仁恕的《品味奢華——晚明的消費社會與士大夫》（聯經出版社）有感而寫。17世紀晚明形成的消費社會，便是當年的士大夫（有權有錢有識之士）都自我感覺良好並相信「明天會更好」有以致之。這種精神狀態，令精緻文化與炫耀性消費「與時俱進」，無論家居環境、家具擺設以至服飾設計，都有媲美今日富裕社會的成果——這裏僅舉一例，當年男士用的頭巾（寫「頭巾」是因為近來讀了一些與男性服飾有關的文章，連帶對男用「飾物」亦起興趣），便有晉巾、唐巾、漢巾、諸葛巾、純陽巾、東坡巾、陽明巾、九華巾、玉台巾、逍遙巾、紗帽巾、華陽巾、四開巾、勇巾、凌雲巾、方山巾及和靖巾……真是琳琅滿目、多姿多采（當中大部份筆者不知是甚麼模樣），不僅反證當時旺盛的消費風氣，亦把今日的頭飾產品比了下去！

不過，論晚明的奢華，似以飲食為最，據巫書考據，明人謝肇淛（1567-1624）在《五雜俎‧卷十一》所記的巨富豪奢場面，如今也許只有內地土豪和本地賣發水樓發達的地產商人能與比肩：「一筵之費，竭中家之產（盡中產階級的財富），不能辦也。」主人以之

「明得意、示豪舉」的擺闊，謝肇淛認為「太過份」，「不惟開子孫驕溢之門，亦恐折此生有限之福」。壯哉斯言；其實，過份奢華在古人眼中有更嚴重的後果，《後漢書・明帝紀》記「糜破積世之業，以供終朝之費：子孫飢寒，絕命於此」。這大概便是今人常說要為子孫積福不可太奢侈浪費的出處。不過，堅信「明天會更好」的人，哪裏聽得進耳？因此才有坐私人飛機赴日本食魚生、不惜百萬金競投松露的豪奢舉措。《五雜俎》記王侯閹宦不惜工本的豪飲狂食，今人少能望其項背（並非絀於資財，而是醫家不許）：「……蔡京（宋太師）嗜鵪子，日以千計；齊王好雞跖（爪、腳）、日進七十；江無畏日用鯽魚三百（江為梁武帝六弟揚州刺史疑為雙性人蕭宏的姘頭；《宋史》：『（江無畏）好食鯖魚頭，常日進三百……』究竟是鯽〔crucian carp〕或鯖〔harring科〕，筆者無從考核）；王黼（宋進士，助蔡京復相，官至御史中丞）庫積雀鮓（腌雀）三楹。口腹之慾，殘忍暴珍，至此極矣」！又說「今時王侯閹宦尚有此風。先大夫初至吉藩，過宴一監司，主客三席耳，詢庖人，用鵝一十八，雞七十二，豬肉百五十斤……」

如此「食法」，只有帝王家能及，而且中外皆然，有關我國歷代皇帝的揮霍（當然亦有省吃儉用的如梁武帝），不僅國人皆知，老外亦甘拜下風。《查理大帝的枱布》（N. Fletcher: *Charlemagne's Tablecloth*，李響的

中譯〔三聯書店〕在查理曼後加大帝,實誤,以「曼」
便是大帝;惟譯文文字不錯,可向各位推介)闢專章説
「中國宴會」,對皇帝老子的飲宴有不少着墨,而「中
國宴會黃金時代在宋朝」(907-1279)……:「宋朝的
宴會(食物繁多排場闊)更接近17世紀法國凡爾賽的
國宴」,可見我國王朝的盛宴規模比美食王國法國「先
進」四五百年;該書詳寫清河郡王宴請高宗的菜式:
「三十二道菜,每一道菜包括幾十盤……」比今已開到
荼蘼的「分子烹調」不遑多讓。查理大帝(741〔?〕-
814)盛宴的排場宏麗壯觀然食物不外滿枱「大魚大
肉」,烹調「文化」遠遠不及宋代的精緻……!

二、

　　除了炫富、「大快朵頤」滿足口腹之慾外,大排
場的飲宴還有不可忽視的社會功能。自古以來,大概是
由於物質匱乏引起感恩的心理作用,國人十分珍視來自
他人的「賜食」(送禮上門或邀赴盛宴),這既被視為
親情友誼的表徵,遂有「一飯之恩沒齒不忘」及「一餐
之飯必德」的諺語。事實上,在「古時候」以至現代社
會,請客吃飯是取得被請者好感的有效手法,廣府人所
謂「雞髀打人牙骹軟」,足以概括請客的積極效應;這
亦是大部份政府都對官員接受百姓宴請定有嚴格規例的
底因,那位喜與豪客遊的大官惹上官非,便是把持分寸
出問題而蹈法網而不自覺的顯例。

　　「食飯」之外，「酒宴」隨之，以尊敬是結誼的第一步，而最能表達敬意的是「敬酒」。此種風尚大概始於漢代，不斷「乾杯」確可增進交往的親密程度。內地「敬酒」之風甚盛，可以說是漢代遺風。

　　轟飲的另一作用是「揚名聲」，彭衛在〈秦漢社會宴飲習尚〉（收《趣味考據》第三卷）說「漢代人有十分強烈的顯名心理，一個人在外發跡，一定要讓家鄉的人知道，從而使自己光彩，也為自己家族增貴。」因此，功業事業有成的人，莫不回鄉大擺宴席，劉邦（漢高祖）和劉秀（漢光武帝）做了皇帝之後，都回鄉大宴親朋。劉邦「置杯沛宮，悉召故人父老子弟佐酒」，隨後又「張飲三日」。劉秀則回鄉「置酒舊宅，大會故人父老」。彭文又說：「東漢術士薊子訓為顯示自己的『神異之道』，在京師宴請百官，公卿以下候之者，坐上恆數百人。」人人開懷暢飲，當然對主人之術讚賞有加，薊氏很快成為洛陽人口耳相傳的名流。「酒池肉林」的故事發生於漢朝，武帝為了挫挫胡人銳氣（「見漢廣大，傾駭之」），設酒池於長樂宮中，「以誇羌胡，飲以鐵杯，重不能舉，皆抵牛飲」。武帝「於上觀牛飲者三千人」。武帝這一舉措雖盡顯其好大喜功的性格，不僅彰顯了酒的功用，亦是西漢中期社會政治文化的縮影。

2016年2月25日

騁懷
寫讀

仁超遠矣志明在懷
主流大晒公道何來

甲、

　　沒想到離港不數日，便相繼發生幾椿與《信報》和筆者有關的事，此中最意料不及的，當然是志明老弟病故。

　　在外地機場，收到女兒給她母親的電話，說「曹叔叔走了！星期天的事……。」到了候機室，看到數位報館的先後同事，包括前任和現任總編輯陳景祥和郭艷明給內子的相關短訊。郭女士問筆者夫婦可會寫幾句哀悼的說話，趕不及回覆便要匆匆登機；後來才看到《信報》隨後有個紀念曹仁超的專輯。

　　對筆者而言，「曹仁超」是個筆名，女兒嘴裏的「曹叔叔」，是我喊了幾十年「阿曹」的曹志明。以傳統老套的說話，阿曹與筆者「相識於微時」，當年筆者是負責《明報》（晚報和日報）財經新聞版，對於有投稿人以「童體字」書寫的來稿，初不以為意，稍後細讀，才發覺其文字雖不老練，評論卻貼市、直

率、富創意,並非人云亦云,甚有可觀;遂約他「飲茶」,哪知這位對市情及上市公司財務狀況頗為嫻熟的作者,竟是個言詞簡約、笑容靦覥,顯然是入世未深遑論老於世故的小夥子曹志明,和後來發福的長相迥異。四五十年前,由於市場需求不大,樂意為報章撰寫股市評論的人,屈指可數,志明正是筆者存心物色招納的人才⋯⋯。

聰敏好學和勤奮(任勞任怨也許更貼切),曹志明很快成為「名筆」。事實上,招攬他為「拍檔」,是筆者的明智抉擇,而志明對於他能夠與筆者共事數十年,亦有同感,那從他為《信報》二十五週年報慶特刊撰寫那篇真情流露的文章見之。他用曹仁超為筆名,廣為讀者所知,惟知道他還有在思聰、鄭植林等名下撰稿的,未必很多;在工作上,志明對筆者的「無慚需索」,一直有求必應,他花開數枝的專欄筆墨,正是《信報》財經版贏來良好口碑的基礎!

共事三十多年,志明和筆者在工作上可說合作無間,他的名堂響了之後,亦從無主動提出這種那樣的回報要求,無論參股、分紅、「分房產」以至賣股權,都是不「加」意見便笑咪咪地喜而納之。正如當他秘書二十多年的酈女士說:「曹Sir大方不計較,很易相處⋯⋯。」和他共事的同事,見過面、談過話的讀者,相信對此都有同感;其隨和與友善,亦反映到他與財經版的「後勤小組」(研究部門)的長期合作愉快上。

　　《信報》股權於2006年年底分階段轉手，筆者退出報社，只寫專欄；志明留任，保持其全神投入工作的固有作風和熱誠，與新班子如魚得水……。

　　在新公司「打造」下，以寫「日記」享盛名的老曹，很快便從「投資者」的身份變為洞明財勢股市的「民間股神」，現身論壇、出席講座、大量出書以至登台做戲、宣傳走埠，八寶盡出而應付裕如，其長女悼念乃父的文章說他「一生精彩豐富」，一點亦不誇張。而這連串的推廣宣傳，因為形象鮮明叫座，不但對報館有利，亦令阿曹躊躇自得、沾沾自喜。忘其所以地投入「股神」的角色，畢竟與伏案寫文章只要勤奮動腦筋的代價不同，變成公眾人物，曹志明豈會全無付出？事實是，無論在體力上、精神上以至言詞間，阿曹都有「透支」甚至「超支」的痕跡。其間筆者發覺阿曹談出身、說舊事，不少都與筆者過去認識數十年的曹志明大有出入！

　　「股神傳奇」愈推愈高的一些「離地奇談」和「無中生有」，不免包含若干與《信報》和筆者有關的舊事，不盡不實的誤傳，一再發生；筆者和內子不得已的事實澄清，在不解內情的旁觀者尤其是好事播弄者看來，便是幾十年交情一朝斷！

　　工作投入、演戲入戲，那是阿曹過去一直引以為傲的本色，可是切實人生與虛應故事的交織糾纏，真假裏外關係的遠近親疏，令三十多年交好共事的善緣變得不

實不在。

在外地聽到阿曹的死訊時，還能思潮起伏，回首舊日瑣憶；回港看到訃聞上不只是括號內的曹仁超而是曹志明時，方切實感到老友大別，一念俱往矣，只覺痛惜！

乙、

大約半年前退出公民黨、辭去立法會的前議員湯家驊，其留下的空缺，在去週日舉行的立法會新界東補選中，回歸公民黨，由年輕一輩的楊岳橋補上。

新界東是一個大選區，範圍包括人口密集的將軍澳、沙田、大埔和上水等；區內住民的「階級」代表性均勻，登記選民接近一百萬，雖然補選議員的任期只有半年，可是參與角逐的卻有七位之多。選舉當日，共有四十多萬選民投票，代表泛民勝出的楊岳橋（公民黨）與未能入局的梁天琦（本土民主前線）分別獲十六多萬及六萬餘票；打響建制派旗號參選、聲勢看似浩大的周浩鼎（民建聯），得票十五多萬，僅以約一萬票敗陣。得票對比，建制與泛民是四六之比，相對激進的本土民主前線，由於得到六萬多票而變為「大有來頭」，舉起了「三分香港政治版圖」的大纛，給很多人帶來新鮮的解讀。

補選前夕，港人對立法會的長期拉布，感到厭煩和疲累；不少人尤其是親建制派，認為癱瘓議會正常運

作，費時失事、浪費資源、拖累民生，這種想法特別是親建制的傳媒就此大做文章、口誅筆伐，加上農曆年初二凌晨旺角那場警民衝突暴力過甚，令人擔心會削弱泛民特別是激進反對派的群眾支持，讓建制派坐收漁利，奪走制衡立法會的關鍵性一席，就此破解泛民在分組點票中僅餘的否決權力，加上高速剪布的「蠻力」，改動商議提案的先後次序，近乎修改《議事規則》的「立法話事、通行無阻」，便不難達致。

一般人雖然討厭拉布，可也明白當前特區政府管治失序，政事亂作一團，權力建構的機制蹺蹊，缺乏均衡，是議會人事兩極化和政府「多行不義」的主要原因。建制派盲撐政府，反對派的提議，不管理由多麼充份、「貼地」，因而永不「出頭」。從這次關鍵性一席的補選結果看來，選民是寧願忍受反對派繼續拉布，亦不願見制衡力量進一步萎縮！眾目睽睽，政府對建制派的權力傾斜已嫌過份，少數派的合法否決權怎能輕忽？楊岳橋勝出，立法會議事制衡機制才不致報廢。滿肚密圈、別有懷抱的退出公民黨，該黨曾予人以花果飄零的印象，非常明顯，楊岳橋當選對公民黨以至整個泛民陣營是一支強心針，顧全整體泛民力量的有心人，應更珍惜一些過去不屑一顧的合作空間和機會，令泛民力量不再那麼分散。

未來半年，面對高鐵的超支撥款、新界東北發展計劃的推動與「網絡二十三條」重推（？）等，政府與

建制派可說「頭大如斗」，一籌莫展的特區政府，可有
扭轉乾坤的板斧？民建聯的周浩鼎在敗選後發表了一些
「罪己」的話，諸如未夠努力、知名度低和啟動選舉工
程太遲之類，只要看一看補選過程和其他參選人，便知
周氏所言空泛虛弱。本來，以建制派的聲勢和資源，周
浩鼎當選的機會不低，結果卻是無功而回，不僅輸給楊
岳橋，就是要和平革命的梁天琦落敗卻是贏滿信心，其
得票為總投票率一成半強，如此氣勢，令助選資源充
沛、後援部隊強大的周浩鼎，顯得多麼軟弱乏力。梁天
琦一句「主流唔係大晒（主流不能決定一切）！」大快
人心；反觀周浩鼎那句「行正路」，人們聯想的是行事
無方、徇私不正的特區政府，不免要問究竟是哪門子的
「正路」？「捨正路而弗由」的楊、梁二君，顯然一人
贏得漂亮、一人雖敗猶榮！

2016年3月3日

騁懷
寫讀

新聞節操求真相
神職禁慾多穢聞

一、

很少談及奧斯卡得獎電影（奧斯卡之得名則曾說之）＊，這回寫了，是因為《沽注一擲》獲得最佳改編劇本獎而最佳電影為《焦點追擊》（*Spotlight*）奪得。2月18日作者專欄提及前者時，說電影把原著的牙買加家傭改為跳鋼杆舞的舞孃，讓她一邊跳舞一邊說物業投資，是一絕；而解釋何為泡沫，插上原書所無的「美女泡沫浴」，由胴體若隱若現的「浴女」一面弄泡沫一面說泡沫，妙不可言……。這些改編、「加料」，令其得最佳改編劇本獎，實至名歸。

對金融市場有興趣或樂在其中的人，看（更好是讀）《沽注一擲》，可強化對市場大鱷為牟利而不擇手段不惜矇騙投資者甚至隱瞞公司管理層的了解，然而，基於貪婪天性和僥倖心理，看這類生動刻劃金融騙局的電影和書，未必能收成效，換句話說，觀眾或讀者雖然看得過癮而且以為受啟發有所得着，卻很難因此

變得「精乖」（這正是筆者説「天下有難事，賺錢最艱難」的底因）。《焦點追擊》對觀眾肯定有正面效應，一般人會對媒體為追求公義與真相的付出，添加一份敬重；新聞工作者挑戰權威、終於攻陷建制「高牆」，所傳達的「正能量」，可以鼓勵傳媒工作者更積極地守護良知、捍衛專業操守。以作用衡量，筆者以為《焦點追擊》價值比較高！

根據《波士頓環球報》「焦點小組」（Spotlight Team）於2002年十二個月內約六百篇報道和特稿內容而撰成劇本的《焦點追擊》，是一齣表達形式有如紀錄片、「根據真人真事改編」的劇情電影，抽絲剝繭地述説最初只有四名記者、隨着「劇情」的緊湊性一路擴張至十人的小組，如何鍥而不捨地把波士頓地區天主教的戀童神職人員（神父，Pedophile Priests）一一揭發的「採訪過程」。在一個約有五成人口自稱是天主教徒的城市（天主教徒比例之多為美國各地之冠），進行這項對教會「扒糞」的工作，着實不容易。應該強調指出的是，「焦點小組」的成員都是所謂離經叛道的天主教徒（lapsed Catholics），以他們一出世便「領洗」但思想獨立後不再「迷信」成為名義教徒；他們的家庭教育和參與教會活動的耳濡目染，讓他們熟悉教會運作，採訪神職人員，本該駕輕就熟，哪知教會為了「維穩」，全力阻撓，令採訪工作非常艱鉅！

約六百篇「焦點小組」的相關新聞，揭露了天主

馳懷寫讀

教波士頓教區二百四十九名神父「戀童」的罪行，而其中的約翰・基奧漢（J. Geoghan, 1935-2003）神父，狎玩男童數目竟達一百三十多名。基奧漢荒淫無恥，劣跡斑斑，雖然教區樞機多番護航，接到投訴便把他調往新的教區，可是他淫性不改，民憤愈來愈大，教會不得不採取行動，為了維護教會的神聖尊嚴，基奧漢於1993年（58歲）「被退休」，「焦點小組」不懈追蹤，終於把他任神職時的醜行一一揭發，人證物證俱在，受害者最後把他告上法庭，2002年1月被判十年徒刑；法庭的判決令「焦點小組」士氣大振，陸續揭發多宗類似醜聞，而基奧漢翌年8月在高度設防獄室死於一名不准假釋的死囚刀下！

二、

　　作為一名退下火線的新聞工作者，筆者對《波環》編者與記者如何在惡劣客觀環境下互動採訪被潛勢力龐大的天主教劃為禁區的性醜聞，興趣甚濃，建議有志於新聞工作的傳媒人，不要錯過這齣戲。必須強調的是，導演和編劇把這宗新聞搬上銀幕的目的，在於彰顯新聞記者的「威力」、有正義感的編採人員不可輕侮；不過，與此同時，卻令天主教會特別是波士頓地區教會的聲名掃地，令上帝蒙羞，世界各地神父的劣行遭相繼披露，可說是這宗新聞的「非預期結果」。

　　雖然電影的背景資料沒有提，可是據筆者翻閱所

知，《焦點追擊》劇本所根據的，應為哥倫比亞大學新聞學院2009年大衛·明斯納（D. Mizner）所寫的「個案研究」：〈揭露驚天真相──《波環》和波士頓天主教區的性醜行〉（Reporting on Explosive Truth-The Boston Globe and Sexual Abuse in the Catholic Church ccnmtl.columbia.edu。）《波環》的有關報道於2003年獲普立茲公共服務獎，哥大的研究員把其可説緊湊驚險的採訪過程編成教材，且順理成章地成為《焦點追擊》劇本之所本！

90年代初期，《波環》已有神父戀童的零星報道，知道「內情複雜」，為免事態擴大，受地方人士極度尊敬的紅衣主教巴納·羅（B. Law）「假上帝之名」，硬軟兼施迫使該報「小事化無」（老淫蟲基奧漢期間「被退休」但記者不肯罷休）；可是，主教為了「維穩」維護醜行，令該市神父在狎童上更無忌憚，至2000年，隨着性醜行的傳聞無日無之，巴納·羅主教被控以「包庇戀童神父罪」，雖無法把他入罪，在2002年，尊貴如上帝的巴納·羅主教在「社會壓力」太大下，不得不辭去神職。事件鬧得沸沸揚揚，翌年《波環》新老總巴隆（M. Baron）上任，他是外來人，與盤根錯節的地方政教固有勢力沒有千絲萬縷的關係，令他放手把追蹤此事的責任交給「焦點小組」，揭露過程，《焦點追擊》戲劇化地把此一《波環》一百四十二年歷史上影響最大、最聳人聽聞

騁懷寫讀

的新聞報道，活潑生動地呈現於觀眾眼前。

　　新聞工作者在這個美東天主教重鎮，通過一步一腳印有根有據的求證，終於撕下天主教醜陋的面紗，當然，樹大有枯枝（有人會說枯枝何其多），百多名神父戀童不等於天主教是變態淫行的罪惡淵藪，但《波環》的報道重創天主教聖潔無瑕的清譽，是不能改變的事實。自此之後，世界各地揭露天主教神父淫行的事，輒有所聞，2月29日《852郵報》有澳洲樞機當眾承認該國對七八十年代神父性侵兒童事件「處理不當」、「犯下巨大錯誤」的報道；3月3日《巴士的報》則有題為〈借宣教性侵街童　美神父被判重囚近十七年〉的新聞。這一切，可說都因《波環》「焦點小組」的揭露而起⋯⋯。

　　筆者對宗教信仰認識不深亦無特殊偏見，長期來相信若撇開神化的迷信部份，不同宗教的教義，尤其是基督教和佛教文獻，均有不少可取可學習的地方。宗教的最大缺失，對筆者來說，與共產黨一樣，是對人性的壓抑和避而不宣。天主教和佛教剝奪了神職人員結婚的權利，扼殺人類對性愛的自然需求，在政教合一及神權與政權互相配合的時代，讓有權勢的教會「藏之於密」的醜聞，於傳媒特別網絡資訊發達的當代，便日有所見時有所聞，一再出現戀童神父和淫僧的丟人現世。這種令方外人齒冷甚至吃驚的醜聞，其實與老共硬要黨員去除自私天性，結果卻成「官久必

富」之局，貪腐張狂。所有這一切，都是沒有正視人
慾獸性並加梳理的反彈！

2016年3月9日

＊ 見2001年3月27日的〈江東子弟多才俊　影藝界臥虎藏龍〉

騁懷
寫讀

一「字」之差說正誤
沽空利用擦鞋仔

甲、

小休歸來，竟有數宗「意外」要「處理」，「孤注一擲疑雲」便是其一。

2月18日作者專欄談及電影The Big Short，一如拙文提到，筆者並沒有看過電影，友人相告電影名稱時，筆者誤「沽」為「孤」，因此捉錯用神，批評譯名不到家。筆者這種看法不應有錯，問題是細心看大版的編者好意地替筆者更正戲名，把「孤」改正為「沽」，那當然是要感謝的，可惜，內文隻字不改（亦未通知筆者有一字刪改），遂令拙文看來頗為可笑和荒謬。《沽注一擲》是不錯的譯名，雖然筆者仍認因為未能點出貫穿原書（和電影）的「三家對沖基金四狂人」先天下看淡而拋空的歷程，為美中不足，但《沽注》甚為切題。

同日Fairdinkum在《信網》留言，「擊中要害」，錄如下：「林生可能有少許誤會。此『沽』不同彼『孤』。『沽注一擲』妙就妙在諧音『孤注一擲』。沽

者short也,其實非常貼切抵死。林生的異議,對『孤注一擲』而言,是非常的有道理,否則『沽』怎會是『購貨』呢?莫非買Put乎?要在投機市場搵大錢快錢,往往要從short side着手,但風險極大。如要成功,除了出手去『空』外,內心也要『空』,千祈不可執着。故成功的『空手道』(林生語),堪稱為『大師』也!林生的譯法『空手道高手』,如轉換為『空空大師』,似乎更潮,更有『夢幻泡影』的味道。不知以為然否?」

千錯萬錯,錯在筆者不知「行情」,太過「離地」(少進戲院;印刷媒體上的電影分類廣告,不知在甚麼時候已不再見),連戲名亦搞錯。

還有,不知何故,編者把筆者寫的「龐茲」改為「龐氏」?! 筆者「數十年前」已在《信報》介紹「龐茲騙局」,2007年8月13日的〈以新債養舊債龐茲名留金融史〉(收《次按驟變》),再說龐茲(Charles〔Charto〕Ponzi, 188?-1949;生年不確)的欺詐伎倆之餘,尚於文後強調指出內地著名英語專家陸穀(谷)孫教授編彙的《英漢大詞典》把Ponzi譯為龐氏,雖合「慣常使用法」,筆者卻認為不大妥當,以Ponzi姓龐茲而不姓龐,嚴格來說,可把之譯為龐茲氏,卻未免太累贅。筆者這種看似吹毛求疵的「堅持」,其實是有所本,即我們不能把甘迺迪(肯尼地)稱為甘氏,因他姓甘迺迪而非甘姓……,把Ponzi譯為龐氏,除可能引起此公姓龐而非龐茲的誤解外,不通西文者還可能以為是

中國人。

筆者無意要把譯名統一化，惟在拙欄中出現自己反對的「異譯」，便非筆者所樂見。因作此簡略説明。

乙、

有點「禍」不單行的況味。近月兩三次提及肯尼地（甘迺迪）總統的父親約瑟夫（1888-1969）因聽擦鞋仔大談股經「唱好」大市而及時從股市獲利回吐和沽空的軼聞，以為是得意之筆，哪知舊同事S君從水牛城來電，指出此事有蹺蹊——他用蹺蹊一詞，是不忍直指筆者引述有誤。事實是，他説，當年根本沒這回事！這麼説來，出錯的豈止筆者，因為迄去年下半年為止，所有有關約瑟夫・肯尼地洞悉先機、見好友炒家所未見的投機心法的「文獻」，都如是説。

原來S君在一本去年出版的書中，發現這點如今已非秘密的秘密；筆者未讀此書（在寄來香港途中），S遂把相關節章（第六章）傳來。

經常為財經刊物撰稿的紐約律師理察・法利去年出版的《華爾街戰爭》（R. Farley: *Wall Street Wars: The Epic Battles with Washington that created the Modern Financial System*），對約瑟夫的發跡，有很細膩的描述。應該一提的是，本書書名副題展示的，正是上世紀20至30年代美股大崩潰引致世界經濟大蕭條後，美國政府痛定思痛，決心要「規範」華爾街的金融活動，但華

爾街中人起而「奮戰」、力爭「最佳」立法的過程。約瑟夫在此中扮演重要角色。

約瑟夫為第二代愛爾蘭移民，於20年代從「重組荷里活影業公司」賺取第一桶金，惟他的發財主要在炒賣股票上有所斬獲——在多次數名炒家聯手「造市」的股票炒作中，輸少贏多。在這些投機活動中，最著名的當然是據說他聽擦鞋仔誇誇其談，大駭，於不動聲色間，不但賣清所有進而賣出所無即拋空股票大獲全勝的那一次！

在時人相信股票只會上升不會下跌的樂觀氣氛下，華爾街中人大都認為股市升勢有餘未盡，便在此關鍵時刻，約瑟夫把「所有籌碼換成現金」後再拋空，把所得悉數購進國庫券，僅此一役，令他躋身美國富豪行列。是甚麼促使他作出此一逆市的決定，約瑟夫從未清楚交代，當被記者問及時，他非常隱晦地說是受一位擦鞋仔的「啟發」，那位擦鞋仔，他雖沒有點名，但大家都知他何所指，因為那位當年22歲、自號「華爾街擦鞋匠」（Bootblack to Wall Street）、在華爾街六十號門前擺檔的意大利裔年輕人波隆那（P. Bologna），是擦鞋高手，更是吹水大師；由於他的顧客絕大部份是股票經紀和炒家，和他們的寒暄交談，令他自我感覺良好，以消息靈通、貼士奇準自詡；當好事之徒尤其是對八卦新聞鍥而不捨甚至生安白造慣於無風三尺浪的記者，問是否他的測市偉論令「大亨」肯尼地賺得盤滿缽滿，他面有

得色但「謙遜」地說「無可奉告」、「你們去問 K 先生吧！」。虛虛實實，遂令此事「弄假成真」！

　　約瑟夫‧肯尼地為何不公開承認他準確預測股市將見頂回瀉？法利的剖析大有道理。約瑟夫當時堪稱有錢人，而他深知「有勢」才不會有失，因此想盡辦法要躋身上流社會及政界，與政商名流平起平坐，才不致在金融圈受歧視；當時華爾街中人幾乎人人看好後市，約瑟夫若不假借波隆那之口，他的清倉甚至「沽空華爾街」，肯定會被這班大好友視為局外人，還可能被「誣指」大跌市因他沽空引致，如此他便肯定會被排擠在「上流」社交圈外，尋且成為華爾街千夫所指的過街老鼠，要當「名流」的好事成空。約瑟夫技巧地（其實是狡猾地）把「天下之惡」歸諸波隆那，輸得昏天黑地叫苦連天的股民便不致把矛頭直指他身上。約瑟夫有此用心，從他不出面否定「波隆那教路」的傳聞可見。

　　約瑟夫‧肯尼地工於心計，不惜一切往上爬，他認為在社會上特別是政治上沒有影響力，在「極端意識形態」降臨美國時「我的財富可能減半」。蘇維埃政權於1922年成立，肯尼地有此憂懼，不足為奇。約瑟夫看透資本主義制度的本質，因此非常親建制，在股市上翻雲覆雨大牟其利後，出任不少公職（如海事委員會第一任主席、證監會第一任主席和駐英大使〔1938年至1940年〕）「回饋社會」。在證監會主席任內，他大有建樹，改變華爾街是賭場形象的，諸多立例立法，

約瑟夫可説功不可沒;而在建立合理、公平交易規則過程中,他向來予人以「股市暴發戶」(Upstart Market Plunger)的印象漸次消除。約瑟夫所以能在公共服務界出人頭地成為名流的其中一項因素,是與他識於微時的F·D·羅斯福在官場上平步青雲,並且當上總統(1933至1945年在位);羅斯福對這位禮貌周到出手闊綽的老友,關照有加,自不待言。約瑟夫長袖善舞,擅開「後門」、擅走「內線」,為本身牟取最大利益;1932年美國解除禁酒令,他即與小羅斯福(占士)結伴同遊蘇格蘭,名為訪舊但「順便」取得蘇格蘭名釀Gordon's Gin及Dewar's Scotch的美國銷售專利權,及後沿此路進,又獲進口加拿大酒的獨家牌照,幾乎壟斷美國的烈酒市場。其時酒禁初開,人人合法轟飲,酒業為肯尼地家族帶來巨大的財富。約瑟夫知道賣酒專利不能久長且賣酒賺錢並不體面,遂轉在地產上投資,他購下芝加哥最矚目的地標大廈商品期貨交易所,成為肯尼地家族總部亦令他名列地產大亨榜。

為保家業,約瑟夫積極培養、鼓勵後代從軍從政,雖然取得亮眼的成績,然而代價極大!他的大兒子死於二戰,二兒子三兒子於60年代起在美國政壇冒頭卻先後死於被暗殺,這些港人耳熟能詳的事,便不説了。

2016年3月10日

無中生有孔子曰
傅雷家書有生無？

■寫了約瑟夫・肯尼地並非驚聞擦鞋仔看好大市之言而「拋空華爾街」，不免想起歷史上究竟還有多少這類把傳言當為史實的事情？擦鞋仔「唱好」是退市時刻（「唱淡」時則要購貨），上世紀七八十年代的中環人莫不視為測市圭臬，當大市大幅波動時，便有炒家向戲院里擦鞋仔「問市」。《信報》早有「金魚缸」和「投資者日記」等專欄便有不少相關敍事。

「問市」於擦鞋仔的「迷信」，中外「流行」近百年，終於被打破！

由此想起一項深入文人腦海的說法，原來亦可能是穿鑿附會。月前與眾友人閒聊，談及儒學；一友人於「會後」轉來「騰訊文化」上〈孔子形象在歷史上的變遷〉（下稱〈孔子形象〉）一文，述說孔子在國史上不同時期的「待遇」，資料甚豐卻並無甚麼新意，東抄西襲拼湊成文而已；惟引述魯迅先生對孔子的利用價值的觀察，深入肌理、十分精彩。於1925年6月發表的

〈在現代中國的孔夫子〉一文，有可圈可點的一段話：「孔夫子之於中國……，恰如敲門時所用的磚頭……，門一開，這磚頭也就被拋掉了……。」2004至2014年十年間，中國在全球一百二十六個國家（地區）建了四百七十五所孔子學院和八百五十一個「孔子課堂」，發揮了把「中國文化」輸進西方的敲門磚作用；這塊敲門磚會否被丟棄？比如通過推介孔子「販賣」其他北京要傳揚的理念，大家不妨拭目以待。

〈孔子形象〉提及一件港人似未覺察的事：「2011年1月12日，這座總高為九點五米的孔子雕像，在天安門以東的國家博物館前落成。」孔子雕像的豎立，帶有強烈的官方肯定儒家學說的意味，但不是人人同意，「妄議」的人實在不少，這等於說立孔像於天安門「爭議性」甚大，主流觀點認為天安門立孔子像，「是歷史的倒退……」主管意識形態的高官大概認同此說，同年4月中旬，僅僅在立像後三個多月，孔子像便被撤走，遷入不是人人能見的國家博物館雕塑園。

不過，筆者對這篇約莫萬言的文章最感興趣的一點是，談及儒學功過的，它引述南京市行政學院哲學部教授孫景壇在1993年第六期《南京社會科學》發表的〈漢武帝「罷黜百家，獨尊儒術」子虛烏有〉，可算是「董仲舒專家」的孫氏認為：「董仲舒沒有提出這樣的建議」，而且從漢武帝以至整個漢代均沒有「罷黜百家獨尊儒術」的提出……！

寫讀

懷騁

董仲舒有沒有説過這句我國識字分子人人知道的「名言」，待考；筆者懷疑這可能是孔老二的徒子徒孫為獨享廟堂香火使計令朝廷「獨尊儒術」而捏造出來！

■筆者不是「影迷」，更非侯孝賢「迷」；《悲情城市》看得非常「不爽」，《刺客聶隱娘》分三次尚未看完。倒是「刺客」一詞引起筆者的興趣。

多年前讀過一篇説刺客的文章，東尋西覓，終於找到。

民國二十六年（公元1937年）1月1日出版的《食貨半月刊》（70年代台灣的影印翻印本），有其編者陶希聖所撰的〈西漢時代的刺客〉一文，第一節「刺客與剽掠」云：「貴富之家養活賓客，常用以刺殺仇人，或剽掠市里，刺客的豢養或結交，在戰國時期是很常見的，《史記‧刺客傳》專記有名刺客的事蹟……」作者引《漢書》稱「西漢末……『刺客如雲，殺人皆不知主名。』」可見當時的人為「報仇豢養刺客」的普遍；而刺客忠於主子，主子要殺誰便殺誰——連被殺者的姓氏亦不問便動手。

西漢（始於元前約200年）距唐（始於公元618年）約820年，刺客作為一個「行業」，似已專業化。《太平廣記》所收唐裴鉶的〈聶隱娘傳〉，説隱娘為魏博藩鎮大將聶鋒之女，「十歲為一老尼『竊去』」（電影DVD封套之説明為「被一道姑帶走」），「授以劍

術，刺人百發百中而人不覺」。劍術神乎其神，電影中的隱娘（舒淇飾）真的是手起刀落，乾淨利落，殺人於不覺於無聲。侯孝賢確有功夫，只是說故事的本事太差或太深奧抽象，一般觀眾如筆者難以理解罷了！

　　■劉偉聰在他的「北狩錄」中說傅雷家事，言人所未言，讀得津津有味；3月15日竟及筆者，他這樣寫道：「近看Claire Roberts寫的Friendship in Art: Fou Lei and Huang Binhong……，書上還有一條小註說明，據傅敏憶述，此信曾託於《信報》林先生以作當年訪問傅聰之用，後於訪問中一併刊出，惜此信如今已成佚簡。我自然記得林先生那篇〈和傅聰先生一夕談〉，可收在《英倫采風》第四冊上的版本未見附箋。」按：據劉君的說法：「為使不讀書的黨國爪牙看得困難，信是英文寫的，格外血淚」；這便是傅雷於被定性為右派並被「折磨凌辱」數年後，於1966年8月12日寫給傅聰昆仲的英文家書。

　　劉偉聰告知筆者，「一條小註」在該書頁二一〇，第七章的註十一這樣說：「At p.210, Note 11 to Chapter 7 reads, 'According to Fou Min, the letter was given to Lin Xingmu, a writer in Hong Kong, as reference for an interview with Fou Ts'ong. The last section of the letter was published with the interview. The original letter is now lost.'」

馳懷寫讀

劉君又説此書「中譯本作《有朋自遠方來》（陳廣琛譯，中西書局，2015），頁九十六，傅敏憶述見《紀念我的父親》，為2008年4月8日人民大會堂傅雷誕辰一百週年紀念大會上的發言。此書原著中譯，筆者均未曾讀。

究竟是甚麼一回事？原來是，約五十年前，筆者受《明報月刊》總編輯胡菊人之託，往訪住於倫敦「車路士」區的傅聰，胡兄同時寄來一二本傅雷譯作作「見面禮」，但並無傅敏所説的信；《有朋自遠方來》所記，筆者完全不知，當然更沒有與訪問記一併刊出這回事。翻閱舊文（亦收上海文匯出版社的《英倫采風》），傅聰在訪問中説及乃父的「家教」及政治識見，仍然值得細讀。

幸好劉君博覽群籍且心細如塵，才會於這本「小眾書」的註釋中見此根本無有的事！

（閒讀偶拾）

2016年3月17日

杜賓設想行不通
穩定匯價顯神通

一、

匯價大幅波動，對自由市場國家的經貿活動尚且造成困擾，對自由其表管控其實的中國市場，其衝擊會令當局更為頭痛。人民幣匯價「自由浮動」以來，雖然有關當局頻頻出手干預（去年8月為支撐人民幣匯價，IMF指中國擲出約千億美元〔從市場購進人民幣〕），但匯價的升沉仍頻頻逸出當局願見的水平，國家外匯管理局（下稱「外管局」）因此有意進一步規管外匯市場的炒賣活動。

去年10月23日，《信報》有題為〈內地研徵托賓稅〉的新聞，報道外管局副局長王小奕說，該局「正在研究托賓稅（外匯交易稅）以減少跨境資金大出大入」。此後傳媒似無進一步消息，直至今年3月16日，《信報》報道〈遏走資，托賓稅傳快出台〉，顯示近半年來外管局已在徵收「托賓稅」上做了不少工夫；消息引述內地一位專家的話：「如果消息屬實，則暗示中國

騁懷
寫讀

資本外流壓力或已超出預期，近傳決策局做出更加嚴格限制外匯投機的政策準備。」非常明顯，人民幣雖然走向自由匯兌，但當局無法容忍其匯價大幅波動！

「托（《信報》向譯杜）賓稅」（Tobin Tax）、「杜賓的q」（Tobin's q ratio）和「可分性定理」（Separation Theorem）應是《信報》讀者熟知的名詞，以包括筆者在內的多位作者均曾細說。今天要談的當然是「杜賓稅」。

這是1981年諾獎得主占士・杜賓（J. Tobin，1918-2002）於1972年在普林斯頓一次演講中提出的「外匯交易稅」（Currency transaction tax），背景為1971年8月15日美國總統尼克遜宣佈取消金本位制，變相令《布列頓森林協議》的貨幣固定匯價制失效，外匯炒賣將因不受任何法例的規範而炒得飛沙走石，市場炒風興亂，禾雀亂飛，對這種前景憂心忡忡，時在耶魯任教的杜賓遂有稅項主張，希望通過「寓禁於徵」的課稅，以煞炒風！

徵收外匯稅如何貫徹？杜賓認為先由國家立法，然後再由聯合國、國際貨幣基金組織及世界銀行通過協議，令它們的會員國遵行！與此同時，國際相關機構必須立法，杜絕稅務避難所（俗稱稅務天堂）不理會徵稅決定仍允許外匯交易免稅。1972年杜賓提出的稅率為1%，其後一路向下修訂，至1978年定於0.25%至0.5%之間（成交金額百元抽稅二十五仙至五十仙），

稅率似有若無，稅收有若雞肋，但由於成交額媲美天
文數字，集腋功能不可小覷。據經合組織（OECD）於
2002年5月發表題為〈杜賓稅可行嗎？〉（Tobin Tax:
would it work？）的特稿（www.oecdobserver.org），
引國際結算銀行的統計，1998年世界每天外匯交易額
達一萬四千九百億（美元‧下同），由於歐洲十二種
貨幣於1999年1月一體化（歐羅），可炒貨幣的數量
相應下降，成交量額相應下降至2001年的每天一萬
二千一百億，每年稅入在五百億至一千五百億之間，這
筆錢究竟有多大？2000年「經合組織」的外援金額為
五百二十七億——可見外匯稅數不在少。由於杜賓一早
建議這種抽稅應該用於「扶貧」，因此支持杜賓稅的個
人、團體和國家多的是。

二、

　　「杜賓稅」的原意在抑制炒風，以減緩匯價波動
令其趨於穩定以利經濟發展；這種構想用心良苦，但別
說不易貫徹，就算能夠實行，能否收效亦成疑問。上引
「經合組織」那篇特稿，主要在述說徵收這種稅在技術
上困難重重——困難至幾乎不可行！

　　80年代以降，外匯炒風熾熱，經常有學者、社會活
動家和政客提出徵收「杜賓稅」以抑炒風，可是都無法
獲各國政府特別是金融中心所在地政府的支持。在這種
情形下，即使聯合國認為用「杜賓稅」的稅款援助第三

世界國家可解決「援外基金不足」的大問題，卻因難令有「金融中心」的大國認同而無法成事。1997年，法國《世界報外交月刊》總編輯藍蒙奈（I. Ramonet）建議成立一個稱為「徵收金融交易稅以救援（鄉鎮）人民」（Association for the Taxation on Financial Transactions for the Aid of Citizens，縮稱ATTAC）的國際性組織，尋且發起全球運動，推動徵收這項稅收。藍蒙奈主張把這方面的收益用於醫治愛滋病、購買糧食救濟非洲飢民及投資在環保事業等的「環球公共財」（Global public goods）上……。一句話，藍蒙奈代表的「激進分子」要用這項基本上是「杜賓稅」的稅款改造世界。顯而易見，基於上述的理由，此議亦因反對者眾而不了了之。

運用「杜賓稅」改造世界，顯然遠離杜賓原意，因此他老說「杜賓稅」已被「挾持」，不過，卻是「善意的挾持」。事實上，把「杜賓稅」用於福利，倒與香港徵收博彩稅及其用途相若，都是以賭客（不必猶抱琵琶，博彩和投機都是賭博）的錢援助「窮人」，抽「杜賓稅」遂師出有名亦有群眾支持，比利時、加拿大、委內瑞拉以至英國，都由議會或民間組織提出徵收「杜賓稅」或經「改良」的稅項，可惜均無疾而終，所以如此，皆因既得利益集團「據理反對」，「理」是要全球每個國家都徵同一的稅，不是易事，就像無法杜絕避稅天堂一樣，只要有一兩個地方不徵稅，便難收成效。經濟學人社的小冊子《經濟學》及經合組織的《觀察者》

（OECD Observer），均指香港可能是其中一個「不守規矩」的地區（前者加新加坡；後者加法蘭克福。香港所以全部入圍，大概是香港人擅長「走位」而聞名全球有以致之），整項計劃便失效；此舉亦可能促使銀行（金融機構）間進行更頻密的同業記賬交易，還會加重有實際需要的貨幣對沖成本，結果令可徵稅金額萎縮而收不到預期的稅收。

有益有建設的「杜賓稅」胎死腹中，頗類香港政府因外圍馬大戶的反對而無法徵收博彩稅！

三、

中國進入世界經濟體系，人民幣匯價難免會受國際市場活動影響而迭起波瀾，北京對此早已了然且不以為意，但當波幅超出預期，打亂國家「計劃」，相關部門便會出手干預。在國內市場，干預可以行政手段出之（如對股市）；在國際市場，便只能以真金白銀的投入或抽出，讓有關媒介的價格回到當局願見的水平。眾所周知，去年8月為遏阻人民幣匯價「下行」，人行拋出近千億美元……，但美元外匯來之不易，市場因此傳人行以「額外貨幣操作」左右人民幣匯價。週一《華日》報道，國際貨幣基金組織已覺察北京「惜售」，不再拋美元購人民幣，而用一些衍生工具以達支持人民幣匯價的目的；外匯市場因此無法從中國美元儲備的加減揣測北京對人民幣匯價的態度，遂由IMF出面要人行公佈包

括美元外儲數量及持有多少外匯期貨合約的詳細資料。不過IMF昨午發表聲明，指此說並非事實，因為中國於去年底採納IMF數據公佈特殊標準（SDDS）並按其規定公開相關數據，換句話說，IMF並沒有要求中國提交「更多額外信息」。然而，人行不用非正規手法干預匯價，不等於它不會想盡辦法納人民幣匯價於正軌，有意徵收「杜賓稅」便非不可能。不過，一如上述，此稅雖然有抑制「純粹投機性交易」之效，但如何能使所有人民幣離岸交易中心都行此稅，恐怕在技術上無法做到。

2016年3月23日

荒村廢屋鳳尾艇
怪名政黨古靈精

■置業是香港人夢寐以求、最感興趣的事,但對外地那些非投資目標地的物業情況,卻漠不關心;手邊有些「有趣」的「物業消息」,這些月來卻未見本地傳媒報道,現在說之,仍未為港人後。

去年6月23日,《紐約時報》有題為「西西里對外宣稱,要這裏的房屋,請便。」(⋯⋯Take our Homes. Please.)的特稿,報道意大利西西里島中部小鎮景基(Gangi)有空置物業二百餘間,業權持有者鎮政府有意免費送給願意入住的人(雖說不分國籍,但相信持有可以進入該國護照者才合資格)。景基自然環境優美,風光如畫(Picturesque),位於麥當尼(Madonie)山麓下。這些房屋遭廢棄多年,相當殘破,但是只要稍加修葺,當屬「可以居」。

意大利老鄉所以棄而之他,主要是該鎮離海太遠卻勁風常吹,捕魚耕作兩不宜,有風無景亦吸引不了遊客;鄉人19世紀大批移民北美,20世紀中葉開始,

則陸續遷往意國其他更有經濟活力的城鎮。50年代，景基人口約一萬六千，去年底只有不足七千，如今有逾百間Pagglialore的房屋「待送」，這種特色房屋多為三至四層村屋，下層養驢（在歐洲山區稱為「平治」〔Benz〕）或山羊、二樓養雞、三樓住人。意大利文的稻草為Paglia，未知屋名與驢羊以稻草為食料是否有關？

　　世上沒有免費午餐，當然亦沒有不必代價的物業，據英國物業經紀Shelteroffshore.com資料，新業主必須承擔裝修和維修費用，代價多少，有待與受鎮政府委託的律師商議，看這兩三年已有百餘間房屋覓得新主並動工翻修，看來代價不高，頗合要小屋度假的中產階級需求。由於「小農經濟」式的舊村風貌，因為村民放棄耕作而大變，這類人畜居於同一屋簷下建築，當然不必「回到從前」，而是可以改建以迎合新業主喜好。

　　遊客所見的意大利，「浪漫」誘人，然而類似景基有物業「待送」的小鎮多的是，西西里的Salerno，便有一些叫價一歐羅的「破屋」待沽，是1968年的地震遺物，鎮政府經費不足，無力重建，只有「零價」求售；以盛產松露（菌）的Piedmont區小鎮Carrega Ligure，基於同樣理由，人口從上世紀約四千人降至去年底的不足千人，同樣是房產「待送」。

　　西班牙同樣有鄉村屋低價求售，網誌Aeon去年底訪問在La Estrella住了四十五年的一對夫婦──最後兩

名居民——善良、老實，不怕吃苦，但這條村只餘他們二人，寂寞難耐且無以為生，盼望有人購下（屋價？多少都可商量）他們的產物，讓他們有財力遠走他鄉！

物業最賣錢的「亮點」是「地點，地點，地點。」古今中外皆然！

■世人皆知意大利水城威尼斯的「平底鳳尾船」，但知其「特殊性」者肯定無多。近讀意裔美籍女作者所寫《意大利小百科》（*Italianissimo*，一本喜歡意大利者的必讀小冊子）的貢多拉（〈Gondola〉）一節，方知威尼斯政府對此平底船的製造與使用，早有嚴格規定。除了一律刷上黑色貢多拉而有「黑美人」（Black Beauty）別稱，這種「鳳尾船」都是度身定造，所謂「度身」，是指船伕（船主，Gondolier）的體重，由於人人體重不同，因此沒有兩艘船是一模一樣，遠遠看去，數十艘泊於岸邊「待僱」「肥瘦」不一的貢多拉，毫不呆滯，富姿采生氣。為甚麼所有「鳳尾船」船首以六枝橫木條組成，原來它代表威尼斯近鄰六個村莊……。

「鳳尾船」由八種不同木料造成的二百八十件「零件」嵌成，而製造一艘船需五百工時；如此「硬性規定」製造出來的船，不超逾四百艘——若由同一船伕使用，有效期達五十年。所有有關「鳳尾船」的製造和使用，威尼斯政府規定是當地土著的特權。既屬專利事

業，難怪「鳳尾船」的收費那麼昂貴！

筆者不明白的是，船伕體重多半會隨年歲增長而上升，那豈非等於他們已不適合輕身時為之訂造的貢多拉？

■陪孫兒去「兒童會所」，他們玩得昏天暗地，「不知有祖」，內子目不轉睛盯着他們，生怕他們碰撞跌倒；筆者無所事事從書架上取「兒童讀物」閱讀，「以消永晝」。信手取下的書為《笑爆嘴大全》（_The Silly Book of Side-Splitting Stuff_），輯錄多種千奇百怪的「趣事」，讀之忘憂，其〈莫名奇政黨〉（Iffy Political Parties）一節，列出若干不可言妙的政黨名字，如「雙尾犬黨」（Two-tailed Dog Party）、「嗜啤酒黨」（Beer Lover Party）及「當奴鴨黨」（Donald Duck Party）……，千奇百怪，不一而足，大開眼界，開卷有益，誠非虛語。

政黨取名如此「無厘頭」，筆者將信將疑，上維基百科「查找」，果然是「堅料」；這類政黨都歸於〈搞笑政黨〉條。「雙尾犬黨」是匈牙利的地方小黨，成立於2006年，為「論政團體」，2014年正式註冊為政黨；其主要「政治活動」為在公共場所的壁上塗鴉，內容以諷刺主流政客為主；政綱則為「永生、世界和平、每週工作一天、免費啤酒及低稅……在匈牙利大平原堆填一座高山」等；2006年參與Szeged鎮議員選舉的候選

「人」為一隻只見於畫像的雙尾狗,標語為「這是一隻沒人會偷的狗!」

「當奴鴨黨」為瑞典歷史悠久的政黨,可是直至2002年才派員參選,於是年的國會議員選舉中,得十票;2006年得到二百二十五票——在四十政黨中得票率排名二十一!——2010年得一〇七票,排名沒變。

有興趣的讀者,維基網還有〈濕碎政黨名單〉(List of Frivolous Political Parties),一看必會「笑餐懵」。原來這種名稱可浮一大白的政黨,以歐洲為多,亞洲非洲似未之見!這類兒嬉政黨之多,英國稱冠(頗合英人性格),政黨名稱不少真的不知所云,如Al-Zebabist Nation of Ooog,究竟是甚麼「東東」,懶得去查了,該黨黨魁Zebadiah Abu-Obadiah,自稱「先知」,去年競逐South Thanet鎮議員,得最低的三十票。又有一些如「死刑、地牢、稅收黨」(Death, Dungeons and Taxes Party),莫測高深(也許要廢除這些「罪行」亦說不定),不說也罷。倒是成立於1979年的「奇裝異服黨」(Fancy Dress Party, FDP)值得寫幾筆,該黨從1983年至2010年,每屆大選都有黨代表參選,其政綱為「減少繁文縟節、以吹氣物料建學校以便搗蛋學生能輕易摧毀之……」。賦得「搞笑」二字。

這類政黨,雖不可能執政,但由於名字出人意表,深入選民腦海,參選期間肯定能夠成為一時話題(BBC循例訪問以示「眾」黨平等),必定名垂其政黨史。

騁懷
寫讀

9月的立法會選舉，必然「政黨林立」，但願有些名稱稀奇古怪卻令人回味且一見不忘的政黨出現，為「嚴肅」政治注入一點生氣和笑意，不僅是港人之福，黨魁亦可揚名！

（閒讀偶拾）

2016年3月24日

穀繁谷簡谷鬼氣
直通番話廣東腔

■筆者對看大版的編者絕無抱怨之意（還衷心感謝他為筆者改了不少錯字白字），但有一小事還是要提出。

數度在專欄提及內地著名學者陸谷孫教授（《英漢大辭典》編者），谷字都寫繁體的「穀」，因為知道谷是穀的簡體，而把簡體改為繁體，是本港傳媒特別是紙媒的慣常做法。知道穀孫非谷孫，是數年前一次訪滬與陸教授見面，由他親口說出（執筆時與劉紹銘教授談及此事，他說我們不久前與陸教授在香港「飯敘」時他亦提過此事，只是筆者記不起了）。編者每次都替筆者改穀為谷，本想和他「理論」，解釋穀才是正字，可是一想那部暢銷字典全是印着陸谷孫，便不想多費唇舌——更何況那次與陸教授晤談，筆者很有可能聽不清楚！

最近又見「穀」變「谷」，有點不是滋味。想起多年前在《人間世》（上海書店出版社）上讀過陸教授記念父親一文，提及他自己的名字，便想找出求證；可惜

騁懷寫讀

這本薄薄的「雜誌」不好找，只是筆者念念不忘，一近書架便「順便」覓之，終於，去週日找到了，原來是該刊第二輯（2008年）陸谷孫的〈我的父親〉，記陸老先生購《辭源》獎勵兒子即〈我的父親〉的作者，並於扉頁用端正小楷題字（有圖為證）：「為穀兒在上海……考試成績優良特購此書……。」英語專家陸谷孫實為陸穀孫，至此可謂鐵證如山。

《英漢大辭典》是筆者經常翻查的《聖經》，對詞典編者的敬重，油然而生；對其「辭典」外的寫作，雖與「專業」無關，亦必誦讀。讀陸氏〈我的父親〉，方知陸家與香港不無淵源。陸父達成，擅法文而中文「文辭犀利，孰褒孰貶……有『陸刀筆』之稱」，其中文修養之高，概可想見；他在董浩雲的航運公司任職，「頗得董氏倚重」，後應董氏之召，在香港公司任襄理兼總務，公司種種規章制度，皆出陸老先生之手，「力行罪不避貴，賞不遺賤，頗為董氏欣賞。」但陸老先生看不過香港同僚的工作態度：「香港同人平時懶散敷衍，待到董氏從歐美或日本回港，便驚呼『颶颱風了』而做敬業忙碌狀。辦公室士氣萎靡若此，父親心灰意懶，兼之懸念滬上家人，毅然辭職於1952年9月回上海。」陸老先生如不回滬，陸穀孫便不致改為谷孫且肯定成為香港學人了。

■陸教授主編的《中華漢英大詞典》兩巨冊，上

冊已於去年9月出版（復旦大學出版社），從《英漢》至《漢英》，用陸氏的話：「終成全璧」。一如《英漢》，以筆者之見，《漢英》亦應為識字分子必備的「工具書」。

編彙《漢英》的原則，據陸教授在「前言」（文長萬餘字，可當獨立論文讀）所說有四。第一是「採用一種不妨稱之為『有保留的描寫主義』（descriptivism with a grain of salt）」，即並非有聞即錄而是經過編者的「摒除渣穢，不納腐朽。」這種去蕪存菁的過程，「是編者尊重讀者的一種價值取向，這種『取向』是『不能撇開規範，一味描寫，放任語言無政府主義和虛無主義』」。不難想像，這部《漢英》非常乾淨，符合內地的道德標準。

第二是《漢英》收詞「古今兼顧，中華本土（大陸以及港澳台）和海外社區兼顧」，因此內容龐雜多姿采，由於兼收中文漢語通行地區的詞彙，各地讀者都有親切感（因此衍生一些問題，見下文），其能風行海外華人地區，可以預卜。

第三是釋義強調做到「等值」的同時還力求超越，即陸教授所說的「文化漾溢」（acculturation）的作用；以劉紹銘教授的話：「這種漾溢的工夫，翻譯成語諺語最易見成果。譬如說『一地雞毛』，直譯為a floor littered with chicken feathers，『漾溢』可以說a can of worms。」又如「木已成舟」，就筆者所知，一般譯

為something that happened in the past and cannot be changed，但漾溢為one cannot unscramble eggs，更佳。

第四是佐證釋義，以補足釋文「言猶未盡」的部份，令一些「內涵和外延絕非一個譯名可以窮盡」的名詞，更易為讀者理解，劉教授以「不」條的一句話為例：「他們毫不含糊地透支購買奢侈品，只為在不認識的人面前顯樣（炫耀）。」《漢英》的妙譯為They don't want with the money they don't have to impress the people they don't know（劉教授的引文見2015年4月13日《蘋果日報》：〈漢英詞典新貌〉）。

《漢英》輯譯甚多警句、箴言、妙語，如「喋喋不休而不肯動手」：Long tongue but short hands；「知識愈多，方始明白自己其實缺乏知識」：The more I know, the more I know I don't know……，皆莊諧並重，值得拿來背誦學英文。

中文為母語的人，要學好英文，應置《漢英》（最好加上張學英、張會編著的《漢英英漢習語〔Idioms〕大全》，清華大學出版社）於案頭。

■《漢英》蒐集了不少方言，粵語是其一，據「前言」，這方面的原始資料來自「香港鄒嘉彥教授主持的LIVAC語料庫」及「美國Mathias Research Management公司的中文詞庫」，因此詞彙甚豐，如「包二奶」（to keep a mistress）、「包拗頸」（to be sure to argue to the contrary）、「波霸」（busty woman）、「巴閉」（high and mighty）、「花臣」（fashion）、「唱淡」（to disparage）、「唱衰」（to speak ill of）、阿Sir（警官）、阿飛（young rowdy）以及阿福（fool）等，都收羅其中。不過，編者似乎「吃不透」粵語的「深層意思」，比如「唱淡」譯為downgrade更傳神，而「唱衰」為badmouth豈不更大眾化？

事實是，香港「華洋雜處」百餘年，許多今人琅琅上口的粵語都源自英美俚語，如「仆街」來自poor guy、「薯嘜」來自schmuck（笨蛋、蠢貨）、「蝦碌」來自hard luck（倒楣、行衰運）、「老粒」來自Rob（搶劫）、「符碌」來自fluke（僥倖、不經意便達標）、「唱錢」來自change（兌換貨幣）、「木獨」來自moody（孤僻少說話）、「拗撬」來自argue（爭吵、爭執）及「頻能」來自panic（恐慌、驚駭）等……，這些生動活潑的粵語詞彙，《漢英》（上冊）便失諸交臂，是為美中不足。筆者以為本地學人也許可編彙一冊《粵英粵漢辭典》，以粵語之「生鬼」及變化多端（如於2013年8月7日《信報》網站貼出的〈笑說廣東話「水」文化〉便羅列四十多句與「水」有關的口頭禪），肯定會為中外讀者歡迎。

■陸教授在贈書扉頁上題「忿則多難，急則多蹶」，與一般套語大不同，非常有益有建設性。這二

騁懷寫讀

「金句」似曾相識，惟出處查了半天書，才於《東周列國誌‧第二十六回》見之：「夫霸天下者有三戒：毋貪、毋忿、毋急；貪則多失、忿則多難、急則多蹶。」意為貪多有失、易怒傷身自己受難而急躁則易挫敗。無論做人辦事治學，應謹記此「三戒」！

2016年4月6日

屢測屢錯多計數
料事失準身價高

一、

今年來筆者三番兩次「論市」，基調都是「看淡」（最近一次為2月17日），不必諱言，所見與大市走勢是背道而馳；在「儲蓄率升市底弱」的前提下，世界各大主要股市──升個不亦樂乎，雖然愚人節後市勢趨弱，但從2月中旬以來所累計的升幅，沽空者當要破產！筆者的看法不是無厘頭沒理路，可是現實擺明估算錯路，不對勢頭。世間萬事以賺錢最難，貼市論市的「入、沽、揸」，真是談何容易？

論市之說與市勢相反，心有不快，直至讀〈新星卜術〉（The New Astrology；aeon.com，4月4日），才稍舒心結。「新星卜術」是形容以艱澀難明媲美奇門術數的計量經濟學測市，這類經濟學家（精確地說是評經濟論股市的經濟學家）因此自詡為「新術士」！

經濟學家或其他學有所長者，以經濟術語談股論市，滔滔不絕、其所寫論文，充斥着一般人（包括數

學家）不解的數理程式和圖表，看起來莫測高深、高不可攀而又似隱含道理，因而收費昂貴（聯儲局前主席貝南奇公開演說每場收費二十至四十萬元〔美元・下同〕、受僱於各金融機構的經濟分析員〔家〕都是高薪人士），但無論測市或論經濟前景，成績都並不理想。大投資家畢非德（W. Buffett，從俗譯；還是喜歡80年代筆者的譯名包發達，以其音義更近「現實」）看穿這些論市者測市的本領有限，他的公司不但不設分析員職位，還於2008年1月與「公眾」打賭，至2017年12月31日，對沖基金組合投資的平均成績若跑贏標普五百指數，他賠百萬元。畢非德這「場」賭博的勝負，以市場波幅如此凶險，還有不知各國政府會否「出招」調節大市，現在言之，為時尚早，惟看情形他是贏多輸少；接受盤口和他對賭的對沖基金Protege Partners LLC，成為輸家似已寫在牆上──輸百萬事小，賠上華爾街一流經濟分析員的測市聲譽事大！不但如此，假若畢非德勝出，豈非意味投資成本甚低的「指數基金」，收穫遠勝購買五花八門成本昂貴的投資基金。基金經理還有戲唱嗎？

二、

　　經濟學家測錯市牽累所屬公司輸得四腳朝天的，當以1998年長期資本管理公司（Long-term Capital Management）輸掉六十多億元幾乎拖垮環球股市的那

一次最動魄驚心,公司聘請兩名以投資(財務)理論獲諾貝爾經濟學獎的知名學者任顧問,以為必勝(跑贏大市)無疑,哪知輸得非常徹底。此役重創經濟學家聲譽,令經濟學實用性備受質疑。不過,自視甚高的經濟學家並沒有汲取教訓,反而因為行家陸續發表不少推演過程所用數學程式隱晦難明卻可以自圓其說的奇門術數,因而信心滿滿,以為宇宙萬事,何事不在程式計算之中,而此中以1995年諾獎得主盧卡斯(R. Lucas,得獎時筆者曾詳介其學說)為最,2003年他在「美國經濟學會」(AEA)年會發表壓軸演說,大意是指宏觀(總體)經濟學人才輩出、研究有成,防止衰退(depression prevention)已有辦法,世人因此不必擔憂再見衰退……。哪知在大眾記憶猶新的2008年,華爾街便引發這場迄今仍陰魂不散的經濟衰退——在這場「金融海嘯」之前,經濟學家並無任何「示警」,盧卡斯對所學過度自信的話,當然成為行外人的笑談。

經濟學家另一項令人「另眼相待」的預測是,2014年3月底,對主要來自在華爾街金融機構任職的六十七名「頂尖(以年薪收入計)」經濟學家的「民調」顯示,他們中97%對未來半年聯儲局將加息有共識,即絕大部份經濟學家認為經濟環境會迫使利率上揚;他們達成這結論,除了以經濟學理論分析、觀察長中短期債券孳息走勢外,還對客戶作「民調」,所據資訊如此全面,預測應當萬無一失,哪知全軍盡墨,結果如何?還

用說嗎。眾所周知，這年多以來，利率不升反跌，甚至在跌無可跌的情況下再跌而出現負數⋯⋯。

　　經濟學家所以如此自負以至以為所學能夠預測前景，原因多端，最要命的是不少人認為經濟學是「最科學化的社會學科」（The Most Scientific of the Social Science）；而這種令他們獨尊經濟學以致近乎目無餘學的自信，則是數學的充份運用有以致之！利用數學的確可令經濟學從錯綜複雜的事象中梳理出一套對數學家來說澄明清晰的程式，可是，數理（計量）經濟並不會因此而成為「科學」。換句話說，計量經濟學的功能不止於令經濟學的分析「簡潔明瞭」，好像還為經濟學家戴上一個寫着「科學」的面具，經濟學家驟然變為經濟科學家，自我感覺良好（how very scientific I am），不言而喻，對其所學更是信心「爆棚」，多少「測錯市」的言文由此而生。不過，最誤事的還是經濟學界出現不少為了求證一些「離地假設」（Unrealistic assumptions，如「世界是方的」）而在計量程式中弄虛作假，令數學成為負面分析工具。這現象便是經濟學家羅馬（P. Romer）所稱的數理濫用（Mathiness；試譯，去年才出現的術語），令數理經濟學步入歧途。

三、

　　作為一門解釋世事萬象的學科，包羅萬有且能者輩出的經濟學，的確是足以「經世濟民」，卻不是可以在

實驗中驗證的學科，那是由於客觀環境瞬息萬變、加上「人心叵測」以至不計算經濟後果的行政干預及政治操縱，令經濟去從、股市前景極難準確預測。以當前香港的情況，經濟學家有本事以「實證」（Positive）就「電視發牌」作有說服力的評論，但無法在規範（價值判斷，Normative）層面推斷電視業的未來。就此角度，經濟學已失去「保護經濟」的功能。可是，作為一種學問，其無所不能解釋的功能，令經濟學依然在政商學界炙手可熱！

2008年金融危機引致的經濟衰退後遺症之一是，以美國為例，官方的教育經費撥款下降，不少高等學府遂大削「實用價值」不高的學系（如戲劇及舞蹈、社區及郊區社會學、視學藝術系、新聞系以至物理學系〔得州大學〕）「救亡」，大學規模萎縮之外，教職員凍薪減薪的新聞亦時有所聞。可是，對「蛋頭」（有別於在商業機構任職）經濟學家來說，卻仍處「牛市」。《經濟學前景學報》去年冬季號的一項調查顯示，大專院校經濟學教師的中位數年收入為十萬零三千元，比社會學系的高出約三成；而最高薪的10%經濟學教授的平均年薪為十六萬元，比「實用價值」最高的工程學系還高約一成。除了學府「正薪」，經濟學家還可不受干預地「出賣」所學（因研究成就並非來自實驗室），當公司董事尤其餘事，做金融機構的顧問才是「搵真銀」的好兼差。

騁懷
寫讀

雖然沒有預測能力，對經濟前景茫茫然，但就收入而言，經濟學仍然是「顯學」！

2016年4月7日

眾裏千尋一巧手
匠心革履念薪傳

一、

　　在比較密切的朋友圈中，筆者以不大重視體面衣裝
「出名」（更曾因為不肯更衣換「出街衫」被稚齡外孫
女禁止「出門口」）。説來有點不可思議，筆者曾長期
（十多二十年）光顧倫敦裁縫坊（Savile Row；日文稱
西裝為Sebiro，便是此名的諧音「合成字」）的名店，
又去「駱伯」（John Lobb）做鞋，且為文〈倫敦駱伯
做鞋記〉記之（1999年11月23日，收《千年祝願》及
《悶在心上》等書）。現在執筆「憶往」，尚記得當年
的裁縫師姓奧尼爾（P. O'Neill，已故），有日試身時
與他閒聊，問他曾否來過香港，他説亞洲只去過泰國，
原來他是泰皇普密蓬的「御裁」，泰皇一次做二十多套
「西服」（包括「西裝」、軍服及慶典宴會禮服），他
親赴暹羅為泰皇度身及試衫，每次都有皇室人員接機，
因此不必辦理過關手續，説時頗有得色；又問他書上説
該店有顧客將「西裝」寄往「水質最佳」的蘇格蘭「洗

滌」是否屬實，他笑而不答，只說英國確有不少存有
「怪癖」的紳士！

　　由於早已超過「置裝」的年紀，近年甚少再做需要
「度身訂造」（等於費時耗勁）的衣着，不過，數年前
經外甥推介，認識了日本的做鞋大師山口千尋（Chihiro
Yamaguchi, 1960-），看他的做鞋手藝、穿上他手做的
皮鞋，筆者的「感想」是，趁中日未交惡至不相往來
前，內地鞋匠應該爭取前往東京取經──進入山口先生
創辦於淺草的鞋藝學院Saruwaka Footwear College學藝
固佳，若沒有時間或不屑如此「紆尊降貴」，亦要去他
的銀座店子做一兩雙鞋，當交學費，近距離「偷師」。

　　在倫敦駱伯和在東京銀座山口千尋的寶號做鞋，經
驗完全不同。駱伯（創辦人的三世孫）笑容可掬、神態
輕鬆，量腳工夫三扒兩撥，好像經他量度過的腳盈千近
萬，甚麼形狀厚薄的腳板沒見過，因此漫不經心似的輕
移易舉，不數分鐘便OK，顧客在店裏的時間九成花在
選料和揀擇款式上；筆者當時這樣寫道：「這位店員於
是拿出白紙鋪於地上，跪於筆者跟前，着筆者除鞋置足
於其上，然後以純熟的手法用鉛筆勾勒出腳的輪廓，再
以紙尺在足背上左轉右折，不消幾分鐘便大功告成」。
雖然駱伯的師傅度腳看似毫不經意，但是做出來的鞋倒
很「合腳」，顯見其經驗豐富、拿捏工夫十分準確。山
口千尋的工藝是完全不同的另一回事⋯⋯。

二、

　　山口千尋從小性喜藝術，在大阪藝專畢業後，考進英國著名的鞋藝學府，今隸倫敦時裝學院（London College of Fashion）的柯韋納技藝專校（Cordwainers Technical College），專攻做鞋手藝，與數年前把鞋店在倫敦上市而成為「最有錢鞋匠」的Jimmy Choo為先後同學。三年課程畢業後，由於成績斐然，除了留校任教，校方還推薦他成為英國「工藝大師公會」（Guild of Master Craftsmen）會員；此後二三年，山口往意大利，在威尼斯和盧卡（Luca）的傳統手藝鞋店「進修」，還曾赴法國觀摩鞣皮（tanning）技藝；1996年山口名其設於東京銀座的鞋店為Guild of Crafts（姑稱之為「工藝匯」），與此有一脈相承之意。

　　日本人「崇拜英雄」，不以軍事為限，19世紀中葉，明治天皇派往歐洲取經的軍事、文化考察團，其成員已發現法國烹調的優點，不久後「法式料理」便隨應邀赴日當「軍事教習」的法國顧問團帶去的廚師傳入日本……。即使到了現在，筆者近年在歐陸「參觀」過多家高級餐廳人頭湧湧有點像科學實驗室的廚房，不收酬勞的「見習廚師」，亦以日本人居多。如今日本是歐陸以外的美食重鎮，正是日、外廚藝的結晶。對英語只略識之無的山口千尋赴英習鞋藝三年，所本正是日人做事專注，精益求精甚麼都取法乎上的精神。

　　和駱伯位於可說是傳統專門店中心（多為有數百年
歷史的老店）的鬧市不同，「工藝匯」設於繁盛的銀座
橫街，「旺中帶靜」，交通十分方便且沒有過於繁囂的
張狂。「工藝匯」不僅為鞋店，還有服裝店i.d.e.m.，一
個舖面，兩家「度身訂造」專門店；看開業時序，應是
後者為先而前者稍後才加入。因為有衣履同店的方便，
筆者在絕不需要「執正」的歲月，做鞋又做衫——花了
一點銀兩，先後得到幾雙幾套「使用率」未必很高的
「工藝作品」外，非預期的後果是有切身體會的素材撰
寫本文，而寫本文的「觸機」，則是前週在京都看到電
視播送山口千尋先生「做鞋論皮」的紀錄片⋯⋯。

　　與一般精品名店的陳列擺設以至侍客之道無異，
「工藝匯」令筆者印象深刻的是山口千尋的徒弟兼副手
穿着「扭紋」寬鬆的皮革長褲，不但「有型」獨特，同
時還方便他蹲跪地上為顧客量度雙腳的尺寸，這在駱伯
固未之見，其他鞋子專門店是否亦如此，不敢強不知為
知。無論如何，這種非常特別的工作服予人以專業及隨
時「躬身」為顧客服務的良好感覺。

　　山口千尋熱愛藝術，素描油畫音樂（擅彈四弦琴，
「工藝匯」數店伴組成由Ukulele伴奏的「小樂團」），
皆有一手，惟對做鞋情有獨鍾。日本傳統的「匠人精
神」充份體現在山口身上。鞋子舒服與否，除了材料品
質，最重要是鞋的尺寸是否與腳的形狀大小「無縫配
合」；山口對此至為堅持，不僅強調鞋楦不應與腳的平

面吻合，還要和腳的立體線條匹配，為達此標的，他創造了一套金屬器具，一置腳尖前一置腳跟後，然後把腳踏於紙上，精細量度，「分門別類」，不同部位（包括腳趾、腳跟與腳腕）的大小厚薄，用筆逐一記下，這項也許超過半小時的「埋首」工作，所得數據約八十項，其繪出的腳板圖，有如西醫的解剖圖又如國醫的經脈圖。一句話，山口千尋手做的鞋，與腳型可說無縫貼切，非常「抱腳」、極之舒服……。唯一會構成不便也許可說缺點的是，鞋主必須穿做鞋時所着的、同一厚薄的襪子，以襪子厚一厘鞋太緊薄一厘則鞋太寬！鞋楦是度腳做鞋的靈魂，試腳與鞋的合抱程度，那透明膠塑造的「楦頂」，如童話《灰姑娘》（Cinderella）所穿只有一人合度的「玻璃鞋」。筆者試鞋的模型時，藍色和紅色筆在塑造的楦頂上點了又點，不懂其中竅妙，只知道經改動的楦頂因而能夠掌握完備寬緊進而達致「填窿補隙」的抱腳效果。

山口對皮革大有研究，他詳細介紹但筆者聽不出所以然；而他以速寫手法畫下來的鞋辦，卻被內子視為大好畫作。筆者見他收藏多種「名皮」，又見店子陳列不少精緻優雅的皮手袋，知道做鞋之外，「做手袋」為其「副業」，遂請他為小女所贈的兩把舊曼陀鈴（其一製於1892年，其一成於1938年）做琴盒，琴不嫌舊，惟琴盒殘舊須更新。這兩個琴盒，為這兩把舊琴提供了熨貼入微的「歸宿」，表達了琴主對琴的珍惜。

騁懷寫讀

三、

　　同店的i.d.e.m.由一文靜的「中女」池田都（Ikeda Miyako）主持，她似為此店業主，傳承父業，以設計及縫紉針黹高超名於時，請她以和服材料做成時裝的女士，莫不大讚其手工工夫了得；筆者穿她手縫的「西裝」，亦多有友儕欲知誰是裁縫，反映其手藝上乘，有「吸睛」之功。

　　看山口千尋全神貫注的態度，筆者相信他對自己手藝的虔敬，對所業已不只是敬業樂業這麼簡單，和大家常見那些廚人——壽司師傅一樣，他們均以敬畏神靈的心態，專注手中工作，雖然只是捏飯糰、跪在地上量度客人的雙足，這類在一般人看來是近乎卑微的工作，在這些匠人看來，卻是至誠至美的技藝，那種一絲不苟的態度，只見於世上少數仍未被企業化、機械化的工藝匠人身上。這些年來，筆者夫婦與友好經常穿梭漫步於歐洲的大城小鎮，見過不少這類顧客口碑極佳的小店和它們的主人，都似是不食人間煙火的世外高人……。這種也許應稱為「工匠之神」的達人，似乎以日本最多！

　　廚師在顧客面前割肉、拆雞、劏魚、斬龍蝦，手法之純熟利落，令筆者想起《莊子・養生主》的「庖丁解牛」；而山口千尋的手藝，則令筆者想到《莊子・達生》寫巧匠梓慶的故事：「梓慶削木為鐻（是樂器亦可能是懸掛鐘鼓這類樂器的木架），鐻成，見者驚

猶鬼神，魯侯見而問焉，曰：『子何術以為焉？』對曰：『臣下人，何術之有，雖然，有一焉。』」此「一焉」，便是梓慶準備做鐻時，必定齋戒，「齊以靜心」，齋戒七日，「輒然忘吾有四肢形體也」。一句話，巨匠「開工」，必心無旁鶩，全神貫注，雖然他不會齋戒，但看山口千尋先生沉醉在做鞋工夫上，樂在其中，渾然忘我，恰如梓慶「上身」！

2016年4月13日

騁懷
寫讀

「紙媒」提紙價　廣告管有無

一、

　　大約從十年前開始，網絡深入民間，五花八門甚且可説是包羅萬有的免費網誌，紛紛呈現讀者眼前，這種洶洶來勢，令「紙媒將死」不僅限於嘴裏説説而是可能成為事實；顯而易見，確有若干「紙媒（印刷的報章和雜誌）」因為網媒搶去不少讀者和廣告，令看不到出路的主持人心灰意冷而結業。

　　可是，「紙媒將死」，以美國市場為例，顯然是「假口號」，因為市場告訴大家，曾深受打擊的「紙媒」，已有復甦之象，去年創辦的「紙媒」便有二百餘種，而今年至3月底，「紙媒」再增五十三種；不但「紙媒」如雨後春筍，連原生網媒（Digital Natives）如猶太教的Tablet.com以至評介流行音樂的Pitchfork.com等等，均兼出「紙媒」。與此同時，那些對內容吸引力有信心的傳統「紙媒」，則於不聲不響間提高零售價及訂閱費，《紐約客雜誌》、《華爾街日報》以至《紐約時報》等等莫不如此，更重要的是，它們的讀者不但未

有流失反有回升之勢⋯⋯。傳媒新趨勢的形成，不是「無端端」而是「有端端」──有質量的支持，才能吸引深明世上根本沒有「免費午餐」這回事的讀者，那即是説，他們了解要讀有份量的「紙媒」便得付出較高的代價。令人有點意外的是，在網絡極之普及的今日，「紙媒」復興之勢，與廣告繼續流向網王之王的歌谷、面書的趨勢並行。當然，這情況並非並行不悖，而是並行相悖！

按照常理，任何物事並行相悖，不能並存共生，「不是你死便是我亡」，但傳媒的情勢有異，並行相悖卻能各自發展。所以如此特殊，得從傳媒的大環境説起。

2015年是傳媒史上百年來第一次「紙媒」的發行（賣紙）收入超過廣告進賬，根據「世界報業協會」（WAN ── IFRA）的年度報告，這一年，全球「紙媒」的發行及網站收入為九百二十餘億元（美元・下同）、廣告進賬則是八百七十億元左右；這既可視為「紙媒」廣告收益萎縮，亦足以顯示「紙媒」賣紙收入有所增加。如果這種勢頭持續，即發行收益每年增幅在1.4%水平，業內人士估計，到2019年，美國「紙媒」的收入將達一百二十億元，其中網站的收費只佔不成比例的少數。由於訂閱「紙媒」穩定增長而廣告繼續流失，「世界報業協會」總幹事裘爾民（L. Kilman）認為：「廣告津貼發行的紙媒傳統將告一段落！」對於「紙媒

人」來說，這是翻天覆地之變，那會導致「紙媒」經營模式創出新天。以出版健康生活主題為主的美國出版公司洛戴爾（Rodale，報攤超市那些五顏六色有關運動、醫療和飲食的雜誌，大都為該公司旗下出版物）3月底宣佈其旗艦雜誌Prevention今年7月號起不接受「印刷廣告」，這是因為這種廣告日少而廣告部的開銷不變，等於廣告部成為公司的負資產；當局遂決定提高售價同時把整個廣告部裁削！此舉轟動美國傳媒業，認為放棄每年約七百頁廣告的決定太不理性太倉卒者頗不乏人（包括《華爾街日報》），但洛戴爾公司是深思熟慮後才作此破天荒決定的。

二、

　　用甚麼抵消廣告零收益？答案當然是節流開源。前者是結束廣告部（省下十三名員工的薪津福利及辦公室雜支），後者則是7月份開始加價——零售價由三元九角九仙加至四元九角九仙，訂閱費亦相應提高。加價當然會令讀者流失，該公司的估計是從現在月銷一百五十多萬本降至大約五十萬本。「賣紙」收入萎縮，但少了百萬本印刷費及紙張支出，加上沒有廣告，雜誌份量較薄，印刷等成本相應下降，這方面的開支約省50%，公司預期對盈利沒有影響。《紐約客雜誌》的做法比較保守，它亦走提高質量加售價之路，對廣告則「盡可能爭取」；這種取態較易令人接受，問題是公司是否保留廣

告部？如廣告萎縮而不向廣告部開刀，在經濟上便可能
得不償失。還是洛戴爾的做法較可取！

去年12月7日，《哥倫比亞新聞業展望》
(*Columbia Journalism Review*) 發表一名學者的短論：
〈印刷是新媒介〉(Print is the New Media)，指出
網誌Tablet兼出印刷版，是印刷媒體走上重生之路的先
兆。該網誌的編者認為深度分析文章和雋永的小說，對
讀者的吸引力，「紙媒」勝於「網媒」；非常明顯，
「網媒」接觸的讀者遠比「紙媒」多，但一萬份印刷品
的影響力比網上十萬次閱讀還大。皮優研究中心 (Pew
Research Center) 今年1月6日公佈的民調顯示，愈來愈
多人從「紙媒」而非「網媒」讀新聞，更重要的是，同
一「民調」指出上網閱讀的平均時間只有四分八秒，這
種習慣意味為節省時間而上網者只會快速 (flyby) 瀏覽
網上新聞及文章，換句話說，一般而言，如此速讀，內
容不會深入腦海，即上網者很難擷取網上資訊的精要。
此一空隙，留給「紙媒」很大發展空間。

三、

香港傳媒同樣有美國（和其他新聞自由〔私人辦
報〕地區）同業面對印刷廣告大規模流失的困擾，這些
廣告，絕大部份為有具體數據支持的「暢銷」網站吸
納，一般「紙媒」衍生的「網媒」很難分杯羹，「個體
戶」的網站更無論矣。在這種情形下，沒法變身為「紙

媒」的網誌，不易找出一個可行的「商業模式」。本地
免費報章十年蓬勃，它們的確搶去不少收費媒體的讀者
和廣告，然而，面對印刷廣告的萎縮，其經營窘境已漸
浮現。在「賣紙」收益高於廣告收入蔚成時流的前提
下，它們變成收費「紙媒」，也許是重生之路，但從免
費變為收費的路絕不平坦；若反其道變為「網媒」，恐
怕同樣缺乏「賣紙」收入之外，還有廣告進賬很難理想
之痛。媒體經營困難，舉世皆然。

　　應該強調的是，不收（不靠）廣告的「紙媒」，一
定得大幅提高售價才能言利，而「吊高來賣」且為市場
接受的前提，是加強言之有物持之有故的文章（獨家新
聞當然重要，但網站幾乎可以即時改頭換面「轉述」，
其作用因而大降）。一句話，只有有辦法招納、組織一
批文章高手、獨家撰寫投市場所好的文稿，「紙媒」
（和收費「網媒」）才能賣得好價！

2016年4月20日

屁臭不響醫聽覺
屁藝式微看YouTube

一、

　　大約十一年前，筆者一口氣在專欄裏寫了七天「屁話連篇」（2005年8月，收台北《老手新丁》和香港及上海《説來話兒長》等書），近二萬字，以為古今中外的「屁事」已寫得七七八八了，哪知，事隔不到兩年，便見《論中世紀的放屁》（下稱《放屁》）出版，作者為紐約市立大學英國文學教授華萊麗‧阿倫（V. Allen: *On Farting: Language and Laughter in the Middle Ages*），「稿餘」翻閲，雖然不少內容已在「屁話連篇」提及，但仍有一些見遺物事可以補充；所以遲遲未動筆，是因為不想再提這個令大人先生吾不欲讀之的老話題，直到4月5日見《信報》有〈真愛胸圍vs防屁內褲〉一文（瑪麗：「潮網熱話」），方知此事長期困擾世人，以醫家不但無法把之化於無形，在醫術上近年有大突破的腸胃專家亦不能如解決大小解般發明藥物控制屁的臭氣和排放聲響，因此，即使世有「防屁內褲」可

以消音，屁的臭氣仍未隔除，大家不得不仍在滅聲匿音除臭等各方面努力……。和大小便一樣，放屁關係全人類的福祉，茲事體大，是人類次等頭痛問題。想到這裏，抽出阿倫教授這本書（2月初寫「猴子雜識」曾提及），為「屁話連篇」作續文。

未入「正題」前，說一兩個舊文未寫而與上文及現實社會有關的屁笑話。

其一，據今年1月19日《太平洋旗幟》（*Pacific Standard*）的短文〈最可笑的胃氣脹（放屁）〉（The Funniness of Flatulence），有婦人去看家庭醫生，因為對自己經常在人前放無聲屁（Silent boo-boos）而覺尷尬，希望醫生有辦法為她「消氣」；她對醫生說，我剛在你面前便放了三個無聲屁，實在難為情亦很對不起。醫生聽罷，擱下聽診器，說不用診斷了，你應去看耳鼻喉專科！據說，響屁多於無聲屁，消音底褲有股切的市場需求，巨利當前，經濟學家必然因此相信這類必需品遲早面世。

放屁的聲響可以很大，於無聲處更有聽驚雷的嚇人效應，有人因此以「行雷」作比喻，是寫實派手筆。古人（據說是西蜀〔地名〕打油詩詩人樵也）步李白的〈古朗月之行〉：「小時不識月，呼作白玉盤；又疑瑤台鏡，飛在青雲端。」作屁詩云：「小時不識雨，只當天下痢；小時不識雷，只當天放屁！」令人絕倒，不免想到放任縱情的放屁可以聲如雷動。

其二，清（光緒）獨逸窩退士的《笑笑錄・卷四》有〈一字笑〉：「明陳全誤入禁地，為中貴所執。全曰：『小人陳全，祈公公見饒。』中貴素聞其名，乃曰：『聞汝善取笑，可作一字，能令我笑，即釋放。』全曰：『屁』。中貴曰：『此何說？』全曰：『放也由公公，不放也由公公。』中貴笑不自制，因放之。」

「中貴」為王公貴冑的侍從人員，此處是指外放當「城管」的太監，「出宮的公公」是也。這類宦官、跟班，瞞上欺下，搜刮民膏民脂致富，那從李白〈古風之二四〉：「中貴多黃金，連雲開甲宅」可見。

二、

《放屁》文本不足二百頁，卻是一本不易讀的書，即使作者在引述中世紀原始資料時不忘譯為現代英語，解除了今人的閱讀障礙，然而，由於字裏行間混雜大量非英語（希臘文、法文和拉丁文），令以消遣娛樂心情讀之者，翻翻查查，失去不少閱讀樂趣。

在「屁話連篇」，筆者花了相當篇幅敍說法國「古往今來環宇第一屁星」亦可說是「世界屁王」約瑟・普約爾（Joseph Pujol, 1857-1945）以「腸氣」（intestinal wind）「唱」歌「奏」樂的「特異功能」，今文介紹《放屁》「隆重推介」的「英國屁人」羅蘭德（Roland the Farter，不知生卒年期亦不詳其姓氏），這名活躍在12世紀的「屁王」，可說是亨利一世（1100-1135年在

位）和二世（1154-1189年在位）的「寵（弄）臣」，
他能以屁聲為自己的口哨「伴奏」，同時在宴會桌前手
舞足蹈跳高踦低而屁聲不絕，看一幅1581年為「紀念」
四百餘年前皇家聖誕放屁盛宴而作的繪畫，同場演出的
還有豎琴；亨利二世與一眾王公貴胄笑得東歪西倒的場
景，說明羅蘭德確為當時非常受歡迎的「藝人」。羅蘭
德是自由身的「屁藝人」，經常應邀至豪門府第表演屁
藝，惟收費多寡似乎未見記載，僅有一項指他的表演年
俸達一百先令（頁一七一），在約一千年前，只知道那
是筆巨款，其實際購買力已不可考（無時間去考）。羅
蘭德每年聖誕節均在皇家宴會上表演，亨利一世固對他
多有賞賜，二世繼承父好，除給予厚酬外，還賜以一座
位於英南塞福克郡（Suffolk）佔地三十（亦有說一百）
英畝的海明斯東尼莊園（Hemingstone Manor）。不
過，三世（1216-1272年在位）不喜屁戲，認為人前放
屁，「冇厘（不）正經」（Indecent），中止聖誕節盛
宴中的「屁戲」之外，還把他的莊園收歸國有！

　　羅蘭德是史有明文（惟寫得不大清楚）的職業屁藝
人，所謂「職業」，即每次表演都「酌收酬金」。可惜
有關他「職業生涯」的紀錄不多，後人除憑耳食之言繪
成圖畫，只能據對稍後羅蘭德同行的相關表演，想像他
的「技藝」如何高超得會令皇上和一眾侯爵貴婦傾倒。

三、

《放屁》最後一章（第三章）專論〈偽科學肛門學〉（Pseudo-science, Butthole-scholarship），顧題思義，可知寫的都與「肛門出氣」有關。一如前說，這本書不是披着學術外衣，而是一本由學究引經據典結結實實說中古屁事的書，讀起來非常不爽；此章所說的屁事，「屁話連篇」多已記之，只是它翻出中古原典，不免令人懨懨欲眠……！必須一提的是，在15世紀之前，歐洲和英倫以至愛爾蘭的識字分子（在文藝復興前指的是以貴族為中心的「上流社會」）對「屁藝」是否有益身心，展開辯論，當然有人捧為「瑰寶」（如亨利一、二世）有人視為猥藝小技、上不了大枱（如亨利三世），最終後者取得上風，雖非「壓倒性勝利」，卻已導致其實是「屁學」的肛門學式微；「式微」當然不等於「消失」，僅是達官貴人為示嗜好高尚不再招「屁藝人」上門表演而已；但他們仍是平民百姓的開心果，巴黎著名的紅磨坊夜總會且曾請普約爾「長駐放屁」。這種令人絕倒的技藝，永遠有人欣賞。

《放屁》第一章〈開場白〉（The Beginning）述說一宗法庭紀錄，讀之令人感到匪夷所思（頁五十四至五十七）。事發在15世紀末的法國，當主婦珍納（Jehanette，姑譯）佈置餐桌時，突然失控放了個響屁，肅坐待食的丈夫赫伯聞聲大喝「這是甚麼聲響？」

珍納詐傻扮懵，既不承認亦不否認；說時遲那時快，赫伯很快聞到臭味，他自己遂有答案；而珍納說出三點非常幼稚可笑不值得譯出的理由，否認此屁為她所放，夫婦為此時起勃谿、齟齬不絕⋯⋯。事聞於好事且要做生意的律師（當年稱「代訴人」procureur），告上法庭，官司細節不必細表，只說官判赫伯敗訴的理由是他和包括肛門（asshole）在內的她結婚，出自「屁眼」（肛門）的腸胃氣，不論臭與不臭、響或不響，赫伯都得照屁全收。赫伯不服，說「肛門」不包括在婚姻契約之內，上訴；珍納在庭上反駁，認為赫伯無理取鬧，她指新婚之夜，赫伯誤會她的「肛門」為「合巹必由孔道」（Conjugal Orifice），用完即不承認，豈有此理；赫伯聞言，失聲痛哭，說他有此誤進，皆因當時天色太黑而無燈火⋯⋯。無論如何，以行動證明「肛門」包括在婚事之內，赫伯輸了官司，老婆的屁，他得甘之如飴白頭偕老！

四、

中世紀「屁」是熱門話題。上自王公貴冑、神職人員，下至販夫走卒、地痞流氓，說起人人會放的屁，莫不口沫橫飛、興致高揚；文人雅士寫屁事的詩文，因而大有市場、四處流傳。這類屁文，大都包括色情成份，現在讀之如「鹹濕笑話」。珍納與赫伯的「屁事官司」，便是顯例。事實上，歐美這類「笑話」所以都

「鹹鹹濕濕」，正好應了《金瓶梅》六十七回溫秀才為「笑」話設下的原則：「言不褻不笑」，即不及性事，聽者便笑不出來。就「笑話」看，真的是東西互通、天下一家。

迄20世紀末，「屁藝人」是有特異功能的少有表演者，物以稀為貴，供不應求，他們的收入相當不錯。可是，隨着內容包羅萬有的網絡無處不在，「觀／聽屁者」不必買票便能享受「屁藝人」的特技，他們的收入遂直線下降。真是禍不單行，由於今上女皇伊利沙伯二世，趣味與亨利三世同，均認為「屁戲」不能登大雅之堂，令「屁藝人」的生計再受打擊。身高六呎七吋的英國「屁藝人」（今稱Fartist）奧特非爾（P. Oldfield），有以「屁眼」吸氣然後隔牛仔褲「吹」熄蠟燭的能耐（這是他小時候勤練瑜伽「坐蓮花」式〔Full Lotus Position〕時訓練出來的奇技），在《全英一叮》（Britain's Got Talent）的表演，觀眾莫不笑刺肚皮、拍爛手掌、起立歡呼，可是不能入圍，以此節目的入圍者會在御前獻藝，監製接上司命令，知女皇不好此道，奧特非爾遂名落孫山。誰說西方國家演藝界沒有為取悅「老闆」的行政干預！

這位當代「英國屁王」，曾是綜藝節目的常客，還曾數度環球巡迴演出，且在多個知名的藝術節（如雷丁〔Reading〕及愛丁堡藝術節）表演，炙手可熱，賺了不少銀両。可惜，如今YouTube甚麼都有，人人免費上

騁懷
寫讀

網，包括「屁藝人」的演藝者收入大幅萎縮，完全可以
理解。

2016年4月21日

美食美景添微笑
皇室流連小酒家

一、

　　經營餐館，如欲成功，佳餚美酒當然缺一不可，然而「佳」和「美」因人而異，以味之於人，各有好惡，有人鍾情「分子料理」，有人獨嗜「原汁原味」，有人喜「土炮」棄紅酒，古今中外皆然，因此，餐館之能否成功，還要有好飲好食外的其他因素相配合，這些因素，舉其犖犖大者，如餐館外圍環境與內部裝飾，要令客人有舒適的感覺；而與顧客近距離接觸的經理或侍應特別是領班，是「樓面」的靈魂人物，如何令客人尤其是遠道而來的賓至如歸，對餐廳能否成功，起決定作用。

　　曾於2012年年底來本港四季酒店「客串演出」的英國米芝蓮三星名店「河畔小棧」（Waterside Inn），其意大利裔經理狄雅高，便是此中翹楚，他有一套可與客人「一見如故」的超凡本領（以筆者之見，已結業的「阿布衣」經理蘇拉〔Juli Soler〕亦如是），並以此聞

名圈內外，數年前還因此與數位港人熟知的「意大利名牌」老闆和設計師，同獲意大利政府的騎士勳章，又獲國際美食學會頒贈的「烹調藝術大師」獎（Master of the Culinary Arts），顯見其「江湖地位」不低。狄雅高與客人打成一片且成「通家之好」的手段，雖然不着痕跡，卻仍可從一些「小動作」如於不經意間請小孩進廚房「做甜品」見之，當然，甜品已99%完成，被邀的小孩只是用糖漿之類的配料在碟上畫朵小花之類的塗鴉而已，惟已皆大歡喜、賓主同歡。

「河畔小棧」於1972年創業，非常成功，1984年便成立獎學金（The Roux Scholarship），資助英國廚人赴世上任何三星店實習三個月，2012年的得獎者大名Adam Smith，令涉獵經濟學的人眼前一亮。

突然想起遠在他方的「河畔小棧」，是收到狄雅高的贈書：《狄雅高的方法——奉客大師的經驗教訓》（C. Parker: The Diego Masciaga Way - Lessons From The Master of Customer Service）；作者柏嘉為諾登咸大學體育及休閒學系首席講師。作者專欄寫過數家食肆，亦曾談餐廳經營，但做「企枱」的經驗由學者把之「理論化」並出專書，以筆者的有限閱讀，這是第一次，焉可無記。

二、

說來有點不可思議，筆者夫婦和此食肆「結緣」，

始於80年代初，時有好友認識在現已結業、以傳統烹調出名的倫敦中菜館Tiger Lee（李老虎？）當經理的「港青」史丹利（他同時在餐館附近開了一間酒吧），問這位老英國「邊度有好嘢食」，他毫不遲疑介紹「河畔小棧」，但筆者無法訂到座位，只好問計於史丹利，他二話不說，翌日驅車直奔離倫敦約五十分鐘車程、位於柏克郡泰晤士河河畔的布萊鎮（Bray-on-Thames），問他有甚麼「神通」，他說因為交換烹調心得，與該店法裔老闆兼大廚M. Roux「老友鬼鬼」，即使滿座，亦可在廚房「開枱」。那一天，記得連同史丹利，我們一共五人（加介紹我們相識的好友）在人頭湧湧卻坐得舒服食得暢快的「河畔小棧」吃了一頓「好飲好食」的午餐（筆者還買了一卷Roux兄弟入廚「真人表演」的錄影帶）！這頓便飯，不僅令筆者對英國飲食另眼相看、思維跳出《1984》的作者佐治・奧威爾（G. Orwell）讚美家鄉平實樸素其實是「無味」烹調的框框；同時令筆者興起赴歐陸覓食的念頭……。

1972年開業的「河畔小棧」，1974年獲米芝蓮垂青，是年米芝蓮首度頒給法國境外的食肆；1977年成為二星餐廳，1985年得三星，至今三十一年，年年如是，為法國境外唯一一家獲此殊榮的餐廳！該店的美食和周到服務，令她1994年獲邀赴莫斯科克里姆林宮為耶爾津總統「煮食」；於2011年90歲的英國皇夫菲立親王，五名孫兒便在「河畔小棧」為他慶生（不計酒水每客盛

惠一百五十鎊,這是一般歐洲名店的價格,沒有特別優惠);女皇九十壽辰的壽宴雖不設於該店,但「河畔小棧」曾由狄雅高帶隊赴溫莎堡「到會」,而據4月20日《每日電訊報》有關女皇九十大壽的報道,女皇定溫莎堡為「最後總部」(last headquarter),原因之一正是毗鄰「河畔小棧」!女皇對「河畔小棧」情有獨鍾,還從她曾名其愛犬為Brae——發音如Bray——可見。英國皇室對這家由法裔意裔專才經營的食肆如此傾心,真有點意想不到吧。

三、

　　顧名知意,「河畔小棧」是位於河濱的食肆,「河」是泰晤士的支流,「地緣因素」令該店既能於臨河之地種些時蔬及香草之類的「配料」,還築一小型碼頭,方便乘小艇而至的人客。布萊鎮是個人口數千的小鎮,固有臨河之勝,又有不少大戶人家(過去以音樂家文化人為主今多為金融城中人及專業人士)的別業,建築物各有特色,古木參天、綠茵覆蓋,十分幽靜,是個「可以居」的地方;加上著名的「猴島」(Monkey Island)便在附近,島上同名的四星酒店,若建於水中央,古香古色,為沿岸大樹和有不少天鵝游弋其中的水道包圍,環境絕佳,令布萊鎮作為「景點」之名益彰。應該略作說明的是,小島雖叫「猴島」,卻與猴子兩不相干(英國根本沒有野生猴子),據說酒店的涼亭有古

代猴子圖像，惟數度遊此島的筆者未之見。「猴島」有一段很長且可見財富轉移的歷史，惟與本文無關，不去說它，我們只要知道島上原有修道院，住了不少僧侶（Monks），其後修道院倒塌僧侶四散，沒有Monk的小島，經過數個世代，以訛傳訛，說曾為Monkeys棲身之地，小島以之為名，益增生趣。頗值一記的是，17世紀中葉一場大火，幾乎把倫敦化為灰燼，其後重建所需石料木材，大都由泰晤士河經布萊鎮水道運進倫敦，而空船離倫敦時運走殘垣焦木，大部份傾倒於此，等於猴島是倫敦大火造成廢物的堆填區，今此島地基穩如泰山，便是四五百年前倫敦大火遺下的「垃圾」埋下堅實地基所致。

「猴島」的歷史背景，為布萊鎮增添一點發思古之幽情，加以離倫敦不遠且溫莎堡和伊頓公學等「名勝」是近鄰，遂令此地遊人如鯽，入夜數條林蔭小道兩邊泊滿食客的汽車，在顯得更狹窄的街道行走，別有一番滋味。如今布萊鎮各有特色的餐廳，粗略一數便有十多家；三星店除「河畔小棧」，還有噱頭百出的「肥鴨」（全英僅四家三星店，兩家在此落戶）；而為食客稱道且價錢相宜的，筆者夫婦與友人去過的便有The Hinds Head、Riverside Brasserie和The Crown At Bray等。筆者戲稱此地為小聖賽巴蒂安（San Sebastian），同遊共食的友人俱有同感。

騁懷
寫讀

四、

一如文前所説，狄雅高有令顧客心情愉悦的本領；可是，在本書中，他卻一再説要把「服務」訴諸文字，不是易事。饒是如此，經過數度長談，柏嘉非常詳盡——具體而微地把狄雅高出於本性卻非常獨特的奉客之道，娓娓道來、細細寫出。狄雅高的座右銘是「使人滿意是盈利之本」（Pleasing leads to Profit），當然，利潤上升了，為它出過力的人亦有滿意的收穫。

狄雅高認為「使人滿意」的第一步是真誠（自然）的微笑。客人上門，是侍應保住飯碗之本；如果提供的貼心服務（exception service）令客人開懷，侍應便會因為客人的「賞賜」而笑得更燦爛。看起來這並不是甚麼秘訣，而且十分現實，卻實事求是地點出餐飲服務業如何能使賓主同歡顏的根本問題。他又指出，食客（diners）不是顧客（customers）而是客人、賓客（guests），如此認知，決定了侍應與客人的關係。這種看似非常平常的「定位」，決定了侍應以甚麼態度奉客。

狄雅高用人的三準則，又看似平平無奇卻具參考價值，此為「渴望、謙遜和誠信」（Hunger, humility and honesty，所謂3Hs準則），渴望是指對增加收入的期待，這是令人努力工作的動力；謙遜主要指在客人面前不能「爭勝」，他説功力深厚的侍酒師尤其不可在客

人面前表示對酒有廣泛的知識，令客人顯得無知便鑄成大錯；他又說，如果客人和他談他認識甚深的音樂和歌劇，他能對答如流，但從不能讓客人感到他所知比他還多……。一句話，侍客的目的在令客人開心愉悅，侍應因此必須觀顏察色，以免惹得「金主」不高興。

如何令客人感到你專心為他服務？狄雅高經驗之談是臉上掛着笑容的同時，要望着客人的眼睛，而皮笑肉不笑是最大的弊病（should not have a gap between the smile... & the feeling in their heart）；與此同時，你不能對有財勢權位的客人倍加小心而對一般人客則敷衍輕怠。狄雅高認為這是最差勁的服務態度，他對每個客人的態度無分軒輊，而且時間一致，「你不能用五分鐘服侍A君而只在B君身上花一分鐘。不管他們是誰，每人三分鐘！」

「河畔小棧」還經營一間大約不足十間房的「客棧」，以便讓遠道而至的人客留宿「食多餐」；此「客棧」亦由身兼董事總經理的狄雅高負責。其經營有方，可從他曾被任命培訓查理斯王子的管家可見。

在贈書扉頁，狄雅高題字Service is Pleasing，這句話貫穿全書——一本追求提高服務質素的服務性行業從業人員應讀的小冊子——可說是本書的精粹，而這令筆者想起阿里斯多德這句「金句」：「工作上的愉悅令你所做的事臻於完美」（Pleasure in the job puts perfection in the work）。從實踐中，狄雅高肯定已悟出了大道

理！

　　最後必須一提的是，狄雅高為本書寫了短短數百字的「題獻」，和那些例行公事通篇套語不同，狄雅高以簡單親和且充滿感情的筆觸，寫出他與太太和兩名女兒互相關懷的感情，親密和睦的日常關係不僅令他每天都懷着愉悦的心情上班，亦令他下班後回到一個充滿溫情歡愉的家庭。他説這是他獨有的「商業秘密」，不是每個人都能享有的。

2016年4月28日

立場主場怎爭勝場
離場散場不如開場

一、

美國傳媒去年出現百年來首見之象,此為銷紙收益(報紙及雜誌的訂閱及零售收入)超過廣告進賬,打破過往媒體須靠廣告才能生存的「定律」,不過,這種趨勢能否持續,有待時間證明。以常理推測,在「資訊氾濫」特別是免費網上資訊無處不在的年代,要讀者付出本應由廣告商支付的代價,恐怕不是易事。迄今為止,廣告預算,以環球市場而言,還在穩定增長,只是「肥肉」已為網媒所噬,而媒網廣告又由屈指可數的少數世界性網站瓜分,令一般網媒經營十分困難,這是何以不少沒有大金主大企業支持的網媒,不停呼籲讀者捐輸(等於變相成為收費網站)的底因。

和1997年前比較,回歸後本港的媒體經營比較容易,那是因為回歸前媒體要應付數以十計獨立經營的廣告公司,它們的客戶背景複雜,獨立傳媒在爭取廣告上非常艱難,費時「失」事,虛耗不少時間財力;1997

年後，內地企業——包括國企和私企——在本地廣告市場上所佔份額不斷擴大，除了若干不顯眼的私企，所有內地大企業都必須絕對「政治正確」才能免去政治干預的打擊，換句話說，要刊登其廣告的傳媒，政治立場必須與北京同調，傳媒的言論取向不能「妄議中央」何況與京意唱反調！在奉行「兩制」的前提下，北京不會採取直接打壓這類「不聽話」媒體的行動，但北京會統一調度內企的廣告分配，令此間媒體有所顧忌，而欲在內地市場分杯羹的傳媒東主，所辦媒體，當然更不敢做出任何令派駐本港京官不快的事，那意味這類傳媒老闆把言論和新聞自由曲線賣予「帝皇家」！如此這般，只要獲京官認可，廣告之多寡有無，便可根據商業原則市場規矩辦事，那即是說，傳媒經營者只要應付一個「大老闆」，便可能打通廣告來源的關節，與九七年前必須應付數以百十計廣告客戶，不一定省力卻一定省時。

二、

　　資深讀者應該記得2006年以前的三十多年，《信報》的廣告很少，那絕非廣告部同仁工作不力，而是他們的付出與成果不成比例，所以如此，原因極之顯然，為《信報》寫稿的人，不論副刊或評論版的作者（筆者更無論矣），經常「妄議中央」，很多時更大唱反調，結果不問可知，紅色和淡紅色的廣告絕跡，有些未染紅的商人尤其是上市公司老闆，一收到「有關人士」電

話，便二話不說不在《信報》刊登廣告，即使已安排訂位的廣告，亦會臨時抽掉！事實上，去月底，北京拒絕美國航母斯坦尼斯號「停靠」港海，理由正是該艦曾做出一些令北京不快的事（曾不理會中國宣稱「自古以來」為中國領海的南海巡航）；沿此思路，內容有時出現令北京惱怒的新聞和評論的媒體，不獲內企與本港染紅企業的廣告，是正常而非反常。

與「涉紅」的廣告無緣，但沒有明顯政治色彩的財大氣粗本地商人，亦絕對不能開罪，所謂「開罪」，不過刊登一些看似無關宏旨卻已令他們「不開心」的報道或評論。這裏的「本地商人」，指的是巨賈和小生意人，他們都有這樣的「認知」，任何媒體要賺他們的告白錢，便得乖乖聽話。

如此運作的廣告常態，不知掩蓋了多少政商逸事和醜聞！

西方社會的媒介亦循此「商業模式」運作，不過，由於實行「真‧多黨制」，媒體亦分多個陣營，有親保守黨有友工黨，有與民主黨結盟有和共和黨同鼻孔出氣（當然還有數之不盡的名稱稀奇古怪政綱各異的政黨），政壇人多聲雜，從政者良莠不齊，在言論百花齊放的環境下，傳媒除了彰顯信念相同黨派和個人的主張，亦負起打擊不同政見者的任務，因而互揭瘡疤，令「對手」不敢行差踏錯。這點維護自由社會正常運作的功能，由於一黨專政的事實，廣告來源可說只有「一條

水喉」，這種商業困局，令傳媒的言論自由已有漸行漸遠漸無聲之勢……。

三、

　　以筆名安裕為讀者熟悉和愛戴的《明報》前執行總編輯姜國元「被辭職」事，引來滿城維護新聞自由的訴求，昨天由八個工會發起、有四百多人參加的「五‧二夠薑（救姜）集會」，聲勢不弱，集會目的在迫使《明報》公開解釋「解僱姜國元的詳情，撤回解僱決定……。」看情形不易有具體結果。這場「炒人風波」的詳情，傳媒雖有不少報道，惟迄今真相未白。無論如何，姜氏離開《明報》已是無可挽回的事實，此舉對該報有甚麼影響，資方必然心中有數而且合其意的安排。由於該報是上市公司成員之一，大家可從其年報的交代見端倪——究竟辭退這位執行總編輯如何能挽救公司的財政困難。但願來年的年報對此有詳盡的交代！

　　這幾天和內子談假如「當年」遇到類似問題，我們會怎樣應付？對於筆者來說，問題並不複雜。第一、有關所謂「得罪人」的報道，只要法律許可（打官司是非常磨人的事），嫌少不嫌多，比方說，揭發港商合法地（在現行法例下，只能說這些人貪婪而不能說他們犯法）避稅後，若有「內地名單」，求之不得，絕不會解僱有關編輯。第二、不會主動抽掉作者與編輯方針「意見不合」的稿件，遇此情況，筆者會為文述說己見，

而「勝負」由讀者決定；如作者不來稿讓其專欄「留白」，一之為甚尚可，若持續「開天窗」，只好不再請他撰稿，因為讀者花錢買報紙的目的是讀「意見」而不是看白紙。第三、筆者和內子可說從不「炒人」，這也許是識字分子而非市儈有關。前同事文灼非3月5日在他創辦的《灼見名家》為文紀念曹志明，當中指出九七問題鬧得如火如荼時，《信報》員工流失驚人，原因是「外間懷疑《信報》九七年後是否還會繼續經營（按：筆者不會因為這些同仁有此想法而改變對前途問題的看法），報社的同事沒有幾位打算在《信報》長期發展，一有機會便另謀高就……。」為免受報社的政治立場拖累，「另謀高就」是人性之常，是阿當．史密斯筆下「經濟人」所應為，筆者哪會不理解，惟這些人的離職絕非「被辭職」。辭去員工，尤其是受同業敬重、獲同事尊崇的「得力助手」於截稿後的深夜或凌晨動手，這種做法冷酷、無情，相信會引起《明報》員工對資方及其代理人的怨懟與仇恨，令今後的工作不易順暢開展。

對於此事如何「善後」，相信老練和能幹的姜氏，自有此處不留人的出路。筆者雖與姜氏緣慳一面，惟從這幾天來業內業外的反應看，安裕的大作獲高度評價，讚賞者極多，那豈不是說安裕的文章具有殷切的市場需求，因此，在有益有建設性和有可讀性文章有讀者引頸以待的情形下，不為其他傳媒吸納或不願為《明報》外的傳媒服務，安裕亦可開辦收費網媒（天下沒有免費午

騁懷
寫讀

餐）或仿效美國同行（見4月20日作者專欄），出版收
取市場價格的「紙媒」——如週刊或如多年前台灣名家
李敖的月刊！

2016年5月3日

衣食住行皆學問
領「帶」一「露」有文章

一、

　　對於希臘當前的政經問題，筆者不算在意，惟對其總理齊普拉斯（A. Tsipras, 1974-）則興趣甚濃；不過有興趣的，不是其競選時的政綱或當上總理後的施政，而是他可以說是西方世界唯一一位不結領帶的國家領袖，在這件「事」上，齊普拉斯的執着，固然不會在地區性國際性政治巨頭會議以至國會上，因為衣領敞開而尷尬或遭白眼；這位無神論者，在莊嚴肅穆場合如宣誓就職時亦不結領帶，更不根據傳統由希臘國教東正教大主教監誓——選擇同樣合法合憲卻與宗教無涉的「民事宣誓」，彰顯他對堅持權力來源是人民而非神靈的堅持！

　　無神論者拜相不必大主教見證和祝福，可以理解；他天天衣着隨意，永不結領帶，又有甚麼「玄機」？

　　筆者首先想到的，是孔聖人的看法，《論語・子罕》：「子曰，衣敝縕袍，與衣狐貉者立，而不恥者，其由也與。」孔夫子告訴子路，穿布質舊棉襖與着狐裘

的人平起平坐而不自卑，是真漢子！齊普拉斯是否讀過
《論語》，不知道，只是他在衣着上的表現，顯見他是
充滿自信的政客。這位臨危（可能爆發債務違約危機）
攀上高位的希臘總理「永不結領帶」的習慣，撩起筆者
翻出有關衣飾的「文獻」，興致勃勃地翻閱且執筆（不
會「入字」不得不爾）記之。

　　自從上世紀80年代以還，領帶是中國的發明，世
無異議，以1974年在西安出土秦始皇陵墓的數千「秦
俑」，頸部都有像圍巾如領帶的飾物，筆者腹儉，不知
此物在古代的稱謂，「西人」則說是「絲質布料裁成的
領結」（silk cords），並借用Facale（拉丁文，領巾）
名之；此物為古羅馬騎兵圍在頸部以禦風寒，是有實用
價值的飾物，與秦俑所見相近，與後唐（923-936）以
「工畫番馬」名於時的畫家胡瓌所繪同，清阮元的《石
渠隨筆》有〈胡瓌番騎圖〉：「⋯⋯二女步行牽駝，一
紅衣一綠衣，耳後頸下有紅巾圍裹，鼻以下又有白巾橫
束，皆避寒也⋯⋯。」10世紀女騎士頸下、鼻下圍白巾
以避風沙，十分顯然；後唐雖後於古羅馬四五百年，但
此物顯然是我國藩屬的發明。無論如何，秦皇朝比古羅
馬帝國早了二三百年，現代領帶的發明與秦有關，誰都
無法否認。

　　不過，雖說領結在中國「古已有之」，但作為「西
裝」必備之飾物，看來看去，應為「西人」自發之物；
因為20世紀80年代中發現的東西，不可能影響18世紀的

「時裝」。男裝西服必備的領帶,應該源自古羅馬,當年的軍服有類領帶的布質配件,除可避風沙,還可當作抹面、拂拭蒙塵或染血武器之物,不難想像,士兵臉上若沾泥濘或刀劍上有血漬,只要順手一拖,領上的「布條」便可把之「淨化」。

「自古以來」,英國人(相信歐陸人亦如此)於襯衫領上繫「布巾」,作用在抹手抹嘴,在用餐的刀叉發明前,「西人」用手抓肉大喫,即使小心翼翼並遵照「餐桌規矩」晉食的紳士,亦不免有肉汁肥膏弄髒鬍子(剃刀未發明前人人滿面于思),此時「布巾」便是最方便的餐巾;據說這種「布巾」還是女性的發明,因為未有此物時,男人均以袖口抹嘴,又把弄得油膩膩的手指揩在襯衣或袴子上,這就苦了做無償家務的主婦⋯⋯。她們在男襯衣領口上繫一布巾,大大減輕了她們的洗衣工作量。由於此「布巾」繫於領口,遂得此專有名詞「領巾」。

二、

領巾何時變為領帶,似不可考,今人只知結領帶始於17世紀的法國。1660年,法國太陽王路易十四打敗土耳其人,其克羅地亞僱傭兵「凱旋歸法」,歡天喜地、耀武揚威,在巴黎遊行接受法人夾道歡呼和掌聲;他們的軍服非常耀眼,領上配着如秦俑所繫絲質領巾的Cravat(克羅地亞語,領帶;今法文領帶Cravate從此而

來），太陽王一見，驚為奇飾、為之傾倒；不數月，法國軍團改着配有五顏六色鮮艷華彩領巾的新制服，同時改名「皇家領巾騎士」（軍團，Royal Cravattes）！趕時髦的巴黎仕紳爭相仿效，「西裝」的領帶從此誕生。

男性服飾本來極盡華麗，以自有人類以來，炫耀「美色」不是女性專利。在18世紀前的歐洲，男性特別有權勢有財力的，衣着不但色澤亮麗與女性無異，而且配戴耀眼珠寶炫富，還戴講究造型的假髮、塗脂抹粉搽唇膏，在打扮上不讓女性專美……。荷里活的古裝宮幃電影雖然浮誇，但是當中那些打扮媲美女性的男士，其衣飾總有多少反映了當年流行於上流社會的服飾嗜好。18世紀是歐洲男裝從繁複奢華轉為簡樸的分水嶺，觸媒點是英國工業革命。工業革命後不久的18世紀末葉，男人走出農莊，進入工業社會，由於要適應於往返工廠和辦公室的不同工作環境，衣着吹起去女性化的風氣，為了方便工作及免去男性為「該穿甚麼衣服」費心而荒廢正業，簡單、實用、得體的衣服，需求殷切，遂令男性「工作服」取向制服化，其剪裁既會參考鎧甲形格，亦模仿貴族紳士的獵裝。無論如何，當年常服，就是近人稱之為「三件頭（指背心〔馬甲〕、外衣及長褲）西裝」的原型。

「西裝」把男人包得密密實實，除了具很多功能性不能「全遮蓋」的臉面，包括頭頂的肢體都為「布料」覆蓋（別忘記全套男服包括帽子和手套），頸部和手腕

卻因領帶和袖口鈕或鏈扣而不見天日;如此「裝扮」,
與女性衣着以胴體尤其是性感部位若隱若現為時尚大異
其趣,裙子展示的纖腰長腿(裙襬拖地的目的則在炫富
〔買得起罕有價昂的布料及家有專司洗滌的婢僕〕)、
低胸上衣露出有吸睛力的「事業線」,女服展示女性胴
體線條遠較西裝之於男性多;不但如此,由於女性閒暇
較多,有時間有閒情(有閒錢更佳)「扮靚」,自然
對時裝諸多挑剔,女裝便按時序翻新;對比之下,男性
「西裝」可說已經無甚個性,充其量只會在翻領闊度、
「開岔」和鈕扣多寡這類不起眼的地方下工夫。有趣的
是,男性「西裝」——商業社會認同的工作服——千篇
一律,男士人人「西裝一度」,已成常態,要是有兩名
(遑論更多)女性着同一款式的華服在同一場合出現,
穿着者固然尷尬得無地自容,其他賓客亦會避開視線而
拿來當最佳的「閒話」題材!

三、

　　為了吸引「眼球」,在「西裝」無法標奇立異的局
限下,男性只能從戒指、袖口鏈(鈕)、目的不在計時
的手錶(和袋錶)上增加吸引力,但這些附加物均集中
於手部;非手部裝飾便只能求諸領帶和領帶夾了!

　　18世紀前,歐陸和英國男性服裝花樣百出,上裝
款式尤多,而袴子則特別窄,貼身若芭蕾舞襪,那話
兒突出地成了焦點,為含蓄一點不礙眼,遂來一塊遮

羞布（「蓋布」，codpiece），可是此物顯然發揮了欲蓋彌彰的作用，大多男士均樂而為之，因為它足以顯示雄赳赳的剛陽之氣！岔開一筆，據《倫敦時報文學附刊》（TLS）4月28日的書評〈雄姿英發的男人〉（Macho Men），引述幾位法國學者合編新書《陽剛史》（*A History of Virility*；稍後細說此書）中一段令英男受落的描寫：「英皇亨利八世（1509-1547年在位）的那話兒生氣勃勃（Virile），在德裔御用畫家霍爾拜因（Holbein）筆下，他的『蓋布』非常大，這是『寫生』時若非如此便不能把那部位全部遮蓋；而令英男民族情緒高漲的是，亨利八世那塊『蓋布』尺碼比法皇路易十四（太陽王）和路易十五兩塊『蓋布』的面積總和還要大！」

四、

　　19世紀開始流行的「西裝」，褲子剪裁由於發明了鈕扣開合的褲貼（Fly），把那話兒遮掩得舒服貼伏，據說是「小資產階級值得大書直書的發明」；這種方便男性方便的「西褲」，迅速流行，然而卻令男性無法藉「蓋布」影射雄風。在這情形下，領帶遂起而代之！

　　說來不可思議（其實經常結領帶的人可能全無的念頭），惟性察事者認為，領帶位置不僅對着女性的「事業線」，領帶一條亦與那話兒並論短長，因此而說它是「智性那話兒」（intellectualized penis），難道位

置是在頭顱之下，便攀得「智性」的名堂？「煲呔」（bowtie）的「學名」蝴蝶結，蝴蝶有一雙大翅膀，像一對睪丸，與領帶的「象徵性」一致。如此說來，不管「打甚麼呔（tie）」，都與那話兒纏上關係。

「領帶煲呔」與那話兒有如此密切的聯想，看似荒唐，但是確曾引起過不大不小的辦公室風波。據1994年12月23日《華盛頓郵報》的一則路透社消息，（西）德名城漢諾威（Hanover）市政府禁止男性公僕上班「打呔」，何以故？以女公僕認為那是「陽具象徵」（Phallic Symbals）⋯⋯ 至於何時解禁，待考。

寫到此處，記起英諺有云：「領結（knot）愈大那話兒愈小！」可見西人早把領帶與那話兒連在一起；而這句粗俗俚語，令筆者想起英人一度流行把領帶「束」成臘腸狀，領結更小至幾不可見，並不好看，難道與此有關!?不過，希相齊普拉斯着西裝而不結領帶是否與上述的分析有關，筆者不想妄斷。

綜合來說，穿西裝結領帶彰顯的是「西化」，而「西化」曾經是「先進」的代名詞、自由民主和一人一票的「普世價值」，撇除結領帶曖昧甚且猥褻的象徵意義不說，當今之世，僅此已是「政治不正確」；趁着全方位崛起的勢頭，現在正是北京另起爐灶，把「國服」全球化的好時機。看內地習主席和上海知名港商羅先生和曾主席等，偶爾以「國服」（改良毛裝〔解放裝〕或中山裝）亮相，莊重大方相當有型，可謂「士嘜」，出

騁懷
寫讀

得廳堂進得議事堂，殆無疑義，「有關當局」或可發起一場棄「西裝」改着「國服」的服裝革命。把國風帶到遍及世界，也是軟實力揚威天下的徵象！

2016年5月4日

國粹老外來添趣
衣食奢靡別折福

■筆者不會「搓麻雀」，親友皆知，以無法忍受
噼啪聲響，且聞各地有不同「牌例」而「頭昏腦脹」，
遂無意「學番兩手」；對於「麻雀」的前世今生，維基
百科所說甚詳，不過，並無甚麼特別趣味。近日經不起
芝加哥二手書商的「誘惑」，雖然對版本毫無興趣，卻
想看看「番人」如何寫「國賭」，遂「高價」購得貝考
克的《麻雀──規例紅皮書》（J.P. Babcock: *Babcock's
Rules of Mah-Jongg- The Red Book of Ruler*），此書在
上海印刷，1920年9月初版，翌年再版、1922年再刷四
次、1923年又刷五次，筆者所購當然是1923年版，據說
是「孤本」。從一再重印，可見此冷門書相當暢銷。

貝考克（1893-1949）美國印第安人，普渡大學工
程系畢業，在「旗幟（標準）石油」任工程師，1912年
（年僅19歲！）以公司代表身份奉派駐蘇州；其間他與
妻子迷上「麻雀」，以至1920年寫成此書。英語世界興
起「打牌」熱潮，由此書撩起，雖不中亦不遠。

Mah-Jongg這個字是貝考克鑄造（今人多用Mah-Jong），他所定的遊戲規則是優是劣，外行的筆者無法置喙亦不想就此事麻煩擅長此道的友人……。

從該書知到港人口中的「麻將」，原名「麻雀」或「馬將」，那從附圖上海「中華麻雀公司監製」可見。「麻雀」這種「國賭」，有說為鄭和七下西洋時發明，按鄭和1405年（永樂三年）首度「下西洋」，第七次則在1431年（宣德六年），那即是說，「麻雀」也許是在15世紀初葉問世；惟此說似乎不為學者所認同，一般都說是在1875年前後才出現；而其發源地，貝考克同意民初學者所說，源於寧波或福州，可是並無定說。值得一提的是，香港文壇名宿、馬經大師簡而清於70年代大力鼓吹其「五人麻雀」，多次在報章為文推介，卻原來是「古」已有之的「玩法」，頁八十三以下數頁詳盡介紹二人、三人以至五人「麻雀」的「玩法」。

貝考克小紅書是發揚「麻雀」在英語世界流行起來的「功臣」，不過，筆者認為他的最大成就，是為「麻雀」書明規則，有規有矩，打牌者知所遵循，等於在公平基礎上「耍樂」，參加者眾。美國人「打牌」打出心得，紐約竟然在1924年成立了一個「麻雀牌美國規例標準化委員會」（The Standardization Committee of the American Official Laws of Mah-Jongg），把貝考克寫下的規例規範化、完善化，成為全美劃一的「打法」。筆者不知如今美人是否仍嗜此道，但有一套大家認同認可

的「玩法」，總比此間有花款百出，令外行人目眩頭暈為佳！

■2月4日的「猴年雜識」，説「吃猴腦似甚流行，筆者『小時候』嘗見明人筆記有一令人毛骨悚然的縛活猴敲碎其頭蓋伴猴凄厲叫聲圍食腦髓的描述，可惜印證要用時遍找不獲……。」記此事的《庸菴筆記》終於找到了。《庸菴筆記》（下稱《筆記》）作者薛福成（1838-1894），清無錫人，字庸菴，曾在曾國藩、李鴻章幕府任事，官至湖南按察使……；後出使英國、法國、意（義）大利和比利時四國，著有《出使英法義比日記》。

《筆記》有〈河工奢侈〉條，記道光年間駐紮清江浦的南河河道總督及其屬員濫用公帑「盛況」：「每歲經費銀數百萬兩，實用之工程者，十不及一，其餘供文武員弁之揮霍，大小衙門之酬應，過客游士之餘潤，凡飲食衣服車馬玩好之類，莫不鬥奇競巧，務極奢侈。」經費（公帑）是OPM，由於監督不力或由監守自盜，經手人揮霍，古之為甚於今尤烈——這也許是經過嚴格程序制訂的公共工程預算屢屢超支的原因之一！

食猴腦不僅「鬥奇競巧，務極奢侈」，且殘酷至極：「有猴腦者，豫選俊猴，被以繡衣，鑿圓孔於方桌，以猴首入桌中，而掛之以木，便不得出，然後以刀剃其毛復剖其皮，猴叫號聲甚哀，亟以熱湯灌其頂，以

鐵椎破其頭骨，諸客各以銀勺入猴首中，採腦嚼之，每客所吸，不過一勺而已。」

至於河道總督飲食用料之「精細」，比孔夫子在〈鄉黨〉所說的「食不厭精，膾不厭細……割不正不食」更進一步，奢華殘忍兼而有之，令人食不「忍」嚥：「即以宴席言之，一豆腐也，而有二十餘種，一豬肉也，而有五十餘種……嘗食豚脯，眾客無不嘆賞，但覺其精美……，一客偶起如廁，忽見數十死豚，枕藉於地，問其故，則向所食之豚脯一碗，即此數十豚之背肉也。其法閉豚於室，每人手執竹竿迫而抶（音「斥」，鞭打之意），豚叫號奔繞，以至死，亟割取其背肉一片，萃數十豚，僅供一席之宴。蓋豚被抶將死，其全體菁華，萃於背脊，割而烹之，甘脆無比，而其餘肉則皆腥惡失味，不堪復食，盡委之溝渠矣……。」

《筆記》又說以魚血為羹，「取材」手法之殘忍，令人瞠目：「有魚羹者，取河鯉最大且活者，倒懸於樑，而以釜熾水於其下，並敲碎魚首，使其血滴入水中，魚尚未死，為蒸氣所逼，則擺首搖尾，無一息停，其血益從頭中滴出，此魚死而血已盡在水中……，然後再易一魚，如法滴血，約十數魚，庖人乃撩血調羹，而全魚皆無用矣。」

有關食鵝掌的記載，《筆記》所記，則「古已有之」：「又有鵝掌者，其法籠鐵於地而熾炭於下，驅鵝踐之，環奔數周而死，其菁華萃於兩掌而全鵝可棄也，

每一席所需不下數十百鵝。」鵝是「有用之物」，為摘其肝斬其掌，食家廚人莫不想盡辦法，惟以取掌之法最不人道；如此看來，戳其頸可令鵝「益壽」，已是阿彌陀佛之至矣。

　　■清朝「豪客」的「揀飲擇食」，真是仲尼再生，也難望項背。而清人這類暴殄天物的豪食，似向明人看齊，那可從不久前在此引明人謝肇淛《五雜俎》對晚明士大夫奢侈飲宴見之。

　　《筆記》有關食豬脊肉、取鯉魚血以至斬鵝掌的方法，惟本港某「儒廚」炮製的鵝頸能與比肩，據這位「廚博士」說，鵝頸斬自三十六個月大的老鵝，以其「超齡」（據說二十個月大的鵝，其肉最甘腴鮮美），鵝頸又長又粗而肉味厚且有嚼口，成為桌上珍，而鵝肉則因太老不堪入口，悉數棄之！此事若然屬實，奢侈程度與清朝治河大員便不相伯仲。其實，今人食魚翅所以引起國際關注且形成重大反對壓力，與割魚鰭而棄無法「自養」的無鰭鯊魚於淺海、等同把其凌遲至死有關，這種做法與取脊肉、魚血與鵝掌鵝頸雷同，均為殘忍浪費之舉。在食材「物盡其用」上，日本確有不少可供仿效的地方，大家常見的鮪魚和雞隻，在日廚刀下，「全體」都成「美食」，即使一隻蝦，別說蝦頭蝦身，就是蝦殼亦無一部位不成佳餚……。日廚手起刀落，劏魚解雞，手法利落，一樣

騁懷
寫讀

是殘酷殺生卻毫不浪費，足以補過！

（閒讀偶拾）

2016年5月5日

大小不良當顧問
漁肉客戶竟泰然

一、

　　「股神」畢非德4月底在巴郡股東年會上，狠批華爾街眾鱷魚肉小戶的話，不但李海潮在他的「金池光影」中引述，「金口一開」欄亦圖文並茂刊出。有關談話的大意是，投資顧問尤其是對沖基金收費昂貴，但長線表現不敵「指數基金」（持有指數成份股的基金），對投資者有害無益。他又指出投資界高手寥寥可數，在股市（華爾街）打滾的人，大多數只懂推銷（其實他們亦是「財經演員」）而欠缺投資眼光！畢非德並非信口開河，他之所本可能是三位經濟學者剛於3月發表的論文：《財經顧問行為失當的市場》（The Market for Financial Adviser Misconduct；可於Papers.ssrn.com免費下載）。顧文題思文意，這些經濟學者爬梳公開資料後，得出財務顧問（和股票經紀；下稱顧問）通過做假、誤導等手法欺客，令依賴這些華爾街精仔「貼士」買賣金融產品（股票債券及五花八門的衍生工具）的投

聘懷
寫讀

資者，每年平均損失一百七十億元（美元·下同）！畢非德向來看不起投資顧問，當然不會聽他們的意見（他只「刨」相關企業的原始資料），乘學者以嚴謹方法撰寫的論文面世，他趁機抨擊華爾街中人，愈顯得理直氣壯。事實是，欺騙客戶的顧問數目不算太多，只佔總數約一成，但絕不能說這類人只屬「一小撮」，因為這個行業充滿欺詐成份，客戶一不小心，不論大戶散戶，都會中計上當！

　　和所有行業（包括計時收費的專業）一樣，「賓」「主」關係主要建立在彼此的信任上，而與醫生一樣，顧問與客戶通常是單對單地商談，因此，除了專業知識，必須具有較高的職業操守，要對客戶絕對忠誠和負責，因為客戶有事（有病）相求，對顧問（或醫生）的話句句受落（尋求「第二者意見」在現實上並不普及），顧問若其心不正、存心不良，客戶很易受騙。岔開一筆，整整四分之一世紀前（1991年7月），因為談及法國經濟學家昆內六十多歲才棄醫習經濟學並有大成，筆者曾連續數天在《信報》發表題為〈醫生與經濟學家〉的長文（收《經濟門楣》），細說醫生與經濟學家（和財務顧問）因為面對單一消費者因此必須具較高道德水準的理由，此處不贅。總之，面對單一客戶的專業人士，定要具有較高的道德水準，才可減少欺詐。

二、

美國同業組織「金融業管理協會」（FINRA）記錄
了在2005至2015年，全美共有一百二十多萬名（人次）
執業顧問在此期間的工作表現，這些學者（兩位在芝大
一位在明尼蘇達大學任教）發現因「行為不當」（主要
是欺騙〔Fraud〕）受業界紀律處分的顧問，高達7%，
而其中38%是「重（再）犯」，這情況顯示欺騙客戶不
是意外失誤而是故意為之。令人不可思議的是，那些犯
錯被辭退的顧問，有44%很快為其他財務公司（經紀行
或基金公司）錄用，而這些「慣匪」，再「犯罪」的機
率比無案底者高出五倍……。

美國五大經紀行（主要是投資銀行的「分支」）
「行為不當」的顧問比率甚高，奧本海默（成立於1881
年，前身為林肯總統的顧問公司）有二千二百七十五
名顧問，出問題者的比率高達19.9%，即是大約五
名顧問便有一人當客戶為「羊牯」；富國銀行旗下
的富國顧問公司（Wells Fargo Advisors FN）有顧問
一千七百九十七名，「欺詐率」（Fraud Rate）15.3%
（富國證券較「老實」，「欺詐率」只有1.7%），港
人熟知的瑞銀，其轄下的財務管理公司（UBS Financial
Services）有一萬二千一百七十五名顧問，「欺詐率」
15.14%……。看這些讀飽書且有不少出身「名門」的顧
問如此不老實，真的有點出人意表。

懷騁
讀寫

　　至去年底，全美金融業有六十四萬四千多名「持牌（註冊）營業員」（Salespeople），職銜不是顧問便是經紀（Broker），他們管理的資金在三十萬億元以上，客戶有利可圖的當然不計其數，那令受愚被騙的投資者每年損失的一百七十多億元，顯得微不足道；不過，對於身受其害的客戶，卻可能是致命的打擊，以其可能是養老金甚至是全副家當。值得強調的是，受「惡棍（Crooked）顧問」欺騙的幾乎全是散戶（不難想像，「資深投資者」有自己的看法和在業界有比較廣泛的人脈關係，顧問不敢輕易動手亦不易得手），這從相關訴訟的賠償是在四萬至十二萬元間可見——十二萬元在投資界是小數目，但看美國家庭中位數平均淨值為八萬一千元（2013年），可知誤信顧問之言輸掉不少散戶的身家！

　　顧問的最普遍「罪行」——佔「行為不當」比率21%——是向散戶硬銷「不恰當」的投資產品，以次為「報喜不報憂」即隱瞞「利淡因素」說賺不說蝕。雖然有關法例對客戶有利（比如顧問向75歲的客戶硬銷風險大的「高增長股」便足以入罪），由於罰款太輕，沒有刑事責任，起不了阻嚇。這是「重犯率」高企的原因。

三、

　　金融界欺客是常態，有「為股民請命」的議員提出重罰顧問的議案，是民選政治應有的景觀，不過，華爾

街有長駐國會山莊的「游說團」,經費充足,影響力亦大,令華爾街雖然時有醜聞,仍一味「自律」,多年未變。結果是輕罰及問題顧問不愁失業。

全球的金融市場都有欺詐事件,嚴重性不讓華爾街專美,由於業界的規管不若美國嚴格,欺詐散戶個案很少曝光。香港有類似情況,看來勢所不免,業界應該「清理門戶」,以避免一旦事件鬧大政府被迫直接介入。本地「財經演員」主持的節目(虛實媒體以至紙媒)之多,與講飲講食的不相伯仲(予人以除了飲飲食食和炒賣投機,香港人似乎沒有其他嗜好的觀感),此中有否散戶相信錯誤資訊和被故意扭曲的評述誤導而有損失,傳媒似無報道,這許是本地的「財經演員」有較高的道德水準……。不過,為擦亮、提升金融中心這個開始褪色的招牌,立法會議員可師考察美國「美食車」的故智,組團浩浩蕩蕩往華爾街取經!

2016年5月11日

有錢無錢賺錢花錢
對話亦是看錢講錢！

一、

　　天窗出版社的《與錢對話》，是對金錢——對賺錢特別是認識金錢——有興趣者，不論性別年齡，都應細讀最好是置諸案頭以供隨興翻閱；作者蔡東豪，《信報》昔日名家「原復生」的靈魂人物，他在商界的長袖善舞，以至行山毅行行出生活哲學，讀者多已知之，不贅；令筆者有感而寫本文的是，《與錢對話》，是在一宗讓蔡氏「生活起翻天覆地改變」——《主場》因而改為《立場》——後重新出發的著作。

　　蔡東豪在三十年工作生涯中，領悟出「思『錢』才可以想後」的硬道理！事實上，正如作者在〈前言・手段〉所說，無論教育、健康、退休、放假、安全感、滿足感，無一不或少或多甚且全部由金錢成就。這是非常「貼地」的論斷。那即是說，除了特殊情況，沒錢便事事難以順暢，比方說，有病進不了設備先進收費較昂的醫院、小輩亦無法就讀師資較佳學費較高的「貴族學

校」。當然,收費貴的醫院(醫生)不一定有起死回生之功,而學費高的學校未必就能調教出優秀的學生;但進這類醫院和學校,對病人等同服了一份「安慰劑」(Placebo),於學生的雙親則可滿足他們的虛榮——而這正是金錢可以買得到的「心靈雞湯」。

金錢既然如此重要,可是,錢卻是一個大家避免提及的避忌,當它是「塔布」(Taboo),中外皆然,美國民意機構Experian.com5月5日發表一項對新婚夫婦的民調,顯示40%強受訪者表示,結婚時根本不了解對方的信用狀況,25%受訪者竟然不知道對方的年收入多寡,約三分之一的新婚者不明白對方的消費習慣……。「講錢失感情」,港美皆然,但這種「習慣」應止於夫妻。在〈夫妻〉一節,蔡東豪指出「夫妻的金錢價值觀出現分歧,是分手的主要原因。」看美國的離婚率,新婚夫婦不了解對方的「財政」,正正是構成離婚的、不可忽視的元素。作者指「愛應該是單純的,錢是不受歡迎的雜質;愛情小說是這樣說,但人生比小說現實。」旨哉斯言,在現實生活,尤其是美國社會,戀愛中男女因「有情飲水飽」觀念,少談、避談阿堵物,但他們不是不知道錢的重要,那才出現了婚前男女簽訂「協議」(Prenuptial Agreement)的「新猷」。合約既可避開一旦離婚所引起的財產分配爭拗和訴訟,像美國前總統克林頓的女兒「醜死」(Chelsea,譯車路士亦妙)六年前出閣時,便與未婚夫簽下一紙「如你婚後偷食,受騙

一方可得千萬美元！」講錢講到這地步，愛的結合便一點也不單純（遑論羅曼蒂克）了。無論如何，人生雖然無處不談錢，可是苦不堪言不似沒錢可言的苦頭大，雖然如此，大多數人對金錢的認知非常貧乏，如何讓讀者對金錢的重要性有更多層面的實際認識，正是作者撰寫該書的目的。

二、

　　《與錢對話》是本少見——甚至好像未見——抽象理論只專注於日常務實細節的書，因此，對發夢發財卻不懂理財的讀者，尤其要讀！

　　對於消費，蔡東豪的看法「甚合吾意」。在〈豪花〉一節，他說他不會「買平嘢（價廉的東西）」，那是他旅遊時從買紀念品中汲取的教訓（大概是買了不少「垃圾」罷）。他說，由於價廉，在購買前不（必）仔細考慮，買後才發現得物無所用，平價東西的價值便跌到零，買東西的人的消費便得不到任何實質或心靈上的樂趣與滿足而「全輸」；他進一步解說，「買貴嘢」不同，由於「買前左思右想」，因此，你可能嫌貴不買，若買便必有得着。作者未提及的是，不少人購入貴價東西，珍而惜之，輕易不會穿戴或使用，結果雖不至於「全輸」，卻同樣屬於浪費！

　　蔡東豪另一項筆者深有同感的觀察，是在這個「消息靈通」的世界，人們大多有種錯覺，認為「世界需要

我、我需要世界」，實際卻並不如此。在〈太多〉一節，他說參加過一個特別的旅行（在大約一百頁後的〈知識〉，作者才透露那趟旅行是到新西蘭南島的五日行山團），「此行與外界隔絕，無電話無WiFi……。」行畢打開手機，「以為有數百計信息恭候」，哪知數目遠低於此。他致電秘書，問有沒有特別事情，「她回說沒有」。形容山中七日，世上千年的事多變，不過是詩人的幻覺，現實沒有這麼「嚴重」。以筆者對網絡科技完全外行（又不肯「虛心學習」）因而對這類「新」玩意頗為抗拒，對一秒不可無此物者，遂「另眼相看」──今人坐下甚至冒着生命危險在繁忙的路上開手機，除非必須跟進某類生死攸關的事務，不然，大多數這樣做只是能當作另類的「炫耀性行為」──以示忙碌而忙碌在大多數都市人心目中似與重要同義──當然亦有不少只是慣性動作……。筆者常問一坐下便看手機的老友和小輩，他們與外界保持無間聯繫，所知是否比筆者多？他們都搖頭說不，那當然可能是出於「敬老」的違心說話，不想令老之已至的筆者「難過」，衝口來一句「美麗的謊言」；有蔡氏山中五日世無大變的感受者，相信亦數不在少。

三、

　　這書有幾點期待「精進」的論點，比如未在「無錢者苦惱、有錢人煩惱」上着墨。眾所周知，金錢匱乏事

事難成，讓人苦至夜難成眠；但是錢很多的人，在瞬息萬變的金融世界和負利率的環境下，卻是連保值（遑論增值）也不易為，同樣是令人坐立不安甚至不思茶飯的困擾！

對投資理財，蔡東豪有實學有實踐有「戰績」，他對投資的分析值得「夢想發財」者觀摩揣摸，亦是筆者推介這本書的原因。不過，除上述提及的「缺漏」，該書還有三項「投資心法」，說得未夠深入。

關於投資大敵是勤力一節，蔡氏極有見地，他把「投資與勤力分為兩個階段」，是有益有建設性的經驗結晶。一是定出投資決策前投資者要用功刨數據、聽意見，然後自己判斷取捨；但是一旦購進（或沽出？）某種投資後，「最應該是懶」；即是把股票束諸高閣，待其升值，如果這階段太勤力，出出入入，受惠的只是經紀，同時可能錯失斬獲。「勤力」二分的觀點絕對值得參考，不過，作者舉例說有投資者在某種股票價格升了三成便「割禾青」，帶家人去遊埠，哪知該股股價繼續攀升，這位為了享受閒暇的投資者，當然「賺少好多」，但他這樣做，正是因為「懶」？袋了利潤去旅行，不是懶是甚麼？可是，作者卻認為「應屬於你的東西日光日白溜走，原因是你太勤力。」筆者讀之再三，仍想不出離開市場去遊埠與「太勤力」有甚麼關係——除非這位投資者的正業是「導遊」?!

對複利的神奇威力，作者極力推薦，從複利的滾存

功能，蔡東豪鼓勵愈早開始儲蓄愈妙。事實正是如此，可是他連計算複利最有簡單直接的「工具」「七二法則」（Rule of 72）亦無提及，是美中不足。

蔡氏主張分散投資是王道的看法，然而，他忽略了作深刻剖析很易引起的誤解。投資學的老生常談是欲有所獲，必須熟知那個項目（必須勤力），但即使今日資訊氾濫，非常勤力的投資者亦不可能熟悉數家（比如十多家）公司的經營狀況，因此，在「勤力期」集中研究不同行業一兩家公司，然後擇肥而噬，也許更易有所得⋯⋯。分散投資的理念絕對正確，那便如股神畢非德，每個行業他只選一兩種股票，他的分散投資是購進不同行業的精英股，不是在同一行業進行分散投資！

把雞蛋（資金）放在一個籃子裏，可能大贏大虧，但把雞蛋放在多個籃子，並不能保證沒有籃子不漏底⋯⋯。世上有難事，賺錢最艱難。

2016年5月12日

利己利人不可顛倒
音義不爽番人改姓

　　■沈旭暉與鄭吉雄兩位教授的對話（《信報》5月7日A二十二版），一如過往Simon's Global Chatroom訪談，問的簡約扼要，答的詳盡充實，值得一讀；鄭吉雄1982年赴台升學，2002年成為台大教授，十年後回流香港，現為香港教育學院文化史講座教授……。這次對話令筆者「感動」的是這段看來平平無奇非常簡單的對答——

　　問：為何願意回到香港從事研究和教學工作？

　　答：我的青春壯歲，成家立室，都在台灣，直至2012年才返港，其間離開香港恰好三十年。做此決定主因有二，其一是希望把握機會多陪伴年邁的父親；其二是被香港教育學院高規格的禮遇和誠摯的邀請所感動。再說，香港是我出生和成長的地方，回饋香港也是我心之所願。

　　鄭教授說的是真誠樸質的「人話」，沒有半點「離地」的誇誇其談，他回流的兩大理由，都是先從緣由

（「個人利益」）有關，這正是資本主義社會亦是阿當‧史密斯鼓吹做人處世應有的態度（自己得益之餘亦令社會受惠，而「自己」與「社會」的次序不能顛倒）！若干年前，本地有位學人犯官非被告上法庭，後來獲判無罪，他回應記者問感受時說非常高興，因為他又有機會服務社會（大意）！乖乖不得了，這與「專門利人毫不利己」的雷鋒同志有甚麼分別？

沈教授最近「暫離香港」的「聲明」，述說他的去留，香港利益優先，即完全為香港好才有此決定；聽完鄭教授回流香港的心聲，沈教授是否要稍稍修正其「聲明」?!

■翻我國的「古」書，少不免見許多早已不存在的姓氏，它們的「絕跡」，在封建時代有眾多今人意想不到的理由，稍後當作短文說之，現在要寫的是英語世界的若干姓氏，因為字義愈變愈不雅或令人有粗鄙猥褻的聯想，漸為「用家」唾棄，其中Cock姓的「沒落」最為顯著。此字源起，可能來自荷蘭文de Cock即現代英文的Cook，一本新書《英文中借用外文的歷史》（*P. Durkin: Borrowed Words: A History of Loanwords in English*），則說Cock是源自古英文的Cocc（公雞）……。無論如何，字面解釋是公雞、雄禽、風信雞（設於高處示風向的木雞），亦有洋洋自得、生氣勃勃、盼顧自雄、不可一世的意思，而公雞及

生氣勃勃等，另有隱喻，至19世紀初，已「順理成章」衍變為「陰莖」的同義詞，因發音易上口，很快深入民間，5月4日作者專欄所寫「領結愈大那話兒愈小」中的「那話兒」，便用此字……。因此，姓Cock（也許祖上是廚人因以為姓）的人，遂紛紛改姓。據5月5日一篇題為〈令英國人尷尬的姓氏沒落記〉（The decline of Britain's most embarrassing names）的網絡文章引述，內政部統計顯示自1881至2008年，以Cock為姓的人，少了76%（比例上1881年有百人姓Cock，至2008已減至二十四人），同樣令人臉紅的Balls（睾丸；波〔爾〕斯）減56%、Bottom因有「屁股」之意，其間亦減36%……。這類有「不雅成份」或「下文聯想」姓氏之式微，不因人口驟減，而是改姓者眾，以Cock為例，改姓Cook或Cox者數不在少，Cock氏遂人丁愈來愈少。筆者有一本寫稿時未能找出的《傻福星英字典》（筆者戲譯：The Coxford Singlish Dictionary），Coxford為Talk Cock和Oxford的混成字，Talk Cock是新加坡式英文的「亂嗡」（Talk nonsense），把Cock引入日常用語，英國之外，也許只有新加坡。

改姓改名，中西古今都有，很久以前讀過南洋學者蕭遙天的《中國人名研究》（有國學大師饒宗頤的序文，稱此為我國第一部姓名學之專著），若找出將作一文。西人改姓改名，遠比國人隨意，如涉獵經濟學的人無人不識其名的故經濟學諾貝爾獎得主森穆遜

（P. Samuelson），他的兩個姪兒，便嫌此字太「不像話」，改為Summers（之一為經濟學大家，哈佛前校長、美國前財長、現任哈佛講座教授）；美國行銷專家「爆谷」（Faith Popcorn），原姓Plotkin，詰屈聲牙，她感到太難讀，不利「行銷」，索性改為老少咸宜無人不識的「爆谷」！

把Cock改掉，小兒科耳。

■ 若干年前，在首爾舊書店購得商務書館於西曆1905年、大清光緒三十一年擺印（即承印，清代用語）的《地理問答》，扉頁有對聯云：「地如一球舉天下洲國環繞創造乃真神踐履者宜謝上主 理參萬物胥世界底蘊包藏研窮在我輩教育時先啟童蒙」，既概括此書涵蓋的內容，亦點出此為教會出版物。看英文〈序言〉，原著成於1901年，為基督教上海「差會」（Mission）編彙。兩篇中文〈序〉，作者署名分別為餘姚蓮溪氏王亭統及滄桑主人；二〈序〉言之有物，寫盡當年世界大勢，其一云：「輪舟鐵道，海陸交通，郵筒電線，中外無滯，揆諸全球形勢，幾成萬國為一家……」童蒙因此非學世界地理不可。

找出這本殘舊的書，目的在說點譯名。

事隔雖然只有百餘年，可是很多國家譯名已不知所云，如「散散勒法多」、「日斯巴尼亞」、「庚哥」及「撒莫」等；有音可尋的則有「希利尼」（希臘）、

寫讀
騁懷

「税資」（瑞士）、「支利」（智利）、「瓜第瑪拉」
（危地馬拉）、「阿很第那」（阿根廷）、「烏魯圭」
（烏拉圭）、「美希哥」（墨西哥）、「分額兑拉」
（委內瑞拉）及「奧斯達利亞」（澳洲）等。

　　該書譯名，今人看來雖然千奇百怪，不少莫知所
云，但書的內容以「問答」形式出之，對世界各國天
文地理以至民風物種的解釋，非常清楚扼要。茲舉一
例——

　　問：「大清國南界有何三國與一海？」
　　答：「暹羅緬甸安南三國，南海又名中國海。」
　　南海為我國領海，「古已有之」又一例證！
　　（閒讀偶拾）

2016年5月19日

紅孩兒翻文革筋斗
窮學生潦草畫龍蛇

今年是「文化大革命」五十週年（1966年5月16日〔五一六通知〕至1976年9月9日毛澤東病逝），記得「文革」開始後不久，時在劍橋的筆者寫了一篇題為〈「紅孩兒」和「螞蟻雄兵」〉的「通訊」，在《明報月刊》（第二卷第四期〔總十六期〕、1967年4月號）發表，惹來當地左傾幼稚病分子不滿，有人揚言糾眾到舍下門外抗議，恫嚇會以石頭砸碎住所窗戶，讓「包租公」史密斯（藥劑師，在米爾路藥房任職）專程上門勸筆者小心（他倒沒要筆者「收筆」）。此事後來不了了之，料與當時劍橋唯一一家中文書店（亦是唯一售賣《明月》的劍橋書店）的洪姓老闆車禍喪生，令群蟻（他和他的小嘍囉稱不上「龍」）失去工蟻「引路」亂成一團而作罷！

在六七十年代，視中共為進步力量的英國左傾分子，數不在少，得風氣之先的劍橋真的是「一片紅」，著名經濟學家、凱恩斯入室弟子羅賓遜夫人（J. V.

騁懷
寫讀

Robinson, 1903-1983）便是此中翹楚，她高調肯定大躍進的成果，支持「文化大革命」橫掃一切牛鬼蛇神的「破舊立新」，這批劍橋人當時成立了一個擁護中共的「劍橋會」，筆者把「紅衛兵」譯為「螞蟻雄兵」（看過荷里活電影*The Naked Jungle*港譯《螞蟻雄兵》的人，不會不認同此譯法吧），當然成為他們的打擊對象；筆者本來首當其衝，卻因這名書店老闆的離世而逃過「一劫」！

翻開欠一年便半世紀前的舊文，讀之竟不覺過時，茲一字不改（引文括號內的單字為應刪未刪的沙石）把有關部份重刊如下——

「紅衛兵」的英譯是Red Guard，若要從英文譯回來，我就不願用這個「欽賜的名堂」矣，我以為譯為「紅孩兒」更通俗傳神，何以故？其一、這班鬧得中國大陸天翻地覆的少年人多數（都）是50年代的「產物」，都是「在黨的哺養下成長」的孩兒，豈不真正大紅特紅乎！其二是他們橫衝直撞，所向披靡，與中國（的）通俗說部裏（的）手提方天戟、腳踏風火輪的紅孩兒的行徑類似，「因以為名」也。

可是，當我昨天晚上欣賞完英國廣播電視公司第一台（BBCI）題為《毛氏的最後革命》的長達四十分鐘特寫節目Panorama後，想起熒光屏上那些萬頭攢動的「動人場面」，又覺似乎該用「螞蟻雄兵」這個意譯纔*算恰切——此刻執筆寫稿，雖未學哲人作「繞室徬

徨」狀，當仍未能有所取捨，尚望香港方家指教。

筆者鄰室住着一位抵（至）死不認是英國人的蘇格蘭學生，有天他過來喝咖啡，順便向我「請教」一事，原來此公不知在哪裏聽到下面一則「笑話」——有一位從香港回大陸省親的女同胞，歸程時在邊界被「紅孩兒」查出穿紅色底褲，認為有辱「烈士鮮血所染成的紅色」，不准離境云云，問我是否「知情」，除了搖頭苦笑之外，我能説啥！與這班「原子義和團」同為中國人，有苦説不出也！

「紅孩兒」在中國大陸掀起的「文化大革命」，對中共歷來所苦心經營的「世界革命」發生「影響」，（1966年）9月20日《劍橋新聞》（*Cambridge News*，午報）即以〈英國的紅孩兒〉的「榮銜」贈給英國自由黨內的青年激進分子，該標題橫貫第一版全欄，觸目驚心，幾疑中共的「紅孩兒」已征服這個古老（的）帝國。

10月2日，此間各大報都用顯著的篇幅報道「十·一」北京盛況，《時報》在第一版頭條位置刊登其獨家香港通訊，報道名作家老舍為「紅孩兒」所逼，跳樓殞命（按10月23日又盛傳傅雷夫婦在上海寓所雙雙自殺，未知確否；蓋11月上旬一位剛從北京歸來的講師在市政大堂〔Guild Hall〕作有關中國近貌的專題演講，堅説老舍仍在人世）。《衛報》報道天安門前盛況的新加坡航訊，焦點亦落在手捧「毛著」的「紅孩兒」身上，這

騁懷
寫讀

班少年可説搶盡鏡頭。

　　就在「紅孩兒」成為熱門新聞的同時，中共駐倫敦代辦熊向暉的處境又成為人們談論的對象（有關熊氏在英工作，略）。

　　最後，讓我再補充説説「毛氏的最後革命」這個節目。這是一個資料豐富並編輯得很有條理的特寫節目，它從香港（澳門）的中共問題研究人員怎樣搜集資料説起，直到毛主席在天安門檢閱「紅孩兒」止，其中有毛主席「浮」渡長江，背景長江大橋巍然在望，圍在毛氏周圍的人不計其數，滿江插着紅旗的木船，歌聲震耳（唱的是甚麼歌，聽不清楚，但聞「毛主席，毛主席」之聲不絕於耳），節目的焦點是毛氏接見「紅孩兒」的一瞬，當「冇晒（沒有）表情」的毛氏在穿軍服的女護士「扶持」下走上天安門時，「紅孩兒」那種聲嘶力竭呼口號（見一小女孩激動得「熱淚盈眶」）的場景，使與我同觀電視的朋友們一致聯想起少男少女歡迎「披頭四」的景象來。

2016年6月7日

附筆：去週遵醫囑在家「小休」，不能「看」（遑論寫）只能「聽、講」（不必筆耕的最大「收穫」是偏高的血壓回復正常：「天下沒有免費午餐」是放諸四海而皆準）；有老朋友來訪，談起英倫舊事及「文革」，説前述那位書店老闆姓許。和這位老闆不太熟，事隔半世紀，我們兩人都不敢肯定他是姓洪或姓許；二人的共同回憶是在該書店閣樓（二樓）看中共「原爆」的紀錄片——令人心振奮，知道中國已真正站起來！

前文有此＊符的纔字，是才字的古典繁體，為當年《明月》編輯所改（稍後長期主理該刊的胡菊人兄，亦是此字的「擁躉」），殆無疑義；筆者從來不會寫此一共達二十四五「劃」的古字──這句子共有五個才字，捨繁隨簡，一共才十五「劃」。

無巧不成文。當年《明月》由「金庸自己擔任總編輯……，」執行編輯為名編劇家陳銅民（著名導演陳可辛的尊翁）；長居泰國，為當地華文報章撰寫社論時評的銅民兄，在2015年5月26日曼谷《世界日報》的專欄文章，題為〈我替很多著名人物改過稿〉，談及筆者在英國寄回稿件：「大概是由於邊開工邊寫稿，隨手找到甚麼紙頭，就用甚麼紙寫稿，故其來稿字寫得很小，所以看他的稿很費勁，有時要重抄，並把句子理順。山木兄大概也知道我看他的稿特別用心……。」五十年前，一窮二白的筆者嫌郵資太貴，多用「郵簡」寫稿，字跡潦草、沒有機會校稿且未經潤飾，大增銅民兄的工作量，在此再向他致謝。

騁懷寫讀

才高八斗錢眼瞎
怨尤商賈欠反思

　　文人學者向來對生意人不懷好意，古今中外皆然。
中國傳統，舊社會地位依次以「士農工商」分類，不
重商可能是受孔子「罕言利」的影響（錢穆《論語新
解》：「論語·子罕：利者，人所欲，啟爭端，群道之
壞亦由此，故孔子罕言利」）。在西方就更不用說了，
猶太人借錢給需要資金者周轉，被目為「吸血的高利貸
者」；傾家盪產辦工廠的企業家，則被視為開「血汗工
廠」的剝削者……。歐美文學家刻意描繪生意人的醜惡
面目，通過高超的寫作技巧和豐富的幻想力，使唯利是
圖、粗陋鄙俗、偷工減料、刻薄成性、勾官結府、賄賂
公行、囤積居奇、自私自利等劣行，都集中在生意人財
主佬身上，真的是商賈處居下流，天下之惡皆歸之。漸
漸地，「逢商必奸」亦就隨文學作品的流傳而成為一般
人對商賈的印象。

　　為甚麼知識分子會仇視商界，原因多端，經濟學家
對之有相當中肯的剖析，但總的來說，相信與他們偶而

涉足商場或股市多以慘淡收場有關。文人學者詩人小說家大都感情充沛，那是經商投資之大敵，他們投資做生意的不得意讓他們感受到失敗者的滋味，有意無意間便對商界和商人極盡抨擊嘲弄，不足為奇。

美國著名小說家馬克·吐溫（Mark Twain, 1835-1910）一生在經商和股市方面輸掉很多錢，幾次弄得險些破產，可惜他並沒有好好檢討失敗因由，一味重蹈覆轍，輸得一窮二白；因此他會說出這樣的「名言」：「10月，對投機來說顯得特別危險；同樣危險的其他月份是7月、9月、4月、11月、3月、6月、12月、8月和2月」。

以寫《魯濱遜飄流記》及Moll Flanders而在文壇享大名的英國作家狄福（D. Defoe, 1660-1731），一般人只知道他是小說家，事實上他行年將近六十才轉行寫小說，此公多才多藝，著名的蘇格蘭場由他手創；也曾經商，但「生意失敗，將太太的妝奩賠個乾淨」，而「生意失敗」包括在股市失利。1719年，他寫了一本小冊子《證券交易巷的剖析》（The Anatomy of Exchange Alley；當年在商區後巷做證券買賣），史家相信這是世上第一本揭發大戶利用內幕消息操縱股價的論文，本書的一章〈弄假作虛的騙人術〉（Of the Private Cheats Used to Deceive One Another），針對英國財經史上的大投機家蔡爾德（J. Child）。他形容蔡爾德買賣股票的手法如後：「如果蔡爾德想入貨，第一件事是要他的

騁懷
寫讀

經紀扮出一副愁眉不展的樣子，望着股價（寫於掛在咖啡館門外的黑板）搖頭嘆息，並散佈從印度傳來的多種壞消息……。在這些經紀的感染下，整個交易所賣家多而買家少，當股價跌去10%的時候，蔡爾德的另一批經紀才開始入貨。」如果狄福不是在股市敗北，文章能否寫成固成疑問，更有可能是另一番口吻，以興奮筆觸描寫他如何打敗其他對手獲利亦説不定。

不論有沒有讀過他們的書，香港人對英國作家艾美麗·白朗蒂（E. Bronte,1816-1855）的名字都應耳熟能詳的，因為艾美麗是《咆哮山莊》（*Wuthering Heights*）的作者；許多中學生對艾美麗三姊妹的著作和生平都有相當程度的認識，但知道她們炒股票一敗塗地的，相信不會很多。艾美麗的大家姊、《簡·愛》（*Jane Eyre*）作者夏綠蒂，對股票不感興趣，當她們的姑母留下一筆一千零五十鎊（當年是一筆可觀的金錢）的遺產給她們三姊妹時，老二《咆哮山莊》作者艾美麗堅持要用來購入當時（19世紀40年代）最熱門的鐵路公司股票；老大反對無效，寫信給一個閨中密友，提及此事：「你一定奇怪我們做了一件甚麼事，我們將所有的資金投資在鐵路股上……；我承認這家公司前途不俗，但我以為我們已錯失最佳的入市時刻……，我以為購進一些股息比鐵路公司高，但盈利增長穩定的股票，較為安全有保障！」（真是投資者的至理名言！）在初期，夏綠蒂的看法好像出錯，因為入貨後股價節節上揚，但

艾美麗是「長好友」，要與股票談戀愛締婚約，不肯獲利沽貨，一如所有貪得無厭的投資者，三年後，股價因公司發展太速失控發生危機而直線下降，三姊妹損失慘重，不在話下。

白朗蒂家族的「基金經理」艾美麗，僅寫過一本小說及一些詩歌，較諸其姊妹的多產，大為遜色，這是否與她的「天才」和時間都花在炒股票上有關？這個須待小說史家去考證了；不過，毋須考證的是，筆者相信艾美麗的小說對商場中人多有微詞，與她在股市敗北肯定有點關係。

莎士比亞（1564-1616）生於沒有股市的時代，因此他的作品中沒有任何與股票有關的記載；可是他的名劇《王子復仇記》（Hamlet）中的丹麥王子說的名言「活着還是死掉，那是個問題。」（To be or not to be, that is the question），卻被股市中人廣泛引用。用這句話來描寫該買該賣的猶豫不決，確是恰切不過。美國詩人堅尼斯‧華德，曾步莎翁原韻，寫了一首打油詩（上維基百科一看，類似的打油詩起碼有數十首；當股市大幅波動時，便有文士作此打油詩），其第一句即是：「買呢還是不買，那是個問題。」莎士比亞另一名劇《李爾王》（King Lear），第四幕第一場中艾格（Edgar）有言：「⋯⋯當我們能夠說『這是最壞的時刻』時，這還不算是最壞。」（朱生豪譯），這句話亦可套來形容股市──當股民碰面即爭談股事，互說「做

驅懷
寫讀

蟹」，意味市況並非處於「最壞當兒」！因為，如果你已輸掉大半財產，還有這種自嘲的心情嗎？艾格不久後又說：「當人的內心感到絕望時，轉機就會在眼前出現。」這和人人看淡大市後市必旺，人人看好大市快將下跌的股市鐵律，簡直沒有甚麼分別。

2016年6月29日

萬壽無疆百姓遭殃
譯筆生花太多名堂

■辜鴻銘本名湯生（1857-1928），別號漢濱讀易者，原籍福建同安，為英屬馬來西亞檳榔嶼華僑；早歲留學英國、德國，得文學及工程學位；1880年在新加坡英國殖民地政府任職，1885年「回國効勞」大清，任清朝大吏張之洞（文襄）的「翻譯主任」，歷二十多年；張死後，辜鴻銘寫成《張文襄幕府紀聞》，對晚清官場活動及民間禮俗，有生動的描寫。

辜氏英德文著作甚多，其《清流傳——中國牛津運動逸事》（*The Story of a Chinese Oxford Movement*），且被譯為德文並曾被指定為大學必修本；又以英文寫成《春秋大義》（*The Spirit of the Chinese People*），亦為西方學人所推崇。可惜後人記起辜氏，只是他不剪辮喜聞女性纏腳布以及用一個茶壺幾個茶杯為男人納妾辯護的「癖好」；晚年在北大任教，他已經被人視作食古不化荒誕怪異的「老怪物」。

《張文襄幕府紀聞》，其中論貴族、論翩翩佳公

子、論西洋議院考略、論倒馬桶以至論愛國等，無一不精彩百出。茲錄辜氏所撰筆者認為仍有現實意義的〈愛國歌〉（按：辜氏撰的是〈愛民歌〉，惟《紀聞》題為〈愛國歌〉），以博讀者諸君「會心一笑」！

「壬寅年張文襄督鄂時，舉行孝欽皇太后萬壽，各衙署懸燈結彩，鋪張揚厲，費資巨萬，邀請各國領事，大開筵宴；並招致軍界學界，奏西樂，唱新編愛國歌。余時在座陪宴，謂學堂監督梁某曰：『滿街都是唱愛國歌，未聞有人唱愛民歌者。』梁某曰：『君胡不試編之？』余略一佇思，曰：『余已得佳句四，君願聞之否？』曰：『願聞。』余曰：『天子萬年，百姓花錢；萬壽無疆，百姓遭殃。』座客嘩然。」

■蟬鳴荔熟季節已至，楊貴妃食荔枝事又有人作為「談資」。識字分子對杜牧的《過華清宮絕句三首‧其一》的「長安回望繡成堆，山頂千門次第開；一騎紅塵妃子笑，無人知是荔枝來。」不會念全詩亦記得後兩句，此詩說唐玄宗李隆基（712-756年在位）為博楊貴妃歡心，不惜「千軍萬馬」從南方運送荔枝進京……。因事及唐玄宗，不求甚解的讀詩人（包括筆者），遂想當然地以為飛騎「接力」運荔枝入京始於唐朝。

其實不然，《陔餘叢考》有〈貢荔枝不始於楊貴妃〉，據作者趙翼考證，《後漢書和帝紀》說「舊南海獻龍眼荔枝，十里一置，五里一堠，奔騰阻險，死者繼

路。時臨武長汝南唐羌,縣接南海,乃上書陳狀。帝下詔曰……由是遂省焉。」

漢和帝劉肇(公元88-106年在位),早於唐玄宗約六百年,可知「貢荔枝」事真真正正是「古已有之」;惟其時因有五里侯趕路暴斃,地方官上疏述說此舉太殘酷擾民,有惻隱之心的皇帝遂下詔禁之。《金世宗紀》說「上謂宰臣曰:『朕嘗欲得新荔枝,兵部遂於道路特設舖遞,頃因諫官黃久約言,始知之。』」金世宗(1161-1189年在位)後唐玄宗五六百年,當年的皇帝顯然沒有汲取玄宗熱戀楊貴妃不理國事終於引發安史之亂的教訓,仍欲啖「新荔枝」,但在諫官進言後,知此舉勞民傷財,然而,「始知之」之後有否「乃詔罷之」,史書似無說明——準確地說,是筆者並無所見。

■長期以來,筆者誤以為「確定的事,惟死亡與稅收而已」這句名言是英國諺語——英國人常常這樣說。

事實不然,最近翻閱格林編彙的《犬儒辭典》(J. Green: *The Cynic's Lexicon, St. Martin's Press*),原來這句話是美國外交家、政治家兼科學家佛蘭克林(B. Franklin 1706-1790)於1778年所說,原文是:「In this world, nothing is certain but Death and Taxes.」可惜格林並無註明出處。

■遇上外文的專有名詞,是否應在譯文之後加原

文？筆者知道這樣做令「國粹派」反感，但不這樣做，恐會引起誤解甚且「不解」；筆者的看法是，除非一些已成為日常用語的名詞（如阿當·史密斯、凱恩斯和佛利民之類），不然，應該加註原文以「嘉惠後學」。

譯者或受第一母語（鄉音）所惑或普通話不道地，譯名便經常教讀者有莫測高深之感，5月19日作者專欄所舉一些國名的翻譯，便是顯例。

曾在科技大學任教的大學者兼詩人楊牧，筆下的「味吉爾」（《譯事》〔中大出版社〕，頁三十）是何許人，若不註為古羅馬詩人Virgil，相信有此聯想者十中無一；香港《循環日報》創辦人、上海《申報》總編輯王韜（1828-1897）的《瀛壖雜志》有〈耶穌教〉一節，說：「……其教有新有舊，舊者曰：『特力』，即天主教也；新者曰：『波羅特』，即耶穌教也……。」即使知天主教和新教原文的發音，亦有丈八金剛之困惑。原來，「特力」為Catholicism中tholic的音譯，而「波羅特」為Protestantism中Prot的音譯。不註原文，有誰知王氏說的是甚麼？

明張岱的《夜航船》有〈夷語〉及〈外譯〉二節，由於當年不可能註原文，因此不少譯名如合貓里、柯支、祖法兒、百花、彭亨國……，除非專攻南洋史的學者，真不知是甚麼地方；至於西域諸國的譯名，更教人莫名其土地堂。遇少見的和未普及的外文名詞，還是註原文比較通情理和有建設性。

■英文譯名之不統一，由來已久，可說自有外文翻譯以來便如此，1914年由著名學者章太炎（秋桐）任主編、在東京編輯而「內銷」的《甲寅月刊——日本編行》（*The Tiger Monthly-Japan*；台灣東方文化「景邦本」），其第一卷第一冊的「評論之評論」欄，即刊有主編先生一篇題為〈譯名〉的評論，就應該意譯或者音譯展開辯論，結論當然是應視所譯事物之性質而定，章氏舉玻璃為例，說明意譯之重要：「英語有Glass，吾譯之曰玻璃，此義也，非音也，而義又為吾有者也。然夷考其實。玻璃二字亦由重譯而來，非吾所能有也，且音也亦非義也。」

至於譯名何以不統一，章氏有很精闢的看法：「古來智慧絕多之士，每遇一物，莫不樂以推陳出新之說異之，而同智之士兩人聚於一堂，其所以為異決不一致。於是一名既生，勢且甲論而乙駁，彼是而此非，甚至亘千百年而無定說……。」

在這篇評論的附註裏，又有一段獨特的說法：「近來文人通病，每不肯沿用他人已定之名，愚則頗自戒之，名學之名，創於侯官嚴氏，愚不用之，非以其為嚴氏所創，乃以其名未安也；故邏輯二字，亦嚴氏始用之，愚即沿而不改，是即音譯可免爭端之證。」嚴氏是指嚴復，他將Logic譯為名學，且為官方採納，但章氏認為譯法不妥，他這樣說：「愚唾棄名學而取邏輯者也，決不能以政府所頒，號為斯物，而鄙着即盲以從

之，且政府亦決無其力，所吾必從。」「名學」之式微，大概由此時開始；而邏輯這個譯名沿用至今。

筆者抄這段寫於一百多年前的文章，是有感於香港報章上譯名之混亂已到了令讀者無所適從的地步，但如何將之統一，恐非易事。

對於有些極易引起誤導而又與「南腔北調」無關的譯名，筆者認為大家應捐棄成見，將之統一。最典型的例子是《泰晤士報》。此報原名 *The Times*，民初時譯為《泰晤士報》的人，一定未見原文，只知倫敦有「泰晤士河」（*River Thames*），張冠李戴，以為該報以河命名（這是很合邏輯的推想），因有斯譯，亦因此民初才有《天津泰晤士報》及《紐約泰晤士報》。不過，如今的 New York Times 已譯為《紐約時報》，倫敦的 Times 又何不改為《倫敦時報》？現在讀者的知識水平和外文知識都較前普及和提高，抱殘守缺，只會讓識者多一笑談材料。

〔閒讀偶拾〕

2016年6月30日

只圖自我無餘子
道義無蹤德性亡

一、

　　「自從阿當・史密斯的傳世巨構《原富》（Adam Smith: *The Wealth of Nations*）於1776年出版以來，他所揭示的無形之手、自利心和分工效益，經過不斷實踐印證之後，早已取得致力於研究經濟發展者的認同；事實上，資本主義所以能夠迅速發展，現在且證實在創造財富和提高生活水準上遠勝其他主義，與資本家落實、執政者不敢遠離史密斯這些主張，有不可分割的關係。可惜的是，一如美國文豪馬克・吐溫所說，所有的經典著作都是『談之者眾讀之者少』，這種現象一樣發生在《原富》身上，結果史密斯學說難免受到歪曲的誤解，比如『無形之手』被誤解為無政府式的絕對放任自由、『自利心』被歪曲為不顧他人死活的自私自利，以至『分工效益』被早期資本家用為對工人巧取豪奪的手段。凡此種種，都使史密斯和資本主義蒙上不白之冤；而精深博大、溫柔敦厚、以『厚生』為念和處處為勞

工階層福利設想的史密斯學説，因而被某些人（尤其戴着政治有色眼鏡者）視為替資本家為虎作倀、剝削勞工階級的『資產階級理論』。這些誤解、歪曲和由是而起的抨擊和詆毀，都是因為對原富精神的一知半解、斷章取義所產生。趁着史密斯逝世二百週年（1790年7月17日），筆者撰寫本文，從比較全面的角度來看史密斯這個人和評價他的學説。」按：這段文字發表於《信報月刊》總一六八期——1990年7月。把寫於二十六年前的舊文章隻字不改在這裏再次發表，是筆者覺得它並未過時，值得很多未必看過四分之一世紀前《信月》這篇文章的讀者看看，下接前文：

當共和黨的朗奴・列根在贏得1980年大選的時候，他的支持者在華盛頓舉行雞尾酒會以示慶祝，《華盛頓郵報》的採訪記者在有關的報道中指出一項「奇特現象」——與會的百多名政界人物，都結上一條印有金色阿當・史密斯遺像的深藍色領帶。在投資顧問界享盛名的哈利・舒爾茲（Harry Schultz），在其投資通訊中指出，這種「奇特現象」意味着「市場經濟將受到前所未見的尊重」，他因此修訂了對股市前景不太樂觀的看法⋯⋯。

為甚麼這些政治人物不結印有被共和黨元老前總統尼克遜捧為「聖人」的凱恩斯的領帶，而偏愛這位18世紀的「奇」貌不揚常常陷入冥想且漫不經心的古典經濟學鼻祖？道理非常簡單，這些政治老手清楚了解，列根

在競選期中揭示的「列根經濟」（Reaganomics），體現了史密斯學説的精神，而史密斯學説正是經濟繁榮不可或缺的理論基礎！

二、

1723年年初，阿當‧史密斯生於蘇格蘭首府愛丁堡西北方約十二哩的海港Kirkcaldy（與愛丁堡隔北海的內海Firth of Forth相望）。老阿當‧史密斯生於1679年，業律師，晚年任Kirkcaldy海關總監；髮妻於1709年病逝，1720年續弦，婚後不及三年，老阿當於1723年1月謝世，遺腹子在他「死後數週出生」；為了紀念亡父，這個遺腹子遂以父名為名（即父子同名，並無「大」「小」或「一世」「二世」之分）。順便一提，老史密斯以44歲的英年逝世，他的寡婦死於1784年，享年90歲；小史密斯終身不娶，於1790年7月17日去世，終年67歲。史密斯與寡母相依為命，他曾説其生有三愛，依次為母親、朋友和書籍，加以他自小身體虛弱，這或是他一直保持「王老五」之身以陪伴乃母的原因。

史密斯童年在當地文法小學就讀，這間早於1843年結束的學校遺址（僅餘一幅斷垣）現在已成為史密斯迷發「思古幽情」的古蹟，在這幅斷牆上有一銅匾，上面鑄着以下的幾行字——

● 阿當‧史密斯，《原富》作者，1729年至1737年在此就讀。

騁懷寫讀

- 羅拔・阿當，英皇佐治三世御用建築師，1734年至1739年在此就讀。
- 湯瑪斯・卡萊爾，1816年至1818年為本校校長。
- 學校於1843年關閉。

1737年，14歲的史密斯考入格拉斯哥大學；以現代眼光看，14歲入大學是不可思議的，但在18世紀，入大學的平均年齡是12歲。在格拉斯哥大學三年，他於1740年7月17日離開格拉斯哥，前赴牛津大學Balliol學院攻讀。有關史密斯對牛津的印象，筆者在《建設特區的寶書原富》（按：刊第一五五期《信月》）已提及，不贅。總而言之，史密斯的牛大生涯並不愉快，他的求知慾因為教授們的怠惰而得不到滿足；不過，在牛津六年，他上圖書館研讀卻獲益不淺。1746年8月，史密斯畢業回故里，繼續沉迷於典籍之中；至1748年冬，受聘於愛丁登堡大學講授修辭學和純文學課程（Rhetoric and Belles Lettres），年薪一百英鎊；1751年1月9日，被母校格拉斯哥大學聘為倫理學講師，翌年升為教授，兼授經濟學。任內十三年，他和母親同住學校宿舍，這是他一生中「最受惠最幸福」的日子。

三、

奠定史密斯學術地位的著作，是在1759年出版的《道德情操論》（*The Theory of Moral Sentiments*，亦譯「德性論」），此書一紙風行，令史密斯獲得哲學家

的美譽。在《道德情操論》中，史密斯提出了這樣的問題，一個只有自己沒有別人的人，如何能對他人的行為作出「道德判斷」（Moral Judgement）？

史密斯的結論是，當人面對「道德抉擇」時，會想像一個「公正的檢查員」（Impartial Inspector），對主客觀環境作周密的思慮，然後給他提出忠告，最後大都得出建基於同情心而非傾向純自私心的答案。現代很多經濟學者強調史密斯學說的自私自利心，忽略他曾論及的若干並存因素，這種偏頗令一般經濟學者過份重視「成本與效益」（Costs & Benefits），忽略人類尚有利人互利的其他面，因此經濟學家被其他科的學者稱為「道德侏儒」（Moral Dwarf）。這種指摘對不少經濟學家來說也許正確，但用於史密斯身上，則完全不適合。有關這方面的推論，請參閱《建設特區的寶書原富》中〈原富中的無形之手〉一節。

《道德情操論》令史密斯聲名大噪，英國學子固然蜂擁而來，歐陸（法國、瑞士和俄國）學生亦不辭跋涉，前赴格拉斯哥大學聽課；他這個時期授課的講義，並無完整記錄，尚幸他的學生有筆記，至1896年（他死後一百零六年）才為格拉斯哥大學以《關於正義、治安、國家收入及軍備》（*Lectures on Justice, Police, Revenue and Arms*）書名出版。

1764年，在格拉斯哥大學任教十三年後，史密斯開始厭倦，剛巧他的好友湯仙（Charles Townshend）

騁懷寫讀

以高薪（外加實報實銷的開支）和「終身退休金」每年
三百鎊（為其教授年薪的兩倍），禮聘他為其新婚妻子
與前夫所出的兒子巴克魯赫公爵（Duke of Buccleuch）
的全職導師，主要工作是帶這位少年貴族「遊學法國三
年」；出乎其友人意料之外，史密斯在諮詢他的「道德
檢查員」後，竟然接受這項差事。應該一提的是，湯仙
後來曾任英國財相，任內提高對美國課稅，終於引起那
場令美國獨立的獨立革命！

　　（原富精神背後的德性‧三之一）

2016年7月5日

利己及人立品 分工合作精明

四、

　　法國遊學對這位貴介公子有甚麼益處，不在本文討論範圍；就史密斯而言，他在物質和精神上都獲益匪淺。他結識了伏爾泰、富蘭克林（時正在巴黎的美國大儒）和有「歐洲孔夫子」及「當代蘇格拉底」別稱的重農學派鼻祖昆內（F. Quesnay）。從與這些當代一流學者的交往，史密斯慢慢孕育出寫《原富》的念頭，在旅居閒悶的時候，他寫了數以百頁計的札記；當其「遊學導師」生涯於1766年因其學生之弟在巴黎病故而整個遊學計劃被腰斬時，史密斯從倫敦回到老家，潛心著述，終於在1776年他53歲時出版了這本傳世巨構《原富》。《原富》出版後非常暢銷，第一版六個月售罄，第二版（曾作大量修訂）於1778年、第三版於1784年、第四版於1786年、第五版於1789年刊行……。

　　《原富》出版後，史密斯的學術生涯亦告一段落。他於1778年1月受聘為英國關稅委員，遷居愛登堡；1784年5月，乃母以九十高齡棄世，母親與他相依為命

六十一年，史密斯非常傷心，心靈深受打擊，以致本已屭弱的身體日差；1787年春，他曾為大名鼎鼎的英國首相皮特（W. Pitt）的座上客，後者向他請教經世濟民之道；稍後受聘為母校格拉斯哥大學校長，至1790年7月17日與世長辭！

《原富》的全名，據台灣周憲文的譯法，為《國富論——關於國富（諸國民之富）的性質及原因之研究》。史密斯這本書的最大創見，是「自利是可貴的自然資源」；在〈論促成分工的原理〉一章中，史密斯指出「人類經常需要同類的援助，當然，不能希望這種援助是出於他人的恩惠（Benevolence）；他如果能夠為了自己而刺激別人的利己心（Self-love），這對他是有利的。」史密斯接着寫下了這段現在經常被引用的話：「我們所以能夠得到飲食，不是出於屠宰者、釀酒者及烘麵包者的恩惠，這是得力於他們對本身利益的重視；我們並非訴諸他們的人道精神，而是訴諸他們的利己心。」簡言之，如果人們不能獲得認為滿意的回報，就不會工作。不過，筆者要強調的是，史密斯並沒有說這些人工作的唯一動機是受「自利心」驅使，他只說「自利心」比善心（Kindness和助人為快樂之本的利他心〔Altruism〕）的動機更為有力！

如果人人為自利而忙，社會會否陷入無政府狀態的混亂局面？史密斯的答案是否定的。史密斯認為，人們會從不同途徑努力，在這樣做的同時，必會於無意間

達到互利目的而令社會趨於和諧。而指導人們這樣做的，就是現在大家都已非常熟悉的「無形之手」。應該一提的是，「無形之手」是達致社會和諧和使自由市場能夠順利運作的根本元素。換句話說，人類各為私利忙碌而形成的「無形之手」，令自由市場自然存在。一句話，自由市場的競爭促使自利的人不得不為他人工作。他不能以自己的意欲來生產，他必須根據他人（消費者）的需求而生產；他不能對其產品定下他最願意收取價格（這意味愈高愈妙），而必須以消費者願付的價格定價。引伸是理，任何抑制私利的制度，等於「無形之手」受干預而不存在。

五、

「無形之手」調節了產量、價格和利潤，但財富並未因此創造；別忙，《原富》的第一部〈論勞動生產力改善的原因及其生產物在各階級的人之間的自然分配順序〉，談的就是分工（Division of Labour）問題。史密斯「以製針為例」，具體生動且深具說服力地解釋了分工的重要，他寫道：

「現在試以製針業為例，這雖是極小的製造業，但其分工卻常為人們所注意。一位不曾受過製針訓練（Educated）、對製針所用的機械（此一機械的發明恐怕也是這種分工的結果）也不知如何使用的工人，不論他如何努力，一天要製一枚幼針恐怕也很困難，要製

二十枚針便更不可能了。然而，這一工作，按照目前的情形，並非自始至終只是一種特殊技能，它被分為很多工序，而各工序又分別成為特殊的職業。即一人拉長鐵絲，一人使之筆直，第三人專事切斷，第四人只管磨光，第五人磨其頂端，以承受針頭；製造針頭，又須分為二、三獨立工序；製置針頭自成一作業，而使針頭磨光又成另一作業，然後包裝又自成一作業；這樣，製針的重要工作，大約分為十八種獨立工序。有些工場，這些作業由不同的人分擔；有些工場則同一人兼做二、三種工序。我雖曾看過這種小工場，但那裏只有十位工人；因此，他們中間，有些是做着二、三種的獨立作業。他們都很窮，沒有多少機械，準備亦欠充份；不過如果努力工作，他們每日很可能成針十二磅。一磅至少有中形針四千枚。因此，他們十人每日成針四萬八千枚的十分之一，即四千八百枚。但是，如果他們對此特殊工作未曾受過訓練而各自獨立活動的話，則每日別說二十枚，就連一枚也恐怕製造不來；亦即他們不但不能製造現在他們所能製造的數量——這是各種不同工作適當劃分及結合的結果——的二百四十分之一，就連四千八百分之一都是不可能的。」

分工的好處，史密斯歸納為三點。一、改良技巧；二、節省時間；三、應用工人發展的機械。由此可見，精細的分工促進了機械的發明，亦是工業進步的不可或缺的因素。

六、

　　有了自由市場和分工，只可說具備了創造財富的基礎，欲達致創造財富此一標的，廠商、原料供應商、城鎮甚至國家之間的自由貿易（Free Trade）可算是最後手段。比如採用最先進的分工工序的工廠製造一萬枚針，若因沒有貿易自由或運輸費用太過昂貴而賣不出去，這家工廠只有關閉大吉。事實上，分工不單只限於工廠，城鎮亦可因此而興旺，這正如深圳提供廉價勞工土地而香港則將貨物運向世界及接洽訂單一樣，深圳興旺等於香港轉口工作繁忙（按二十年前的情況確是如此），因此，兩地連成了不可分割的貿易聯繫（Trade Route）。顯而易見，自由貿易是建立所有城鎮甚至是國家貿易聯繫的先決條件。

　　自由貿易亦是基於對本國有利（自利心）的基礎上進行的。史密斯強調，通過互通有無的自由貿易，英國必可從外國購進較英國生產更便宜的某種貨物，比如，英國人對法國人雖無好感，但法國以釀造葡萄酒聞名於世，而且價廉物美，英國若不以一鎊一瓶的代價向法國進口葡萄酒而自行以每瓶二鎊的成本釀製，便愚不可及；因此，史密斯認為英國應發揮所長，致力於羊毛織物的生產而將釀酒業讓給法國做。史密斯以他的外套（假設是進口貨）為例，他說，它的製成是典型的分工合作的例子，比如牧羊、剪羊毛、揀羊毛、染色、紡羊

騁懷寫讀

毛、織布、裁縫、商人和海員，他們為了自己的利益而忙碌，最後史密斯才能買這件外套保暖；令人「吃驚」的是，參與這些工作的牧人、工人或商人，彼此並不相識，亦無「共謀」，更不知道史密斯需要一件羊毛的外套，他們所知的僅是他們的工作獲得適當合理的物質回報，所以有人（如史密斯）願意以某一令各工廠的分工者皆稱滿意的價錢購進外套。

（原富精神背後的德性‧三之二）

2016年7月6日

重勞工人人為我
尚競爭我為人人

七、

　　海耶克在一篇寫於1945年的重要論文The Use of Knowledge in Society中，進一步引伸，指出無法獲得市場資訊的計劃經濟一定失敗。

　　佛利民承繼史密斯、海耶克的傳統，佛利民夫婦合著的暢銷書《自由選擇》（*Free to Choose*）封面，是佛利民手持一支鉛筆，正是他認同史密斯分工論的象徵。佛利民說，沒有任何一個人，即使是諾貝爾獎得主，有本事獨力製成一支鉛筆——僅首數角錢的鉛筆，是國際性分工合作的成果！

　　史密斯雖然對自由貿易和商人的工作極盡讚揚，但《原富》中抨擊商人的文字俯拾皆是，對於富裕階級和中產階級，史密斯是從不姑息的；史密斯所以力主分工，原因是那對「普通人」（Common Man）最有利，他這樣寫道：「一個人所穿的貼身粗麻襯衣、腳上穿的鞋、所睡的床，他用以煮食的廚具爐火，從地底掘

出經過水陸由遠地運來供此火爐使用的煤炭以及廚房所用其他一切炊具，餐桌上的各種用物，如刀、如叉、如盛菜或分菜的磁器或白銀器皿，烘焙麵包與釀啤酒所用的許多人手，引進光熱、遮蔽風雨的玻璃窗，不但如此，再如那些為使世界可以愉快生活而不可或缺的各種優美而愉快的發明，其所必須具備的一切知識，就像為生產這些便利品所必須擁有的各種工人所用的工具般；對於這些事情，我們如果加以檢查，如果想到其中任何物品所包含的勞動都是十分複雜的，那麼就可知道，文明國最基本的日常必需品，我們往往誤認為極其簡單的用具，也非有數千人的援助與協力不為功。當然，他們的日常用品，如與富人的極度豪奢相比較，看來是十分簡單的；不過，一位勤奮樸素的農民，他的日常用品，較諸對萬名裸體野蠻人操有生殺予奪之權的非洲國王，要勝過多多；兩者的相差，恐怕還不止於歐洲國王的日常用品勝過當地農民。」這段話之重要，是史密斯指出在市場體制下，窮人和「政治無能者」（Politically Impotent）一樣有機會致富，這和政治意志決定經濟去從（即計劃經濟）的制度「只有皇帝、貴族及他們的朋友才能致富」有天壤之別。佛利民在他的傳世巨構《資本主義和自由》（*Capitalism & Freedom*, 1967）對此有進一步的引伸，有興趣者不妨參考。

八、

　　史密斯雖然自信他發現「原富」的成因，但他並不以為他的學說無懈可擊，他承認分工制有一定缺點，同時強調在學術上他的「最愛」（First Love）是「道德哲學」（Moral Philosophy），這意味着除了「成本效益」之外，還有一些不可缺的因素須一併考慮。綜合而言，《原富》視勞工為經濟發展的主要動力，當下述三項條件——①勞工供應增加；②勞工分工工作和③發明新機械提高生產力同時存在時，經濟就會向前發展；最重要的是，在經濟發展過程中，「普通人」同樣受惠！證諸當今西方工業國工人階級的物質享受，我們不能不說史密斯確有遠見。

　　史密斯並非象牙塔「蛋頭」，絕不矯揉造作，對政客和官員引用他的著作，衷心喜悦，他不辭跋涉、千里迢迢，從蘇格蘭乘馬車赴倫敦參加經濟政策「座談會」；為了宣揚他的學說，史密斯不但與政界中人密切往還，和股票經紀及當舖朝奉亦成莫逆。

　　史密斯對政府政策影響最大，應可分為下述兩大項。

　　甲、以競爭抑制貪婪　史密斯指出，在兩種情形下商人能賺得巨利，第一是天時地利，他以西班牙Jerez為例，該地所產葡萄是釀製雪利酒（Sherry）的最佳果實；因此，Jerez葡萄園園主理應獲得較佳的利潤，唯一

能降低Jerez葡萄園園主利潤的辦法是勸人飲其他的酒，除此之外，沒有他法。第二是獲取暴利的是壟斷性商業行為，商人結成團體（即現今卡特爾的前身）彼此交換情報，以提高價格為目的，史密斯這樣寫道：「同業商人很少聚會，但當他們有所會商時，最後必然得出對大眾不利的結論。」史密斯不僅看出商人貪婪的本性，同時清楚了解這類組織的凝聚力不足。因此，為了大家的共同利益，商人會千方百計爭取政府賦予他們組成的商社以「專利經營權」，這一方面可以阻止新入行者加入，一方面可以成為價格制訂者，最終受害的當然是消費者，因此，史密斯猛力抨擊任何限制自由競爭和分工而對某一階層或行業有利的立法。史密斯這種見解，其後在美國獲得充份發揮，多項反托拉斯法案、司法部插手企業合併等，可說都是史密斯理論的活學活用。到了70年代，在「芝加哥學派」的鼓吹下，大家了解「大企業不一定能阻止新入行者但更具效率」的說法很有道理，政府對企業合併才不再存敵意。因為主要維持公平競爭的市場環境，在大企業雄霸市場之下、小企業仍有生存壯大的機會，蘋果牌電腦在IBM的龐大陰影下脫穎而出，就是一個大家都知道的例子。

　　乙、國際貿易須開放　史密斯對那些向政府施壓要政府立例「對外國生產者設限」的商人，深惡痛絕，因為不論通過關稅或限額限制外國貨進口，一切代價都要由消費者承擔；而沒有外商競爭，本土商人就能為所

欲為地提高售價……。當然,史密斯對自由貿易並非毫無保留,除了「如果取消關稅,會使有關行業出現失業現象,則不可為了追求自由放任而取消關稅」之外,史密斯還容許徵收某種進口貨的關稅以平衡本地產品的本國稅項(Internal Tax);還有,他認為一個健康興旺的造船業是英國國防的基本要素,因此,「為了國防理由」,對進口船舶必須課以重稅!

九、

在慶祝列根當選總統的那個雞尾酒會上,這班結着印有史密斯像領帶的「官紳名流」,都有限制政府膨脹、削減福利開支、政府減少市場干預以至不要「調控」經濟的意念,這是因為他們堅信市場經濟能夠滿足所有人的要求,因此,政府的首要目標在維護自由市場的有效運作。可惜的是,列根任內八年,雖然讓不少受管制的行業自由化,但統計數字顯示政府的權力趨於膨脹而非萎縮,以佛利民的話,「建制內的暴君」(Tyranny of the Status Quo,指公務員)的力量根深柢固,他們已成為最大的既得利益階層,任何自由化都侵犯他們的利益,因此,他們成為反自由化最強的一股難以掃除的頑固力量!

自由市場和經濟學都不是史密斯的發明,但他清楚地為我們剖析自由市場如何運作和甚麼是經濟學。值他逝世二百週年之際,筆者再刊此文,不嫌重複地推介他

馳懷
寫讀

的平實、與日常生活息息相關的經濟學說，希望讀者從
中有所領會進而做出利己利人最後有利於增進世界財富
的事！

（原富精神背後的德性‧三之三）

2016年7月7日

理論頭頭是道 實踐顯露短長

一、

筆者常説經濟政策必須「適時」，在不適當時刻推出一套理論上無懈可擊的政策，不僅不收成效，而且極可能對經濟造成負面衝擊；經濟理論亦如此，以筆者的有限閲讀和經驗，完美無瑕的經濟學理，所謂放諸四海而皆準，亦只會在一段特定的時空下發揮積極作用，逾期的，雖不致報廢，卻大多失效。因為這緣故，經濟評論者若心存偶像，認為憑某位宗師或某派學説的理論制訂的政策，只要貫徹始終，一國以至世界經濟便可以持續蓬勃，這想法實在是要不得。評論者最寶貴的本質是獨立——獨立於任何政治團體同時不要膜拜某位大師、認定一種學説為顛撲不破的真理！

這百數十字的囉嗦，是讀了國際貨幣基金（IMF）機關刊物《金融及發展》六月號（第五十三卷第二期）由三名研究員合撰的〈新自由主義——過猶不及？〉（Neoliberalism: Oversold?；可於www.imf.org免費下載），「有感而發」。上世紀70年代以降，《信報》

特別是《信報月刊》，發表了大量鼓吹「新自由主義」的文章，訪問了此學派的數位名宿，於不知不覺間，筆者成為此學派的擁躉，因為一篇來稿拜讀數次（審閱來稿、校閱大版，刊出後再讀一遍；這是七八十年代不敢偷懶的編輯的例行工作），耳濡目染，加上讀了不少「原典」，筆者遂受這種學說「洗腦」，評論便多以其理論為根據；現在才領悟可能「過猶不及」，有「義務」撥亂反正，把「新自由主義」的消極副作用同樣條陳，讓《信報》的資深讀者不致偏聽偏信，如此才能對現階段的經濟發展有客觀的因應。

「新自由主義」的兩大支柱，其一為自由競爭，其一是「小政府」（把市場回歸市場）。前者把人定性為消費者（事實確是如此，人從呱呱墜地一刻起便是消費者），惟有在自由競爭的市場，消費者方能受惠；而有效率的供應者（有形商品及無形勞務）因獲消費者的捧場，大牟其利，那些沒有效率少人光顧的，很快便為市場淘汰。非常明顯，如此「有效率」的市場，是無法亦不必由政府規劃的。

任何有損競爭的方法，例如管制及徵稅，必須減至最少和最低，公共服務則應該私有化才能提高生產力（80年代警察及監獄亦應私有化的說法，一度甚囂塵上），那等於為納稅人節省開支；至於工會特別是其擁有的「集體談判權」，更被視為扭曲市場正常運作（「阻住地球轉」）的組織和權力（循着這種思路，消

費者委員會亦應解散）。貧富不均的社會現象，被視為社會流動性的動力——貧者見富者「好食好住好風光」，便會奮發圖「富」往上爬，社會由是充滿力爭上游的活力！不但如此，富者愈富者的社會，還有「滴漏理論」（Trickle Down theory）的積極功能。這一派學者指出，市場運作顯示了財富由上而下滲透社會底層的好處——大企業的投資，富者的揮霍，令商機蓬勃、增加投資、創造就業，受薪者亦會受益。按照這種財富向下滲透的設想，自由競爭的市場令參與其間的供需雙方即所有人受惠！

為本文校閱「大樣」時，信手翻查陸穀孫的《英漢字典》，其TDT條解釋得十分清楚（有點意外）：「滴入論，垂滴說（一種經濟學理論），認為政府與其將財政津貼直接用於福利事業或公共建設，不如將財政津貼交由大企業陸續流入小企業和消費者之手更能促進經濟增長。」引用雖非經濟學語言，但大體說得很清楚。

「小政府」的第一步是把國企私有化，等於削弱政府干預市場的力量，結果便形成是大家耳熟能詳、最有經濟效益的「大市場，小政府」！那意味把市場交給精打細算、懂管理和擅長推銷的商人之手，經濟由是因為較有效率而欣欣向榮。

這些政策取向很快收到立竿見影的效果，開放市場帶來蓬勃的自由貿易，提高了後進國數以千萬計工人的物質生活（內地加入世貿組織後經濟受惠於出口帶動

突飛猛進,便是顯例),而外國直接投資,除了創造就業,通常還有「技術(即使止於中間性技術)轉移」及提升企管質素雙重好處;至於把國營企業私有化,在大多數例子中,是提高生產力的同義詞,把企業「出讓」的政府,於減少財政支出的同時,還有稅收增加的雙重好處。

二、

在共黨蘇聯及納粹德國崛起的背景下,由法國哲學家L. Rougier(1889-1982)主催探究「人類前途」的研討會,於二戰前一年的1938年8月在巴黎召開,與會者包括不見容於國內納粹勢力的奧國學派巨擘米賽斯(L. v. Mises, 1881-1973)及海耶克(F. Hayek, 1899-1992)等當代大儒共有二十六名西歐著名公共知識分子(當年這個詞兒尚未「鑄造」),他們達成反集體主義、社會主義和自由放任自由主義(Iaissez-faire Liberalism)的共識,這種新思維被與會的美國著名公共知識分子、專欄作家李甫曼(W. Lippmann, 1889-1974)稱為新自由主義(亦有說此詞為海耶克所創)。

這次巴黎研討會還同意成立一個推廣、宣揚新自由主義學說的組織,那便是於戰後兩年的1947年4月17日由海耶克牽頭成立的「飄利年山會」(Mont Pelerin Society,亦譯「朝聖山〔Pilgrim Mountain,日內瓦湖畔名山〕學社」),創會會員均屬「一時俊彥」如奈

德（F. Knight, 1902-1994），卡爾‧樸柏（K. Popper, 1902-1994），史特勒（G. Stigler, 1911-2009）和佛利民。筆者不厭其煩記下這些大師的生卒年期，旨在展示他們身經二次大戰，親歷經濟盛衰（稍後還見證凱恩斯學說的缺失），因此有納經濟發展於正道之志！該會每兩年召開一次世界大會，1978年雙年會在香港召開，《信報》不但派記者赴機場接第一次來港的海耶克，還作東宴請四五十名與會者吃了一頓粵菜；《信報》和《信報月刊》詳細報道那次有歷史意義的盛會，可從1987年10月號《信月》（第二卷第七期）的目錄可見──楊懷康：〈海耶克教授訪問記〉，林毓生：〈我所認識的海耶克教授〉，楊懷康：〈佛利民教授訪問記〉，佛利民：〈貨幣政策在學術界及實際行動上所佔的地位〉，施建生：〈從凱恩斯到佛利民〉，趙國安：〈飄利年山會香港會議採訪日記〉及黃惠德的〈李嘉誠先生現身説法〉……。剛從美國學成回歸的懷康兄，一口氣訪問了二位如日中天的殿堂級大儒、創刊不久的《信月》有機會同期刊出這兩篇訪談，相信是一項紀錄！這一期《信月》的目錄，令人眼前一亮，卻令筆者興起已無力再組一次如此重要稿件的感嘆！

　　不必諱言，《信月》和《信報》此後全力投入宣揚詮釋新自由主義學説的陣營，而作為主事者，如今回首，筆者以為我們走了正路；不過，正如文前提及，世上並沒有照耀古今的經濟學理論（即使史密斯的「理性

人」，亦受行為經濟學的挑戰）可以永恆行之有效，事實上，不論實證理論多麼具說服力，化為政策，日久必生消極副作用，經濟政策因此必須「與時並進」，不斷根據實際情況加以補充、修正。筆者對新自由主義生二心，始於2014年（見是年8月26日的〈滴漏理論失效貧富兩極深化〉，收《只聽京曲》），好在作為獨立評論人，筆者心目中只有值得尊敬和佩服的學者，從來沒有要膜拜的偶像，如此才能心安理得地指出大宗師理論在實踐上有時限的不足之處！

（理論和政策貴在適時‧二之一）

2016年7月12日

老闆利潤豈止半斤
夥計報酬那來八両

三、

　　凱恩斯那套以政府財政政策左右經濟運作的理論，擊中當權政客「抓權」的脈門，不僅一度令貨幣學派宗師、新自由主義健者佛利民大為傾倒（佛利民說過「在某種意義上」〔in one sense〕我們都是凱恩斯的信徒；但另一方面，我們現在都遠離凱恩斯學說，1966年2月4日：《時代週刊》）。顯而易見，凱恩斯賦予政客把經濟決策權從上帝之手奪回的理論根據，有財赤的幫助，經濟發展的確可以非常興旺，政客見獵心喜，莫不爭相採納，1971年10月尼克遜總統宣佈美元與金本位脫鈎，以為凱恩斯的財政政策可讓美國進而世界經濟興旺蓬勃，沾沾自喜地宣告世人：「我已是凱恩斯經濟學的信徒」（I am now a Keynesian in Economics）。一句話，凱恩斯主張「先使未來錢」，即以財赤解決眼前困局，可惜他的信徒泥足深陷，「未來錢」花光後，竟然「先使未來沒有的錢」，終於令經濟陷入不能自拔的泥淖！

驕懷
寫讀

　　尼克遜真是「烏鴉嘴」，因為戰後漸次落實的財政政策，從70年代開始便支離破碎、頹態漸露，新自由主義的經濟主張，特別是以貨幣手段對抗通貨膨脹的經濟政策，乘勢而興。美國卡特總統（1977-1981年在位）和英國首相卡拉漢（J. Callaghan, 1976-1979年在位），他們牛刀小試，在大西洋兩岸均初見成效；到了戴卓爾夫人（1979-1990年在位）和列根（1981-1989年在位）上台，幾乎在同一時間落實大幅減稅、規範工會活動、鼓勵競爭、主張外判、國企私有化、解除對經濟活動的多重管制及大力推動貿易自由化⋯⋯。非常明顯，這種政策令市場充滿生機，經濟由是進入繁榮期。

　　可是，新自由主義對經濟發展的積極性，很快便埋下消極副作用，比方說，在工作可以「外判」到廉價勞工地區的前提下，工會被馴服了（在英國和美國最為顯著），它們失去和資本家討價還價的力量，結果是工資受壓；解除多項對工商活動的管制，則成為破壞自然環境、污染河川的元兇，影響了一般人特別是工人的健康。這種政府袖手旁觀讓資本家自由發展的環境，許多欺詐性的財金衍生工具源源推而出；更要命的是直接稅稅率下降，間接稅尤其是消費增值稅的增加，等於財富再分配更趨不公，1%對99%的不和諧社會，由是慢慢形成！

四、

新自由主義經濟政策還從美英出口,輸出媒介是雙邊及多邊自由貿易協定,貿易協定推低關稅甚至拆除關稅壁壘,但參與其間的企業不論私企國企,都須遵守一套嚴格得可說吹毛求疵的規格,執行者(國際性組織及有關國家的貿易部門)手握大權,產品合格與否,從形而下的質量以至形而上的道德(比如人權與環保是否合「標準」)層面,執行部門說了算數,結果是各國的自由貿易又墜入不自由的窠臼。非常諷刺的是,在1980年以還十年的所謂「新自由主義時代」(Neoliberal Era),西方國家的經濟表象蓬勃興旺,但經濟增長比起對上十年大有不如,勞工階級的入息明顯萎縮。當然,在這段期間內,成功的資本家莫不大發其財,這種不公平現象的強化,與工會力量被削弱、優惠富裕階級的稅制、樓價租金飛揚(無殼蝸牛是主要受害者)及物價上升(私有化的一項消極影響是物價因失政府補貼而攀升)有以致之。應該強調的是,私有化的不僅限於工礦,公共服務亦然,這意味水電、保健、鐵道公路、甚至教育(有一個時期連監獄和警力都要私有化),都落入利潤掛帥的資本家之手。

不必諱言,資本家唯利是圖的經營,這些行業的生產力都明顯提高,那當然是好事,可惜,在自由競爭的氛圍下,資本家豐厚利潤的另一面是勞工階級入息不僅

不能與時並進，他們的生活費用還大幅上升，以英美為例，公路鐵道私有化後，巴士火車的恆常使用者——勞工階級——支付反映高利潤的車資，結果不問可見。非常顯然，資本家盈利可觀皆因受薪階級支付高車資。這是財富從比較窮困者之手流進富裕階級（資本家和其股東）口袋的明顯例子；更甚的是，提供新產品或勞務的資本家，所得的利潤不及以錢賺錢的「投資」，這即是說，過去三四十年，在包括香港在內的資本主義世界，那些擁有資產如物業和金錢者的獲利更為驚人，這等於說，「不勞而獲」（unearned income）致富已成常象，而且它們的邊際利潤遠比從事實際生產的高。結果令財富分配不公愈普及……。

五、

和共產主義一樣，新自由主義的意念甚佳，可是短期實踐已見叢生百病。共產主義已名存實亡，新自由主義也到了應該認真檢討的時候。

共產主義以農民革命奪取政權，新自由主義依「無形之手」運作，工商百業之蓬勃發展，看來是因資本家按「無形之手」即市場指引，但實際上卻有愈來愈多內幕秘辛，顯示新自由主義學說的風行，原來有「隱形金主」幕後支持。筆者長期訂閱倫敦「經濟事務學社」（Institute of Econmic Affairs）的出版物（專題小冊子），並曾多次在此推介。該學社大力反對禁煙，多

次以軍中並不禁煙但軍人體魄健壯為例，説明吸煙無害……。該社所以如此反潮流，原來是長期（從1963年起）接受英美煙草公司的資助（英美煙草是上市公司，支出必須一一列明），雖然銀碼不大，每年在十萬至二十萬鎊之間，但足以令學社間歇地發出吸煙無害之論著。美國工業世家覺赫（Koch家族經營實業，未上市因此財務資料不多見），「為了避免對資本家不必要的批評」，資助了不少宣揚新自由主義的智囊，同時甘詞表揚、厚幣贊助學者的研究。覺赫家族只是其中一家資助對資本家有利的研究機構及學人的資本家，樂見有利資本主義前進的企業多的是，這類智囊機構因此財源滾滾進，有關學者研究員遂生活優渥，落力謳歌資本主義……。顯而易見，在過往三四十年，西方特別是英美傳媒上充斥着鼓吹新自由主義的文章，其背後的「金主」隱約可見，資本主義社會金錢掛帥，在宣揚新自由主義上更是如此。然而開拓勞工階層在意識形態與時俱進的理路上，出錢出力的，又有幾人？

　　新自由主義的主張，比如國企私有化，的確提高了生產力，令長期虧損或只有微利的國營企業，變成利潤豐厚的私營企業，令人讚嘆不已，鼓吹「大市場小政府」的口號亦因之深入民間。可是，有誰想到國企私有化衍生的利潤，完全落入資本家（經營者及其股東），勞動者與消費者所得只是微不足道？換言之，國企的損失變為資本家的利潤；而資本家的經營所以比官僚有

效，基本是削減勞工福利、裁減冗員（增加員工工時）及壓縮薪金（管理層不在此列）……結果資本家眉開眼笑，但受薪階級——員工及消費者——並無所得或所得甚少。難怪當前世界這麼不安！

近年香港社會並不和諧，導因主要是政治，不過，要是經濟讓大眾滿意、貧富距離不是愈來愈大而是不斷收縮，不和諧的程度肯定比較緩和。滿足多數人的訴求，神仙難辦，不過，加一二個百分點的利得稅、對有需要者派多一點成本昂貴的「免費」午餐應該可行；增加資本家稅負之外，公共交通特別是官股吃重的地鐵，酌情減價，亦是良方，地鐵少把利潤交給股東而以減或不加車資形式分給乘客，筆者以為並無不妥……。

新自由主義讓資本階級獨贏的情況，在社會不和諧未釀成社會災難前，應該及時以「利誘」手段令社會不安情緒降溫！

（理論和政策貴在適時·二之二）

2016年7月13日

日圓入金利潤厚
氣候反常期貨升

甲、

　　以大撒鈔票使經濟不致陷入衰退而聞名的聯邦儲備局前主席貝南奇，去週應邀訪問日本，分別與日本央行行長黑田東彥、日相安倍晉三（和其首席經濟顧問耶魯榮休經濟學教授濱田宏一）等日本財金決策者會面，「面授直升機撒錢機宜」；據《產經新聞》報道，財相麻生太郎聽取有關報告後，公開表示會做好一切準備，只要首相一聲令下，第一批為刺激經濟而「撒」達十萬億日圓（約合九百八十億美元）的鈔票，會第一時間「進入市場」。這筆錢如何分配，「財經政策擔當」石原伸晃（東京都前知事石原慎太郎的長子）已有周全部署，「不會順了哥情失嫂意」。

　　迄今為止，日本以央行印鈔票購買財政部債券（國庫券）的「金錢遊戲」，作為「活潑經濟」的手段，統計顯示約九成總值八十萬億日圓（約合七千九百億美元）的國庫券已在央行庫房；央行這條「大水喉」的吸

購，令債券價格上升而孳息相應下降至近零，這正是行此政策者的意願，因為利息低企足以成為投資的誘因。可惜，實際情況並不如此，那從日本經濟低迷可見。那怎麼辦呢？剛離任的央行助理行長門間一夫（Kazuo Momma，有譯為一夫媽媽，妙！）去週便指出，央行可繼續吸入國庫券，即使累計至一百二十萬億日圓，亦有辦法應付；問題出於經濟前景不明朗，銀行慎於放款，結果零息甚且負息的資金呆存銀行，市場受惠無多⋯⋯。為了打破此困局，日本當局只好就教於貝南奇。「直升機撒錢」的手段雖備受「保守派」批評，但貝南奇認為此法遠勝讓經濟衰退（見他發表於4月11日布魯斯金學社〔（Brookings Institute），他為該社高級研究員〕網站的長文；可於同名網址免費下載），在無法可想尤其是利率已無「退路」的情形下，日本政府兵行險着，直接向市場（不同行業）投入「流動性」，看來已事在必行。這樣做當可保經濟不致出現負增長但能否因為「水頭充足」而欣欣向榮，答案並不樂觀。

　　大撒鈔票對經濟增長雖無把握，但刺激熱門投資項目的價格，則有立竿見影之功，如今全球各大城市（東京似為例外）的物業價格，「升完可以再升」，與此有間接關係；日本物業價格不易上揚，人口結構不利置業是主因。在一般人都相信政府將大撒鈔票及物業市道難有大作為的情形下，黃金遂取替物業，在日本成為吃香的投資媒介。當日本財政部於年初（1月底）宣佈不惜

行「負利率政策」（NIRP）後，迄6月底，據田中控股（Tanaka Holdings，日本歷史相當悠久規模最大的貴金屬公司）的資料，其間日人購金量增近六成，而日人購金藏於瑞士的數量，今年上半年更增62%！值得注意的是，今年來日圓兌美元雖升了約13%，但日圓金價仍升10%左右（益斯價從年初的十二萬八千多升至昨天〔19日〕的約十四萬日圓），以美元（或港元）購入日本金者，獲利之巨，不難想像。

乙、

天氣不正常令農作物收入大減和頻頻出現百年未遇天災，令數以百萬公頃計的耕地被摧毀，在需求因人口增加、人均收入上升令需求愈來愈殷切的前提下，農作物（主要指食糖、五穀、乳類製品及肉類）價格正處於「持續性牛市」（聯合國環球食物價格指數6月升近5%）；牛市持續，反映的是在可見的將來，上述情況（需求大於供應）不會逆變。溫哥華英屬哥倫比亞大學經濟學系一項對一百七十七國一共十六種穀物產量的調查，顯示過去五十年，它們的平均產量跌11%；美國農業部（USDA）去年11月公佈的研調顯示，「旱災和熱浪」將令世界玉米、大豆、高粱、稻米、棉花及燕麥，至2020年產量分別下降2%-15%不等；如果氣候惡劣一如預測，至2050年，玉米產量的跌幅將達50%……。顯而易見，供不應求的情況，是牛市持續的根本原因；而

寫懷騁讀

在眾多農作物中，價格升幅最勁的，應為咖啡、可可及食糖。

美國農業部估計，今年咖啡豆的消耗將達一億五千萬零八千袋（每袋六十公斤），令世界咖啡豆庫存跌至四年新低，據Agrimoney.com的統計，其「庫存使用率」（stocks-to-use ratio）為20.9%（如年初存入一百袋咖啡豆年底只餘二十多袋），創五十年新低。咖啡消耗因新興市場需求驟增，令未來十年每年平均產量增四十萬至五十萬袋（為巴西全年產量）才能「平衡需求」，看情況並不樂觀。中國已成為咖啡消耗大國（過去四年消耗增三倍），這與「星巴克」內地大受歡迎有關──內地目前有約二千家「星巴克」，未來五年，該公司計劃每年增五百家，該公司發言人認為內地「星巴克」店的數目，很快超越美國（2015年，美國「星巴克」店共一萬二千四百七十一間，其中「外判」的四千九百一十二間），這種令人憧憬咖啡豆消耗量不斷增加的前景，令咖啡豆期貨今年升幅12%強……。不過，這種想當然的揣測──「星巴克」能夠順利開店、內地消費者飲咖啡上癮──隨時「出狀況」，比如未來咖啡豆可能大豐收而內地人未必養成飲咖啡的習慣。這類商品，「短炒」勝於「長揸」。

當前看好農作物價格的主要原因，是氣候「不正常」，由於厄爾尼諾（El Nino）和拉尼娜（La Nina）接踵而來，今年春夏兩季都有旱情，對農作物收成大為

不利，而首當其衝的除了咖啡豆，還有可可豆（中國之外，印度消耗量亦大）……。不過，筆者認為農作物價格長期走勢的預測，經常「測不準」，那是因為「天象莫測」，人類的飲食習慣會慢慢改變（沒忘記今日年輕一代的生活態度是「工作短消費儉閒暇多」，飲食傾向簡單），投資者憑當前的數據推測未來數十年的情況，即使屆時「達標」，在此漫長過程中，亦會經歷不少起伏無常的考驗。這是期貨商品炒家千萬要留意之處。

2016年7月20日

香港大氣候人謀不臧
《信報》小氣候不惜人才

一、

　　讀練乙錚的〈別了《信報》〉（下稱〈別了〉），不無感觸。練教授與《信報》結緣，始於二十五年前（1991年），當時他與幾位大學（科大）同事為《信報》合寫專欄，筆者對幾位作者認識不深，亦乏交往，只是透過文字對練氏的識見筆力，十分佩服。1996年初，總編輯沈鑒治先生任滿退休在即，筆者向剛開始追隨前輩學習報務筆政的小女在山建議，爭取羅致時任科技大學商學院副院長的練先生、出替一再延期退休的鑒治兄。練先生棄教從媒，《信報》向大學成功挖角，在香港算是絕無僅有的先例。

　　歲月匆匆，四分之一世紀的光陰，練教授在《信報》擔當過幾個不同角色，包括早期的專欄撰稿人、香港主權回歸前後幾年的總編輯、《信報》股權易手後的主筆和其後的個人專欄作者，無論他的崗位是甚麼，其為報社重用則一，那是因為他在政經方面的過人素養和

剖析力。他思想周密，下筆審慎嚴謹。他在〈別了〉說自己因為念數學而非傳媒科班出身，因此「書寫從來都十分吃力」，筆者只知道他寫社評的日子，回到報社便足不出辦公室、埋首「縵」書，一寫便是八九小時；經過幾近二十年的歷練後，以為他早已成為「熟手工」，哪知〈別了〉說他每週兩文「總得花我五個以上工作天」，而工作天是每天為張羅稿事起碼工作十三四個小時。一位作者之所以能夠成名，擁有大量的追隨者，確實不會是「無端端」的。

練博士不會盲從建制，卻也不是存心與建制作對的知識分子，那從他在出任《信報》總編兩年後，欣然應聘到董建華政府的中央政策組工作可見；只是就任不兩年便遭解聘，原因不是不能勝任「智囊」的工作，而是因為走上街頭示威而丟官，這是回歸後中國人當權，凡事講求齊心，不留空間與公還公主張、私還私有個人立場的見證。特區政府容人和用人量度顯著收窄，那是香港的大氣候。

「失業」後的練氏，「自我流放海外」（大概期間練氏練成老練的帆船手）；2006年《信報》股權有變，「新班子」擔心有些作者擱筆，未雨綢繆，為填些可能出現的空缺，於是「高層力邀我回巢當主筆」，以後的事，〈別了〉有簡略說明，不贅。練氏當主筆後，報社的人事和言論並無大變動，直至2013年梁振英當上行政長官，香港政情急轉直下，至夏季《信報》便出現行

家所説的「大地震」（行外人即使知情亦未必關情，但對《信報》而言，確屬滿樓風雨），當時總編輯陳景祥「被調職」，「台柱」游清源被迫「拉隊離場」，編輯部人事一新，但練氏地位巍然不動，2007年還被邀「增產」。面對香港政治的急劇變化，加上「紙媒」的生存空間被擠壓得驚人，要適應這種新環境，不是易事，這也許是導致今年3月底報社通知他「潤筆（稿費也）減六成」的根本原因。當時報社對削減稿酬的説法是「經營困難」！

香港的「大氣候」變了，報社的「小氣候」焉能不受影響，「減薪」之餘，去週五練氏的專欄被叫「暫停」……，總編輯對內容增刪、人事調動、作者去留，有絕對決定權，但是「改版停欄」的決定如此倉卒，對一位在不同崗位服務報社四分一世紀、説得出與《信報》「榮辱與共」的「資深評論家」來説，一通冷漠無聲的電郵便砍斷多年關係，老編無論是出於甚麼苦衷、受了甚麼壓力，這份輕率的決絕，實在是有辱斯文，未免太失禮了。

二、

面對發生於2014年9月底、港人為爭取「雙普選」自發的「佔領中環（雨傘）運動」，時評人莫不全神投入，但即使取態中立、獨立的，只要認同「佔中三子」的確有理有節的主張，便被當權者劃進反對政府陣營，

政府決策層由中央委任，上綱上線，反建制便等同反中央！加以行政長官梁振英上任後以敵我矛盾為社會問題定調，又以《厚黑學》的「補鍋法」小事化大的手段處理，為這場和平靜坐的活動帶來只見反效果的慘淡收場。「雙普選」固然無聲息，香港社會撕裂，至此更難彌補。

在這種背景下，終於孕育、激發出以青年人為主的「港獨思潮」！

練乙錚同情年輕人，把主張「港獨」引申為「2047年香港二次前途問題的主張」，進而推演出「法理港獨」的論述。不必諱言，練氏知道他的看法，是「連一些朋友也（都）不諒解。」筆者可以理解，卻不苟同。老實說，筆者曾經受此困擾甚深，究竟港人要如何守護思想自由、言論自由與維護建制綱紀？這些問題可說長期困擾着筆者。

港人一向守法而北京亦口口聲聲說會貫徹「一『國』兩『制』」，京港既然奉行《基本法》，有人要搞有別於「一國」以外、超出「兩制」範圍的另一政治實體，當然於法不合。有些論者說「港獨」會遭天譴，那是過甚其詞，然而這樣的主張違法和挑戰國家主權，卻是不爭的事實。任何不希望香港大亂招來北京直接干預的港人，充其量只會同情、理解「獨青」的不滿，絕不會認同遑論支持其主張。

寫到這裏，不禁想起何以在英帝治下百餘年，「港

獨」從來不是問題（殖民地時期必有主張「港獨」之聲，只是未成為「問題」而已），回歸祖國後反而出「狀況」？北京和其香港代理人實應三思。以筆者之見，「一國」之下「獨青」突起，皆因「兩制」不濟有以致之。香港事務不論大小，北京都要插上一手，「兩制」早已蕩然，港人看在眼裏，不少人心有戚戚然，只因擔心有所失而甘做「沉默大多數」；那些在敵我鬥爭下被定性為「敵」而深感前路茫茫的年輕一代，則起而尋求「港獨之路」，雖然離經叛道，卻是值得同情。然而，同情不等於贊成或支持⋯⋯。一句話，在《基本法》還「有效」的前提下，別說以行動支持「港獨」，在「理論」推敲研究其可能性可行性亦易生誤導。這是筆者在當前的政治形勢下，深怕香港亂上加亂而不知如何下筆的題課。

筆者理解政府排拒主張港獨者進入建制架構如立法會的原因，但是，在「技術」層面，其突然（行會未討論亦未諮詢港人）規定參選人要簽署非港獨的「確認書」，未簽署「確認書」者固然不被接納，即使簽署了，只要委員會認定其為港獨分子，候選人申請便被拒。這種做法，不僅被法界中人質疑此舉逾越了其法定權責，亦有人指責其「失序」。這些人是力保香港的法治，並非支持港獨！出於同樣道理，假如筆者仍主持《信報》，見練先生的言論已觸及報社立場的底線，筆者相信那不會成為「解除稿約」的口實，而會通過溝通

或撰文條陳以達到《信報》可以容納不同觀點的目的。「港獨」未被證實，是練氏「中伏」的地雷，只是他和坊間議論的猜測，而筆者不在其位，不該說自己如何應付作者的各種狀況，只因日來太多人問筆者，亦是筆者悶在心頭的心結，因此自行解除了原該克制的自我約束。

在前海未成（內地官商紛紛來港買貴樓，前海格局未成，不難想像）、南海紛爭未完未了、南韓不惜開罪北京部署「薩德」以至英國突然叫停中國佔三分之一的軒利角（Hinkley Point）核電站計劃，隱隱然看見中國在外交上處處失利受困的情況。當然，即使情勢可稱惡劣，以中國的強勢，收伏香港仍是舉手之勞；不過，「關門打仔」並不能彰顯國力，更不能馴伏港人，卻會令世界各地出現更多對中國不利的事，甚至影響香港作為對中國有重大實際利益的金融中心地位。筆者認為只要中國切實落實「兩制」，「一國」便可保，換句話說，在這種情形下，港獨問題必會自動消失！

2016年8月2日

騁懷寫讀

蛋頭趣味細數蛋數
女皇索書簽名手震

■《紐約時報》「包教曉」欄（Ask the Times?）8月4日的題目十分「吸睛」：〈何以每盒雞蛋十二隻？〉（〈何以雞蛋是一打裝？〉），為答讀者此問，該報的飲食業記者走訪了蛋業行家、大規模雞蛋「生產商」的行政總裁，得出了非常有趣、且具啟發性卻不一定正確的答案。原來，凱撒大帝於元前五十五年前後入侵並佔領英倫時，大軍把包括度量衡在內的羅馬「先進文明」引進英國；羅馬人於公元四百年左右敗走英倫，據此，該國很快發展出一套今人所稱的「盎格魯撒克遜及羅馬」的度量衡制度，由於時蛋售價一便士，一先令十二便士（1971年英國才改行貨幣十進制），因此雞蛋（其實是所有在市場出售的蛋類）每個「出售單位」為十二隻、售價剛好一先令。這「考據」粗疏。第一，千多年前何來盛載一打蛋的「載體」；第二，當時一便士的購買力是否只值一隻雞蛋？

無論如何，雞蛋「一打一盒」的習俗，隨英國殖

民新大陸時傳到美國，為「土著」受落，成為日常生活的市場常態；雖然英國於1874年採取新制，雞蛋可以「散買」，可是就像今日香港，很多人或因念舊、或因跟不上變化，硬是對若干「英制」不離不棄，美國人對「先祖家」之變熟視無睹，仍行「一打一盒」制。時至今日，美蛋的「盒制」仍以一打為單位——有半打、一打、一打半和兩打……。

世界各地賣（雞）蛋的情況，筆者好像未見有專文談及，從有限的「肉眼所見」，在大中華地區似以「逐隻計數」較普及，當然，超市毫無例外，無論中外，俱以售賣「盒裝蛋」為主，而數量以半打及一打最普遍，本港的是否如此，待考；由於本港出售的蛋，來源龐雜，盒裝的數量可能遠比此多元，只因作者專欄是「閱讀偶拾」而非「閒逛偶拾」，筆者因此沒有上超市和街市「偶拾」的衝動。

■家居閒話，原來小輩有人對此知之甚詳。小輩先示dicconbewes.com在〈瑞士人如何賣蛋〉（How the Swiss sell their eggs）一文，資訊豐富有趣，讀之果然文不虛傳。原來，瑞士盒裝蛋非十非十二而是九隻，何以如此特別，答案是瑞士人比較喜歡形狀四方，九隻蛋作三行排列，豎三橫三盒子端正，成一nice square box。「九蛋盒」為瑞士最流行的包裝，那從當地雪櫃盛蛋設置只有九個窩可見！「九蛋盒庄」以外，瑞士還流行

馳懷
寫讀

「四蛋盒庄」，又是甚麼緣故？原來當地有一種深入民間的蛋糕原料，「規定」加入四隻蛋，焗出蛋香四溢、人見人嗜的糕點。如此這般，形狀同樣方方正正的「四蛋盒庄」隨處有售。當然，瑞士還有「十蛋盒」，那是奉行十進制的結果，但是因為「不方便」（雪櫃無法容納）而少人問津。

■說雞蛋，不期然想起俚語「零蛋（旦）」的來源，何以以「零」形容「蛋」？筆者有點想不通，因為印度人（古埃及人或巴比倫人）發明環球人人採用的零是圓的，而蛋的形狀，不論是常見的雞、鴨、鵝、鴿以至天鵝及鷓鴣的蛋，均為橢圓形。兩者（圓與橢圓）何以會扯在一起，有待高明指教。事實上，說「零球」遠比「零蛋」正確，以無論籃球足球網球桌球乒乓球高爾夫球，都是圓得像零的物體。退一步想，由於民間流行「零蛋」時，球類尚未普及，因此古人捨少見的「球」改天天見之拾之或食之的「蛋」，合理之至！從另一「視角」看，如果稱「零球」，「食零蛋」的俚語便不會出現。

說起零，又想到網球賽以「拉芙」（love）代表「絲路」（zero）的「烏龍」。在法國以外的網球賽事，都以「拉芙」記零分，此「love」是自信英文為世上最佳文字因此「奉旨」把外文英語化的英國人，從法文l'oeuf（蛋也）「亂搞」（bastardize）而得。「有

趣」的是，法國人在球賽記分上，早已棄l'oeuf（love）
從zero。

■小輩又示foodtimeline.org一舊文，亦題〈何
以售蛋以一打為單位〉（why are eggs sold by the
dozen?），此短文的「考證」算是比較詳盡，然而可說
天馬行空，不過雖無「科學根據」卻頗為「有趣」。要
點可以一記，撮之如下——

第一，數目與耶穌有十二門徒相關，在中世紀政教
合一的「愚昧黑暗期」，包括英國在內的歐洲，為紀念
耶穌「最後晚餐」而以一打之數作標示；殖民時期美國
人以英為師，照用不誤；

第二，18世紀英國賣蛋確以十二隻為單位，原因不
詳，第一之說因而有大市場，被廣泛援引；

第三，由於蛋的大小不同，在工業革命前，沒有方
便、可以篩選蛋類體積大小的量度器具，買賣蛋因此以
重量計；

第四，英國雞蛋價格，清楚記錄在歷代與消費和
市場活動有關的「文獻」。中古時「一便士可買十隻
蛋」、1580年伊利沙伯時期蘇格蘭十二隻蛋售一先令
一便士（1s.1p. a dozen），18世紀倫敦一打雞蛋售三便
士；至於美國，1804年八打蛋和一磅茶葉同價（刊1804
年5月4日《費城晚郵》），可惜引文未記茶價……。

因每蛋售一便士說一先令出自「盒裝一打蛋」，可

馳懷寫讀

謂穿鑿附會。

　■4月28日作者專欄推介英國名食肆「河畔小棧」經理狄雅高侍客之道的《奉客大師的經驗教訓》（Auerbach Publications出版）一書後，有三數位「港客」（有相識有不相識）赴「小棧」進餐時，順便帶去拙作給狄雅高。傳回消息是，狄雅高說他有女兒在大學主修中文，因此不難請人翻譯……。

　《奉客大師》的市場反應如何？亞馬遜美國的銷售似乎不錯，剛上網見「只有存貨一本」，惟有數本二手貨待售；當今食譜食經充斥，像這樣仔細有系統地（且沒有半句假大空）介紹「侍客之道」的書甚少見，那許是這本書銷情不惡的原因。

　「食客」以拙作為「見面禮」，狄雅高當然興高采烈、口若懸河，述說此書的「威水史」。他說白金漢宮訂購五十本，「管家部」員工「人手一書」；又說「小棧」擁躉伊利沙伯女皇着秘書電郵索書，狄雅高喜不自勝，不在話下，但簽了三本書才寄出贈書——因為太興奮、手震震，有兩本題字歪斜或有錯漏不能當作禮物送出也。

　筆者誠心推薦這本不足二百頁的小冊子給此間飲食界（似為當前最興旺的行業）從業員，餐館不論中、日、西、雜的負責人，可把之當作「秘訣」，自己「刨熟」後以之開導員工，當然亦可送給通普通英文的夥計

細讀;而中華廚藝學院、國際廚藝學院、星廚管理學校
等,也應定為學員參考書!

　　(閒讀偶拾)

2016年8月11日

美軍報刊批統帥
卡斯特羅戒雪茄

　　■去週寫完《1843》，想起《信報月刊》；揭開這本已出了四百七十三期的月刊，看看目錄下開列的工作人員名單，竟然無一認識，看雜誌愈辦愈出色，作為早已退出的「過氣」創辦人，筆者真為這班在自己心目中的「新人」喝彩。

　　《信報月刊》真是辦得不錯，為了補政經文章枯燥乏色彩之弊，其新欄目「天下新事」、「名人金句」以至「世語新說」等，俱精悍短小，盡顯編者的心思和選材的功夫；為配合里約奧運推出圖文並茂的〈奧運生金蛋？　燙手山芋〉，因應港事的〈港奴是怎樣煉成的〉，關心世事港事的讀者，不應錯過。

　　編者熟悉香港市場、了解港情，不然便不會有甚具見地的〈沒有中介年代銀行將消失？〉的長文！它分「Blockchain（區塊鏈）如何取代銀行」、「銀行十年（後）或消失」及「大行搶灘求自保」三大段落，以簡潔的文字、生動的圖表，清晰地評介銀行現狀（和未

來）；高天佑的〈Blockchain殺到！五大爛飯碗vs五大
金飯碗〉，對此被業內人士稱為「自從互聯網面世以
來，最具破壞力的新技術」，作全面剖析——有理論有
實例，對金融業有興趣者不可不讀；接着還有《月刊》
同事訪問財經事務及庫務局局長陳家強教授，談「用區
塊鏈後發可先至」的巧妙……。《月刊》記者宋知羲所
寫的〈李嘉誠為何也追捧區塊鏈？〉，道出一位商業嗅
覺特別犀利的成功商人得風氣之先的銳敏，令人不期然
興起發財致富絕非「無端端」的偶然……。不僅如此，
還有「區塊鏈」的成功範例，雖然寫的是遙遠的小國，
卻與港人有關；《月刊》記者李潤茵的〈愛沙尼亞身份
證很「萬能」〉，生動地勾勒出「過埠新娘」梁慧心
（和來港大深造的愛沙尼亞同學結婚）在這個波羅的海
小國的生活，同時細說「區塊鏈」對該國的積極影響。
對此問題及對這個前蘇聯加盟共和國有興趣者，當然不
應放過。

　　徐家健、梁天卓和曾國平三位年輕教授的〈脫
歐衝擊香港樓市週期〉，三蛋頭對談，為大家解惑，
至於「脫歐」對香港樓市是禍是福，天下沒有免費午
餐，「欲知詳情」，請花點時間看這篇不算長的「對
談」。順便一提，這三名教授在《信報》的專欄「經濟
3.0」，經常有大家不應失諸交臂的好文章。

　　應該特別指出的是，科大丁學良教授的〈中華反恐
經驗：官僚、武器、世俗〉，清楚分析了何以華人社會

騁懷
寫讀

（內地、台灣、香港、澳門和新加坡）較少（難）發生
「恐襲」的原因；恐怖分子幾乎在華人地區絕跡，是一
個經常被議論卻無結論的話題，讀了丁教授的大作，才
有點頭緒。衷心向大家推薦這篇文章。

　　至於與政治經濟扯不上邊卻是閒讀消遣的文章，琳
琅滿目，如李思齊和文芊的〈慈禧養生：吃銀耳、看淫
戲、蛋熨臉〉、鄭宗義的〈哲學家・儒者與恩師──痛
悼劉述先老師〉、馬如風的〈黃哲倫的艱巨任務　紅樓
夢變身英文歌劇〉以及蔣匡文的〈名刹隆昌寺與三元派
玄空風水〉，均為值得（其實是「應該」）一讀的好文
章……。

　　這樣一本內容結實取材多元充實、顯見工作人員投
入很多心血的月刊，卻無法獲廣告客戶垂青，令筆者這
個老前輩感慨繫之！

　　■8月有兩位曾在政壇「叱咤風雲」的政治人物慶
祝九十大壽，從「慶生會」的「排場」，不難看到他們
退休後的「政治地位」差異甚大。據外媒報道，江澤民
（1926年8月17日）的生日會，如果有的話，只能靜悄
悄進行，因為當權者不希望「擁江派」趁機集結……，
《信報》18日消息指出，報道「江生日」的一名內地網
絡編輯被「即場炒魷」，他的上司則被罰款五千元人民
幣……。

　　另一位九十大壽的是筆者對之懷有敬意的古巴開

國元勳兼獨裁者卡斯特羅（F. Castro, 1926-），8月13日為其生日，這位於2008年因「體弱退休」的強人，在慶生晚宴上發表千多字「謝詞」。1961年創辦、背景特殊（編輯部設於五角大樓但編輯方針獨立於國防部）惟一般人視為美國國防部官方媒體的《星條（軍旗）報》（Stars and Stripes）同步發表題為〈九十歲的卡斯特羅多謝古巴人民同時猛批奧巴馬〉的特稿，真難相信在五角大樓辦公的報刊竟然用這個對三軍統帥絕對不敬的標題！該文撮要記錄卡斯特羅「謝詞」。「生日演説」先是「閒話家常」，然後轉向抨擊奧巴馬的核政策，義正詞嚴、火氣十足；他提及他的童年，令筆者想起寫於二十多年前的短文〈卡斯特羅戒雪茄〉（收天地圖書：〈不「文」集〉）……。「偶拾」舊作，事及筆者對卡斯特羅生出敬意的內容，重溫三兩段落，諒讀者不會介意。

■古巴獨裁者卡斯特羅今年（1994）2月3日凌晨在夏灣拿的官邸革命宮（Palace of the Revolution）接受《雪茄迷》（*Cigar Aficionado*）雜誌訪問；訪問記刊於該刊夏季號，透露了不少有意思、有趣味甚至令筆者肅然起敬的信息。

該國五大外匯收入依次為糖、鎳、魚、旅遊及雪茄。

卡斯特羅的父親為西班牙移民，在他15歲的時候，

父親便教他抽古巴雪茄，飲西班牙紅酒（Rioja地區的出產）。

吸雪茄四十四年後，卡斯特羅於59歲，即1985年8月26日（按：此日期與現在公佈的有異，待證。）戒煙；原因是古巴衛生部發起全民戒煙運動，卡斯特羅認為他有道德責任為全國樹楷模、作表率，於是即日起戒煙。他說他有動機及使命感，因此戒煙並無困難。

公開宣佈戒煙後，卡斯特羅再沒有私下暗裏抽雪茄；他說，如果他這樣做，起碼會有四至五個人知道他欺騙國人，有損他的形象。因為如他暗中抽雪茄，其近身侍衛、替他購買雪茄以至清潔煙灰盅的僕役，都會打從心底裏瞧他不起！

卡斯特羅最喜歡的雪茄牌子是Cohiba；那牌子本來是為他而創，但很快便「市面有售」。Cohiba的特色是煙草鬆且均勻。

在山區打游擊時，經常有人偷運雪茄上山送他享用；他說他不吸最後一根雪茄——把它放在上衣袋裏，等有好消息或壞消息時才抽那最後一根。如果他有機會和克林頓總統會談，卡斯特羅說他會破戒抽那最後傍身的雪茄，因為他視此為好消息。克林頓亦是雪茄迷，但克林頓太太宣佈白宮為禁煙區後，克林頓只好改嚼煙草！

卡斯特羅打游擊時常與跟他齊名的革命家Che Guevara（60年代青年的偶像）一起抽煙，他說Che除

酷嗜雪茄外，還喜吃阿根廷牛扒。

　　不難想像，卡斯特羅是個非常正直的人，古巴在他治下（1976-2008），雖受美國禁運而經濟頹溏，但福利制度尚稱完善（是拉美之冠），沒有先富起來的特權階級，貧富不均情況絕不嚴重；去年的環球貪污排名榜，在一百六十八國中，古巴排名五十六（參考數據香港十八、台灣三十、中國八十三）……。卡斯特羅是極少數在革命成功後仍保留革命理想的政治人物！

　　（閱讀偶拾）

2016年8月25日

艷星教授當流寇
兩無軍官身價高

　　讀《信報》及《信報月刊》各一文的聯想。

甲、

　　荷里活女星、電影監製及博愛的安祖蓮娜‧祖莉‧畢彼特（Angelina Jolie Pitt；因否認離婚所以堅持加上夫姓），獲倫敦政治經濟學院（LSE〔and Political Science〕）授以「客座實踐教授」銜（Visiting Professors in Practice），為其新設的「婦女、和平與安全」（Women, Peace and Security）一年制碩士課程授課；LSE何以有此令不少人錯愕的決定，可以看看沈旭暉教授9月2日在《信報》「國際隨緣家書」的分析。祖莉能否勝任，不是筆者可以置喙，足以肯定的，是她的年度「講座」必定一早爆滿，因為祖莉新聞滿天飛（如為防乳癌主動切割乳房及卵巢以至近日盛傳「離婚又不離婚」等等），加以身材「吸睛」、顧盼生姿，慕名的莘莘學子盍興乎來，不迫爆講堂才是奇事！

　　性感巨星當教授，令筆者想起經濟學教授上山落草打游擊的象牙塔大事。

　　美國博尼爾（Bucknell）大學（全美博雅大學排名三十二）經濟學教授伯興努・內加（Berhanu Nega, 1958-）投筆從戎，轟動學界；他的「從戎」不是「當兵」，而是回老家近鄰約七千六百呎的高山打游擊。內加為埃塞俄比亞裔美籍學人，紐約曼哈頓「社會研究新學院」博士，專業為非洲經濟發展。

　　90年代初，埃塞俄比亞變天，走上極左社會主義之路，不少知識分子因聲討極權獨裁統治而被迫流亡海外，內加是其一；1994年局勢穩定回國、從政，當選首都阿的斯阿貝巴市長，但以教唆學生上街示威企圖推翻現政權的叛國罪，被判徒刑二十一個月；刑滿後重回美國任教，成為流亡海外埃塞俄比亞人的精神領袖（intellectual leader）。

　　堅信沒有民主政制便不能有持續經濟發展的內加，於2008年主催成立反對有東非北韓之別稱埃塞俄比亞政權、總部設於厄立特里亞（Eritrea）的游擊組織Ginbot 7，這位創「黨」主席負責聯繫該國海外流亡分子及為組織籌款；該組織的政治領袖薛格（A. Tsige）亦為流亡美國的「叛國分子」……。長話短說，薛格2014年6月在也門首都轉機赴厄立特里亞時，被也門秘密警察扣捕並即時解往埃塞俄比亞，數月後被判處死刑……。Ginbot 7群龍無首，內加當仁不讓，2015年（是年獲升

為正教授）7月中旬，他召開「家庭會議」並獲與會者同意後，賣掉房子、放棄長俸教職、辭別妻（埃裔美籍醫生）兒（兩兒俱為長春藤名校學生），回去接替薛格的遺缺，領導一個有八十成員的委員會和數千「自由戰士」的武裝部隊——埃塞俄比亞政府口中的高山流寇。在「非戰時」，內加於臨時搭建的教室中向游擊戰士講授「歷史和民主制度」。

對於兩個東非國家長期離離合合的「武鬥」（厄立特里亞本為埃塞俄比亞一省，歷史上多次離合，1993年5月宣佈獨立，自此「兩國」時有小規模戰爭），筆者所知無多，只因明星當教授、教授打游擊的「驚奇轉業」寫上幾筆。流亡海外、當上教授的經濟學家，仍然出當與「祖國」軍隊打硬仗的游擊隊的領袖，相信是前無古人！因為這種關係，今後對有關國家的新聞必會多加留意——看看周身刀、萬事通的經濟學家對軍事戰鬥（打仗）是否一樣當行?!

乙、

一、

科大丁學良教授的〈解放軍買官賣官——開戰或一敗塗地〉（《信報月刊》九月號總四七四期），有條有理地剖析了何以解放軍有那麼多貪官？根據丁教授的美國經驗，他歸納出兩項根本原因。其一是沒有在戰場上大打出手的實戰磨練，等於士官戰將沒有靠戰功「紫

職」的機會，升職的捷徑便只有靠「買官」；其一是軍隊開支並非由獨立的「局外人」——私人執業的會計人員——審核，因為「軍事機密」不能外洩，因此全由內部即由自己人審計，「官官相衛」，結果藏污納垢，多少軍費遂於人不知軍不覺間流進像谷俊山、徐才厚和郭伯雄輩的口袋（丁教授認為「香港的審計專業者」可以「幫上忙」）……。有意了解內地「軍情」者，丁教授這篇不算長的評論，不應錯過。

事實上，作為龐大官僚系統的一部份，軍隊沒有貪腐，才是新鮮事。導致我國無官不貪的底因，如筆者「數十年來」的說法，不外是俸祿低微、福利不足（比不上私營企業），再加上老共的「為人民服務」尤其是雷鋒那句「專門利人毫不利己」的假大空，早已深植民心，於今仍在大多數人腦海裏迴盪，結果連負有捍衛國家安全天職的軍官，亦有公價可以買賣！

官俸菲薄是貪腐根源，對此「古人」了然於胸，王子今在〈中國古代的政治笑話〉（王子今編《趣味考據》第三冊，雲南人民出版社），引《廣笑府·卷二》這則「故事」：「新官赴任，問吏胥曰：『做官事體當如何？』吏曰：『一年要清，二年半清，三年便混。』官嘆曰：『教我如何熬得三年！』」又錄《看山閣閒筆·卷一》的「笑話」：「有一縣令，堂前懸掛一副對聯，以自表其廉潔之志。上聯是『得一文，天誅地滅。』下聯是『聽一情，男盜女娼。』意思是說絕不受

騁
懷
寫
讀

賄亦絕不循情；但實際上行賄者甚多，無不收受，執權
勢者說情，亦必循私。有人指該官言行不一，官曰：
『吾志不失，所得非一文，所聽非一情也。』」

　　這類笑話多的是，顯見官僚貪腐，自古已然。令人
心頭一沉的是，王子今這篇文章，原刊《中國黨政幹部
論壇》2002年第五期！「理論上」中共幹部不論大小都
應讀過，只是「不上心」，受不起花花銀子的誘惑，照
貪不誤。

　　讀過故楊聯陞教授在《國史探微》（新星出版社）
多篇有關「封建時期」官員俸祿和物質生活的「通俗論
文」，以及完顏紹元《趣說古代官場生態》（福建人民
出版社）中有關「古時候」官員「待遇」的「小品」，
理性人莫不對我國古代（漢至清）幾乎無官不貪的腐敗
現象，因理解而寄予同情；他們的官職收入實在太少
了，不上下其手不設法弄錢，別說無法養妻活兒，連官
服亦買不起……。

　　各代朝廷雖曾做過不少「調整官俸」的「革新」，
但終以失敗（賄賂貪污現象變本加厲）收場。揆其原
因，貪婪人性難改（基因不可改）是元兇；要稍殺此種
天性的辦法，嚴刑峻法加高薪厚津，雙「錢」齊下，是
治標也是次佳的辦法；要根除貪污，則不可能。新加坡
和香港官員薪津俱優，且有獨立部門嚴辦貪官，但貪污
之風未息，便是大家熟知的顯例。

二、

　　內地學者張宏杰的《頑疾——中國歷史上的腐敗與反腐敗》（人民出版社），從與楊、完顏不同的角度，挖掘歷代貪腐的根源，令人眼前一亮、耳目一新。張氏爬梳史料，發現古官薪津非常微薄，皇帝老子所以如此刻薄，原因是朝廷收入只有農業稅一途，歲入有限，因此不得不撙節開支，而最有效的辦法是文武官員均低薪薄津；本來，庫房收入稀少，善於「理財」的「財相」應行精兵簡政之策，少請公務員（包括制服部隊），「量入為出」，萬事大吉；但張氏指出封建帝皇大都好大喜功，患上今人所說的「柏金遜人多好辦事」（Parkinson's Law）症候，皇帝講排場充闊，下屬愈多愈妙，以此才能彰顯其高高在上的架勢，由是巧立名目，官吏愈請愈多，「財相」看錢量值，結果薪俸低至官員「不能生活」……。　張氏以具體數字看清末大員「清官」曾國藩的開支，他當七品翰林時的年入一共一百二十九點九五兩銀子，一年的最低開銷（包括租房子、做朝服、請車伕等）要一百六十兩銀子！曾氏官運亨通，然而，官愈大開銷更大，結果不問可知……。那些從京官「下放」的官員，到地方之後便不得不「飛擒大咬」、大貪特貪了。「三年清知府，十萬雪花銀」，是寫實之言，「清知府」尚且如此，「污知府」便腰纏萬貫，退休例回鄉廣買田地妻妾成群，逍遙快活，如能

吟幾首詩詠幾首詞，便足以去污名且能「詩禮傳家」了。

　　在社會進步政府稅源廣庫房充盈的現在，理應揚棄「雷鋒思想」，行高薪養廉之策；雖然高薪不能養廉，漢宣帝、唐玄宗以至宋太祖等都知之，今人當然更清楚，但若能立法並公正執行，令在高薪（市價）下仍大貪特貪的貪官付出沉重機會成本，連行賄的各色人等都要受處罰，則高薪並非全無效益。遺傳病貪腐是「頑疾」而非「絕症」，「病理」在此！習近平上台後打貪絕不手軟，不少高官「落馬」，但廉政制度尚未出籠……。這種「頑疾」雖不致命卻會令患者如廢人——中共十八屆六中全會召開在即，也許會達成落實習主席8月下旬下達的「命令」：「全面從嚴治黨、從嚴管理幹部」的決策！老實話，若不從「收入與官職不相稱」入手，從「嚴」從何說起⁉

2016年9月7日

天天刨書人增壽
那來步道容看書

一、

　　偶在九月號（第一六四卷）的《社會科學與藥物》學報（*Social Science and Medicine*）見題為〈一日一章——閱讀與長壽關係密切〉（A chapter a day: Association of the book reading with longevity）的論文，明知不一定看得懂且欲窺全豹須付約四十美元，只因這個題目太吸引，於是毅然決然，毫不思索便付款下載。這篇由三名耶魯公共衛生學院學者聯署的論文（許多術語要費神思索才知其梗概，但有一句成語讓筆者唶得心安理得：「隔行如隔山」，讀不懂看不通因此是意內的事），為作者們長期「跟蹤」三千六百三十五名「五十以上」人士的閱讀習慣，結果發現他們的平均壽數，比不讀書的多兩年，那即是說，「讀者」比「非讀者」長命——難怪「不讀書」的項羽活不過30歲（一笑）。

　　學者們的研調頗為精細，他們把「讀者」分成三大類——每週閱讀超過三個半小時、堪堪三個半小時

和根本「不讀書」；而性別、種族及教育程度這些要素，均考慮在內。結果，他們發現在十二年內，每週閱讀三個半小時以上的「勤力讀者」，死亡率比「非讀者」低23%；那些每週閱讀最多三個半小時的，死亡率比「非讀者」低17%。非常明顯，讀書者比不讀書者高壽！整體而言，在研調期間，非讀者死亡率達33%，讀者是27%！換句話說，讀者的壽命多一百零八個月（九年）、非讀者只有八十五個月（七年八個月）；這些「統計」，展示了「讀者」比「非讀者」有多二十三個月的「壽命優勢」！

　　論文説的閱讀，指的是書本，不包括報章雜誌和其他刊物（我們那位日讀一「書」的教育局局長因此不入受惠範圍），因為讀書的專注度遠遠大於「瀏覽期刊」（按：通常令讀者苦苦思索的學術期刊顯然不包括在內），那意味看書須「絞盡腦汁」，多用「腦筋」，因此有學者所説的「認知受惠」（Cognitive benefit）——腦子用得多了，壽命相應加長！我國似乎沒有這種説法，「老而彌堅」、「老當益壯」以至老廣的「人老精鬼老靈」等等俱與老有關，但與用腦和壽元短長無涉；唐「香奩體」詩人韓偓的「皓（白）首窮經（通秘義）」，非指「窮經」致壽而是白頭翁因避世宜多讀經書以度餘年！

　　耶魯學者的研究顯示，讀書引致「腦交戰」（Cognitive engagement【認知投入】），可增壽元

林行止作品

（Survival advantage【生存優勢】），因為讀一本書（「好」、「壞」另當別論），無論遇到生字、推理、專注和批判性，均令讀者的腦袋更為充實、思維更加縝密；在另一層面，書本有令讀者產生「推己及人」（「同理心」）、了解社會和「感情訴諸理性」（emotional intelligence）的功能。這種所謂「認知過程」，會大大提高讀者的求生慾望進而增壽?!

雖然接受研調的讀者沒有說明是讀哪類書，但論文指出應以小說為主，因為據一項2009年的調查，讀書人87%讀的是小說；讀非小說的，不論東西南北、古今中外，畢竟只屬少數。對筆者和眾多「讀上癮」的人來說，論文未及每天「讀時」多少最具效益，是為美中不足；對筆者這類外行人而言，「讀超時」（達致這種效果的時數因年齡差異而不同）會令讀者頭昏腦脹、傷腦傷神，對壽元有消極影響的可能性更大！

論文指出，其他民調結果顯示65歲以上的老者，每天平均花四點四小時看電視，作者們因此建議那些「不嫌命長」的耆英，應用一些看電視「閒暇時間」去讀書！

二、

網誌《一針見血》（或《擊中要害》，Theawl. com；筆者試譯）貼一短文，題為〈如何一邊散步一邊看書〉（How to read a book and walk at the same time）——這樣的題目，你能不讀下去嗎？作者雖無説明，但散步的地方肯定是車輛罕見、人流稀疏甚至人跡罕至之地。

　　由於不騎單車不開汽車，作者必須步行約一小時才達工作地點，如何善用這段時間（返往兩小時左右），有人會戴上耳機欣賞音樂或聆聽名家朗讀小説，作者則選擇「看書」，她説，過馬路當然要「停讀」，若在行人道上步行，「同時可讀」，有一兩次碰到燈柱，但無傷大雅，因為捧書而行是書在人前，當書本碰撞燈柱時，「讀者」馬上避開，因此不會傷及身體。還有，作者説一般步行者比較和善，和他們碰面（其實是擦身而過）時，空手步行者大多會説「這肯定是本好書」，「讀者」或點頭或報以微笑或説「這本書的確不錯」，和諧人際溝通的氣氛蕩漾。

　　作者的經驗是，步行時要讀書（最適書本的重量不超逾十四盎斯的精裝本）而非刊物，因為雜誌一頁分數欄（以英文橫排為例），一面步行一面看，眼球必須「上下求索」，會較費神且不方便。這是經驗之談，不無道理；問題是，以香港為例，何處覓可這樣步行閱讀的地方!?

　　當然只有不喜歡電子書（Kindle）和不想浪費時間的「書蟲」，才會步行同時看書。

三、

「邊行邊讀」的先決條件是有少車的馬路與少行人（及不准擺放雜物和路面不會凹凸不平）的行人道，這樣的環境文明世界難覓，香港根本可說不可求；不過，在我們這個無人駕駛汽車快將普及化的世代，陸地無處無車，要找地方「行路」已非常困難，何況可以「邊行邊讀」的道路!?

人類社會不斷進步的一項重要指標，是「無路可行」，因為所有的地方包括郊區都闢有車道（「馬」路意為大路，過去則說，不贅），各式車輛穿梭往來，早把「行人」趕上絕路。非常明顯，「古時候」路是人行出來的，工業革命後路則由政府用納稅人的錢修築而成，與「行」無關，走路步行因此不在當局考慮之內。去月底網誌aeon.com（常有無益無建設性題材無無聊聊卻可讀性甚高的長文）有題為〈行路的末路〉（The end of walking）一文，述說一名出無車母親的窘境。住在美國亞特蘭大郊區的母親攜三小孩過馬路時，四歲童被市虎輾斃。那位肇事的司機因眼疾嗑藥及飲酒，迷迷糊糊，因此撞死小孩，闖了大禍，雖然受到處罰（囚六個月），但是那位母親同樣是被告將官裏。因為道路不是供人行走而是給車輛專用，她帶一群小孩「上路」，等於未盡母親保護兒女之天職，要他們冒性命之險，「罪大惡極」。因此被判一年徒刑，只因她要照顧兩名

騁懷
寫讀

「虎口餘生」的小童，才獲准緩刑。行路難，於茲不難見。

步行是猿人（直立人）留給人類的最重要「遺產」（基因），會直立走路之後，人類慢慢發展成為「萬物之靈」；不但如此，步行還是健康之本，每週五天日行三十分鐘，理論上可祛病延年（實際上步行的功效當然不會如此神奇，亦沒有科學證據顯示步行時代的人比汽車時代的人健康），但自從單車汽車普及化後，日行半小時的人已少之又少，那些堅持這樣做的人，還得冒上被市虎所噬的風險，以美國為例，2013年為汽車輾斃的「行人」達四千七百餘，受傷更達六萬六千多。還有，據一個主張美國應該開闢更多具「可行性」（walkability）小道的非牟利民間組織「美國行」（American Walk）所公佈的資訊，自從汽車售價「大眾化」以致城市無處不在無路不見後，由於實在方便，等於「鼓勵」人們放棄以雙腳走路，街上閒逛的人，本稱Jaywalker，至20年代汽車普及以後，此字已成為不遵守交通規則的行人別稱；至此，本屬每個人都可自由免費使用的道路，便成為汽車專用。二戰之後，美國出現「白人逃亡潮」（White Flight），有固定工作、收入穩定的美國人（絕大部份是白人），爭相遷往居住環境較佳的郊區，結果連市郊鄉間都擠滿汽車，要在鄉下小徑悠閒漫步，亦得提心吊膽以免被汽車所傷。「美國行」的數據顯示，1969年，48%年紀五歲至14歲的學童，步

行或騎自行車上學;至2009年,此數據急挫至13%,那並非小童不行,而是汽車太多太繁忙而行不得也小弟妹。因為道路不安全,「全人類」都得放棄步行!

「美國行」建議用「電動車」減廢氣之外,還得興建更多汽車免進的行人道,如此才能把「行路權」交還人類;但是花費驚人(建築費外,尚有維修包括冬季剷積雪方便行人等支出的考慮),在人人是車主及車廠僱有強力說客的年代,此議不易獲議會通過⋯⋯。最理想的道路,莫過於荷蘭首設的「生活道路」(woonerf),在這類專區,行車(汽車和單車)速度不得超過步行;對於多風車多單車少汽車的荷蘭,加以生活節奏遠較舒徐而政府受民意左右立法保障人人有平等使用道路的權利,「生活道路」是極佳的設計,但對大部份國家來說,這是知易行絕難的。

連步行的自由都被「現代化」褫奪,此時再說「邊行邊讀」,不是有點荒謬嗎?

四、

一則與讀書有關的「喜訊」,雖與本文重心關係不大,但這幾天未見本地媒體報道,於是寫上兩筆。據意大利英文網誌atlasobscura.com報道,8月23日意大利政府宣佈,在1998年出生於今年9月15日達18歲的青年男女,一律可獲五百歐羅的「文化花紅」(Cultural Bonus),政府通過一種「18app」電腦軟件,把這筆

騁懷寫讀

錢輸進合資格少年人的手機;目前意大利共有五十七萬
五千多的「十八歲」,他們在一年內可用這筆錢購買書
籍、音樂會及博物館門票以至赴國家公園的車資⋯⋯。
意大利是赤字纍纍的歐盟窮國之一,惟其總理九個月前
宣佈為防恐襲要增警方經費,而在這方面用一歐羅,同
時要在促進文化事業上用一歐羅,結果便有「文化花
紅」的創舉——此舉對書籍銷路有何影響?哪類書最受
歡迎?由於資訊清楚記錄在受惠者手機中,一年後當局
必有公佈。可以預卜的是,於明年滿18歲的一群,稍後
必會起而要求政府「平等對待」,爭取與他們兄姐一樣
有此待遇;政府沒有拒絕的理由。如此循環不息,意大
利的財赤便愈積愈厚了!

2016年9月8日

虛市墟市究虛實
香港紅江怎同源

　　■在《立場新聞》上見由「香港歷史」提供的〈與「小麗老師」商榷「墟市」一詞〉一文，對墟市特別是新界墟市考據甚詳；讀畢記起曾經讀過一篇有關我國古代「虛市」的論文，找了好幾天，Eureka，找到了。筆者常對友儕訴苦，說人老記性未衰，十分苦惱，因為偶想偶見某事，「明明」記起多年前讀過相關的文章或書本，卻不知何處尋回文字本，而想把它找出之心愈切，上窮閣樓下地窖的搜索，滿頭大汗，不見不休，頗為「辛苦」（筆者只好視「找舊書」為日常「運動」），若不東翻西找，又不甘心。這種麻煩大概要到失憶時才可解除。

　　找到那文章，題為〈唐代嶺南的虛市〉，作者何格恩（文後記〔寫於〕民國二十五年十月十九日於廣州嶺南大學），刊陶希聖主編的《食貨半月刊》第三十五期（民國二十六年一月十六日第五卷第二期）。作者指出30年代，兩廣鄉下「仍然保持趁虛的風俗」，在虛期清

晨，「大家忙着把家裏的農產品和手工藝品挑到虛場販賣，又從虛裏買回他們所需要的日用品……。」這情況與「香港歷史」對新界「墟」市的描述並無二致。

作者引屈大均《廣東新語・卷二地語・虛》：「粵謂野市曰虛，市之所在，有人則滿，無人則虛；滿時少，虛時多，故曰虛市。」經常冷冷清清的市場因此稱為「虛市」；顯而易見，「虛市」於「虛期」才有「人氣」。而「虛即廛也（按：古稱市集為市廛）」，此說來自《周禮》註：「廛市（『市廛』顯然從此『進化』）中空地也，即虛也。」又說「地之虛處為廛，天之虛處為辰……。」再引葉石洞云：「昔者聖人日中為市，聚則盈，散則虛。今北名集，從聚也；南名虛，從散也。」

何格恩引述不少記載，可知「嶺南村落的虛市，在唐代以前已經有了。」只是「史籍多闕，文獻不足。」惟從昔人零星的筆記，知「虛市」買賣日常食用品外，還有人口販賣，以「越（嶺南）人少恩，生男女必貨視之。」此說確否，待考。其實「越人」不一定「少恩」，惟視子女為「貨」，則合「經濟原理」，以男丁是勞動力而女兒可賣予大戶人家當奴婢！當時生活在貧窮線下（甚至現今的窮鄉僻壤）的百姓，為了本身及後代的生存而鬻子女，是農業社會的常態；至於「盜取他室（的孩子），束縛鉗梏之」而賣的，即誘拐無人看管的小孩，時有所聞，並不出奇……。

關於虛市何時變為墟市，有人指虛市設於泥土地上，虛加土旁，順理成「字」，因有墟市，筆者認為此說甚牽強，以墟字古時指的是廢墟、廢址。把虛市寫成墟市，恐是同音和「想當然」之誤；但為有「虛」音的墟（市集或集市）的誤寫，可能更大。不過，此「誤」顯然「歷史悠久」，因為馬禮遜1828年出版的《廣東省土話字彙》（*Vocabulary of the Canton Dialect*）已有「趁墟」（粵音chun huy）！

■蘇格蘭傳教士馬禮遜（Robert Morrison, 1782-1834；本港的馬禮遜紀念碑〔跑馬地香港墳場〕、摩利臣街及摩利臣紀念會所，均以他命名）於1807年（嘉慶十二年）受「倫敦差會」派遣來華傳基督之道；他「隱身」東印度公司，任翻譯員凡二十五年，其間他苦讀中文，為以粵語傳道打下扎實基礎。馬禮遜學中文有大成，那從他編彙《中文文法》（《中文法程》）可見。馬禮遜在翻譯《聖經》、興辦學校（本港英華書院為他創辦，原校1818年創於馬六甲，1843年遷至本港）以至辦報上都大有成就。今天不說馬禮遜這個人，只說他傳世的《廣東省土話字彙》，此「字彙」近二百年前在澳門初版，筆者手上的是影印本。

《字彙》對「廣東土話」搜羅極廣，有許多今已不用的「古粵語」，很具讀趣，不過，筆者偶爾瀏覽，便看出不少「值得商榷」處。如把Lobster（龍蝦）譯為鰨

龍魚（粵音Tsum lung yu）、Locust（蝗蟲）譯為馬郎扛（粵音Ma long kong）、a tree譯為一條樹（粵音Yat tew shu）；當然有不少譯得十分貼切，如Viceroy譯外王（粵音Goy wong，頗有把William the Conqueror譯為威烈王的況味）、Sole譯撻沙魚（粵音Tat sha u；u前略去y字，顯是「手民」之誤）……。但把Hong Kong譯為紅江（粵音Hung kung），顯見在此書出版前，香港尚非官譯地名！

■在一疊影印紙堆中，看到2013年（9月7日）英國《每日電訊》這則報道。據國家讀者調查（National Readership Survey）對二千多名成年人的調查，顯示60%以上被訪者說他們在閱讀文學名著（Classic Novels），但分析者認為他們這樣說，只是為了「看起來像知識分子，實際上他們對文學名著的認識，主要來自名著改編的電視連續劇；不過，在他們的書櫃裏，的確擺上不少經典著作。」

《電訊》縷列十本最多人說曾經或正在閱讀其實未之讀的名著，依次為奧威爾的《1984》、托爾斯泰的《戰爭與和平》、沙連傑的《麥田守望者》（Catcher in the Rye）。以及杜斯妥也夫斯基的《罪與罰》；英國名家狄更斯、杜健（J.R.R. Tolkein）、奧斯珍及布朗蒂的書，亦是「說讀」的居多。應該特別指出的是，《聖經》亦是很多人說長期讀而過目者數量少很多的書。

　　這則新聞令筆者記起（上世紀）60年代英國友人的「忠告」：「那些對BBC記者說做家務時聽貝多芬、莫扎特的主婦，肯定百分百聽的是披頭四和滾石！」此說種下筆者對「民意調查」不盡不實的「偏見」。歲末或暑假前，報刊多會請名家為讀者介紹「假期應讀書」，但有在內地報刊當書評編輯的友人多次對筆者說，這類名單不盡不實，可免則免，因為名家開出的書單通常都是少人讀（他的書架上多半有藏而未讀）的巨著。

　　■以筆者的經驗，最「實際」（「實用」？）的書來自那些不必讀名著抬高自身智性地位行業的代表性人物，以賺錢多寡作為釐定「社會地位高下」的投資銀行家是其一，這是筆者頗看重他們介紹給客戶的「書單」的原因——如果他們知道中文書的發音（普粵不同音但諧音皆「輸」）肯定不會定期向客戶推薦「必讀書」。由高盛「高層」（Senior Management）推薦的今年暑假最佳讀本，筆者「熟悉」（多年前評介過及最近曾提及）的有戴爾蒙的《槍炮、細菌和鋼鐵》、梯爾的《從無到有》（P. Thiel: *Zero to One*）；還有數本「從未聽過」而筆者亦不想找來讀的書如*Half of a Yellow Sun*和*The Noise of Time*等。

　　J・P・摩根的「暑假必讀」甚多，對筆者可說完全陌生，如*Homegoing*、*A Little Life*及*Seinfeldia: How a Show About Nothing Changed Everything*；見「書單」

後即訂購（何時讀則未知）的是《顛倒金字塔——足球戰術史》（J. Wilson: *Inverting the Pyramid: The History of Football Tactics*）！

■讀雜書數十年，到了可以倚老賣老的歲月，見有新鮮物事，管它甚麼題材，隨興而寫，讀者似乎還能接受；但近讀一文，思之再四，就是下不了筆！這篇由有男有女共十一名學者（美國奧克蘭大學八名、加州州立大學兩名、德國哥登堡大學一名）聯署、刊於今年五月號（第二卷第三期）的學校《進化心理學》（*Evolutionary Psychological Science*）、題為Duration of Cunnilingus Predicts Estimated Ejaculate Volume in Humans: a Content Analysis of Pornography的論文，是第一篇筆者不知如何落筆最後棄寫連題目亦不想譯出的文章（筆者的容納極限〔道德底線〕為行為經濟學家對在性亢奮下人的思維變化的實驗）。作者們「觀察」一名專業性交男演員與一百名專業性交女演員的交媾過程，記錄每次「演出」的生理反應、射精情況（精蟲的濃稠、流程及多寡），並把之「量化」，從而得出文題傳遞的信息……。對這類題材，筆者深以為異為奇，卻原來是進化心理學的熱門研究項目，那從論文引述數十篇前人撰寫有關題材的論文可見。

（閒讀偶拾）

2016年9月15日

優步神來譯　私心好淡偏

　　■十多歲的外孫女首次聽聞PK，不知何解，經「大人」委婉解釋、曲線誘導，恍然，轉瞬間她便說應為PG才正確！思之果然，與友儕談及，莫不認同。其實，源自Poor Guy的「撲（仆）街」所以成為PK，是鬼佬講粵語有點「音樂感」的典型例子。

　　馬禮遜1828年出版的《廣東省土話字彙》，「出街」的英語發音為Chut Kai，「街」之「古音」為Kai，PK因此沒錯！現在的問題是，何以19世紀的「街」棄Guy而用Kai？筆者揣測是馬禮遜的「舌人」有鄉音或這位「舌人」故意要令鬼佬講「荒腔走板」的粵語，因此沒有矯正馬禮遜的發音有關。

　　在內地，如今亦有形容倒楣、「撲街」的PK，那是「南音北移」的結果，惟內地正統的用法是以之形容「對決」。2005年，湖南衛視舉辦一出場便聲蜚國內外（指香港澳門以至台灣為「外」，政治不正確；此處求簡從俗而已）的《超級女聲》節目後，PK開始成為口頭禪、流行語。此節目的淘汰賽是兩名歌手的「生死對決」，據陸穀孫的《英漢大詞典·修訂本》，

PK是Player Kill（ing）的縮寫詞（陸教授同時認為以PK作為罰十二碼〔罰點球〕Penalty Kick的縮寫「不恰當」）。無論如何，本地和內地的PK意思互異，孰「優」孰「劣」、孰「正」孰「誤」，姑且勿論，但本港應把PK改為PG，除與內地的PK劃清界線及「正音」之外，尚可避免「鬼佬講粵語」在老廣耳中聽起來如唱戲之滑稽效果！

　　■Uber的生意、尤其是在香港的前景，另文說之，這裏要說的是，把它譯為「優步」，音意俱佳，真是神來之譯——筆者認為是「可口可樂」後音義並佳之譯。若直譯為「烏伯」（嗚吧），便不知所云且有反效果了（網上有讀者建議譯為「瘀吧」或「愚爸」更近原音）。

　　Uber是德文，雖然已在英語世界偶見，但在電召出租車Uber未流行前，德國以外的人知之者不多。陸穀孫的《英漢大詞典》未錄此字，只有uberfremdung及ubermensch兩個在英語世界流行的德文，前者意為「受過多外來影響」，後者則為「超人」（Superman）。

　　Uber有凌駕一切之義，1841年完成歌詞的德國舊國歌，當中便充塞此字，以示德國人種是天下無雙的優秀。二戰後，盟國認為此字此詞用於國歌，有令納粹復辟的隱患，遂於1949年下令禁之。德國國歌舊名Deutschland uber Alles（德國天下第一），1952年初改

為Deutschlandied（德意志之歌）。

很少聽更不會唱德國國歌的筆者，何以知其中的Uber失蹤？這是「閱讀」之功。瀏覽《國歌百科大全書》（*Encyclopedia of National Anthems*）居然有「發現」，不亦快哉！此二巨冊國歌，有樂譜有歌詞（有原文有英譯及譯音，比如，中華人民共和國國歌《義勇軍進行曲》華人人人知曉的起句便是Qilai! Buyuan zuo nuli de renmen），Uber不見了則是對照舊新國歌歌詞的結果。上引資料大部份來自編者介紹國歌的「前言」。

令筆者深以為異的是，這本號稱「百科全書」的巨構，台灣「國」歌（國民黨黨歌）竟然失蹤，如此中共政治正確，必有緣故；細看該書編者Xing Hang，為美國Brandeis大學歷史學系副教授，這位在美國接受大學教育的學人，也許熟知內地政情又看中內地市場，因此才把台灣犧牲掉吧！

■14日作者專欄於文後回應養珠樓主的「質疑」，最後說未知那些貨幣政策決策者，「今天有人唱淡明天有人唱好」，在極短時間內散發這類「矛盾論」，他們這樣做是否有私心？

筆者這樣揣測，絕非出於小人之心！文章見報後，「爬梳」美國彭博及以次的媒體，發現這些「位高望尊」的人物中，確有不少人有「私心」（説有「野心」

也許更貼切）。那位向來甚少公開論此事的老鴿布蓮納（Lael Brainard），突然反駁她的同僚「應該盡快加息」説，認為目前沒有加息的條件，結果令標準普爾挫2.45%後於翌日反彈升1.5%強。股市如過山車，有人歡喜有人愁而布蓮納肯定喜多於愁。

傳媒「扒糞」的結果，顯示布蓮納別有懷抱，原來她是民主黨的「死忠」，分兩次捐出二千七百美元（對於公務員來説，這筆税後資金不是小數目）給希拉莉‧克林頓的競選活動，那雖然合法（政府規定個人對競選人的捐款不得超過此數字），捐出最高限額，難免仍會引人注目及遐想。布蓮納有意出任希拉莉政府的財長，是華爾街中人無人不知的秘密。她於希拉莉任國務卿時當財政部次長、被奧巴馬選入聯儲局任理事及公開市場會議成員，有意在仕途再上層樓，人情之常；她於此時「唱好」，有安定民心以營造股市興旺景象的作用，有助與華爾街關係「特別密切」的希拉莉的選情，彰彰明顯！

人人私心行頭，私利掛帥，是資本主義社會最為人詬病的常態。

■不少讀者問去週四作者專欄最後一節提及那篇沒有譯名的論文，如此「下流」的題材，何以有學者去研究（而且是「實證」研究）、有機構會撥出研究經費而大學當局（學者領導人）會批准做這類「研究」？答案

很簡單,這些學者打出的旗號是「怎樣的性前戲可達致最高的生育能力?」那即是說,甚麼樣的媾合令男性能產生最大數量和最有能量的精液?亦即是說,甚麼樣的交配最具傳宗接代的繁殖功能?在這個女性生育力日趨下游令人口數量萎縮的世代,學者因此可以理直氣壯且能獲得足夠研究經費進行這類有望提高女性生育能力的研究!

■雨中賣雨遮和隆冬在雪山腳下賣(租)風褸(後者是筆者的「發現」),向來被視為利錢優厚的營生,以這種天氣,買家對店家的叫價會嫌貴卻不得不大破慳囊!當然,店家這種乘人之「危」趁雨雪「打劫」的作風,令「奸商」之名更確鑿。

心存這種「傳統智慧」,當筆者在Imgur.com看到「家具雜貨店」IKEA的一幅廣告時,不禁拍案叫絕——IKEA售賣Grossby品牌兩種款式雷同但有黃藍二色(肯定與本港的雨傘運動無關)可供選擇的雨傘,售價有異——晴天每把售四點九九美元、雨天售二點五美元(晴天的是正價雨天的是減價?)。這種有違「奸商」定價常規的做法,等於告訴大眾,IKEA不僅不會「趁你病攞你命」,還於你「遇難」時施以援手!該公司廣受普羅消費者歡迎,並非「無端端」。

■F33是美國最先進亦是成本最昂貴的戰機。2001

年五角大樓和洛歇‧馬丁公司柏板研發此機種時，預算為二千三百三十億（美元‧下同），其後經過數度「加碼」，最後此計劃耗資達一萬一千餘億（參考數據2016年香港GDP在三千一百億水平）；如果美國不是有「先使未來不一定有的資金」的霸道與優勢，此筆約十萬億港元的「研究費」（小部份由英、意、荷、土、加、澳、挪威及丹麥政府出資──排名以出資多寡為序），必會加重納稅人的負擔。經過多次嚴格試飛後，如今F33（海軍陸戰隊、海軍及空軍各一種）已可服役（最先執勤的地區是亞太區）。F33每架平均出廠價一億三千五百萬，機師的高科技多功能頭盔每頂四十萬！據美媒「吹噓」，F33可殺人於無形──其隱形性能之高，令所有現存雷達皆不見；它因此能於近距離的高空清楚偵察敵人目標，並指示「最近」的神盾導彈基地發射導彈擊中目標，如此F33可以一彈不發，便「完成任務」……。F33現在正欲一試身手，知道其厲害者切勿成為其戰場上的「實驗品」。

　　■9月7日才說安祖蓮娜‧祖莉堅持於本名後加夫姓Pitt以闢盛傳離婚的傳言，哪知「墨瀋」未乾，她便宣佈已向法庭申請離婚，看來LSE的「公文」很快會除去祖莉教授名後的Pitt──不過，現在距離她登壇授課之期尚有數月，以荷里活明星離離合合的速度，屆時要加上另一夫姓，不足為奇。

　　網媒qwartz.org（qz.com）對祖莉與「畢老」的離異；一點亦不意外，那從其不談此宗短命婚事只說「結婚並非永恆」一文可見。作者是研究人類離合的大行家，文章從因張競生的譯介而國人廣知其名其人的英國性學大師、天生陽痿者靄理士（Havelock Ellis, 1858-1939）與同性戀作家伊狄絲‧李思（Edith Lees, 1861-1911）的婚事說起。陽痿人和同性戀者結婚，雖然床第無戰事，但僅是無性結合，便足以名垂性史。靄理士稱他們的結合為「公開婚姻」，指夫婦兩造各有各精彩……。文章「題外」之意似指若「公開婚姻」盛行，世上便不會有這麼多那麼短的婚姻。

　　（閒讀偶拾）

2016年9月22日

●9月27日後記：

中華民國「國歌」真失蹤！

22日作者專欄談《國歌百科全書》，一時疏忽，未提及所據為2011年的「第二版」（Second Edition），引來Fairdinkum君在《信報》網站批評筆者「無視中華民國的存在……」。由於引述甚詳，筆者對自己所寫的真確性起疑，以為看漏了眼，聞訊後找出這套書檢視，只見有People's Republic of China（卷一頁一八七），而同卷頁一三七沒有如Fairdinkum所說的「China Republic of」的「國歌」——該頁錄入口僅及四十一萬汶萊（Brunei Darussalam）的國歌。

細讀該書〈序言〉（應為二版〈序言〉），編者說本書2003年（時編者為大學三年級學生）初版後，世界有變，出現若干新國家（有的是從大國「分拆」出去有的是新獨立），國歌因此多了；而一些已不存在的國

家如蘇聯及東德等的國歌亦收羅在內（初版未錄？），令這套「百科全書」更加充實。可是，中華民國「國歌」不見了，「唔使問阿貴」，那多半是再版時被編者刪掉，對此〈序言〉輕描淡寫地說其編輯原則是只錄「聯合國成員國國歌」，言外之意是，台灣非成員，其國歌因此「不見了」。編者的選歌標準，可以理解，但《百科全書》除收已不存在當然談不上是聯合國成員的蘇聯及東德國歌之外，尚收非國家的「自治領（省）」（即非聯合國成員，其地位亦不為大多數國家承認）如科索沃和南奧塞梯（South Ossetia）的「省」歌，這又是甚麼道理呢？按照「常理」，中華民國「國歌」應收為附錄的。退一步看，如說蘇聯等是前聯合國成員，因此錄其國歌，台灣在1971年前何嘗不是聯合國成員（1945年成為創會成員及安理會五常任國之一）!?編者戴上「錢」色眼鏡，彰彰明甚。

如果不是Fairdinkum君（他顯然對國歌甚有研究）提及，未見本書初版如筆者，還不知道再版時才去台灣！

好財好色好投機
瑕不掩瑜兩巨擘

一、

　　從九月號的人人圖書（publicbooks.org）讀到加州
大學英國文學教授米拉（E. C. Miller）的書評〈性和社
會主義〉（Sex and Socialism），勾起十多年以及三十
多年前（分別為2001年7月6日及1981年9月26日）在這
裏發表的舊文。翻看舊作，大部份內容都涵蓋在米拉女
士所評的兩書中（她這篇長文總評三本書〔其一為小
說〕，都與馬克思和恩格斯的「家事」有關），當然，
比較拙文，新書有更多較引人入勝的具體材料和「證
據」，令筆者再作此文。應該「事先聲明」的是，由於
舊作在前，本文所記，部份內容，「忠實讀者」也許有
點「似曾相識」。

　　彼德思的馬克思夫人（Baroness Jenny Von
Westphalen, 1814-1881）傳記《紅色珍妮》（H. F.
Peters: *Red Jenny: A Life with Karl Marx*），這本不足
二百頁、花了作者七年時間才寫成的書，資料之豐未曾

見，令讀者對半小資產階級半革命家的馬克思夫人及馬克思（1818-1883）的「人性面」，有全面和深刻的認識。

馬克思熱愛妻子、溺愛子女，與「荷蘭表妹」調情、和婢女因姦成孕產私生子等近乎浪子的行徑，與「愛情專一」相去甚遠；男女關係隨便隨興之外，又不事生產、不善理財，經常囊空如洗、債主（業主、肉商之類）盈門，當《資本論》寫就時，寄往德國出版商的郵資都付闕如，其財政的捉襟見肘，概可想見。馬克思夫人張羅家計的苦況，使人讀來感慨。

人們，尤其是內地同胞，以為馬克思長年在大英圖書館閱讀、沉思、寫作，是他的沉潛所學、研究精神過人，其實是為了避債而不得不爾！他逃進「閒人免進」、債主很難找上門的圖書館，把一切「俗世的煩惱」，交給夫人應付。結果成就馬克思成為一代革命導師，可真是「意想不到的結果」！

馬克思與珍妮於1943年結婚，在三十八年婚姻生活中，一共生了七個孩子，可惜，四名或因營養不良或因無錢及時就醫而夭折（馬克思夫人比他大四五歲，出身貴族家庭，沒有做家務遑論帶小孩的經驗；他們的第一名孩子出世時，因為不懂替她洗澡弄出大病）、兩名自殺（這是深受馬克思的影響，他的「自我毀滅」傾向明顯，1835年僑居比利時時，曾寫過一本鼓吹自殺的小冊子〔見E. A. Plaut and Kevin: *Marx on Suicide*〕）。馬

克思家庭可說經常陰霾密佈、愁雲慘淡，他因此把家務拋諸腦後，致力在理論上「打倒資本主義」，力作終成驚世偉論！

二、

馬克思一家的生活費來自恩格斯（1820-1895）饋贈、先人遺贈（馬克思和珍妮的父母與叔伯都留有遺產，馬克思曾和寡母爭產而鬧得極不愉快）及馬克思替美國報章寫英歐通訊的稿酬維持（但為時甚短）！「紅色珍妮」一生坎坷，她的最大福氣是因肝癌死於夫前兩年（不必為張羅丈夫的喪禮而煩惱）；病故時，馬克思纏綿病榻、奄奄待斃、無力下床，遑論送終；葬禮由花花公子、著名登徒子（Philander）恩格斯主持。

反對資本主義不遺餘力、鼓吹工人革命的馬克思，曾是投資股市的股民散戶，那多少是受熟悉股市操作的恩格斯所影響。《馬克思書信集》（*Letters of K. Marx*）有多封與恩格斯談及金錢的書信，透露恩格斯把祖業紡織廠賣掉後，曾當股票經紀，馬克思為此修書致賀；而「馬克思曾在一次股票投機中賺了大錢」。《紅色珍妮》只寫恩格斯賣掉乃父留給他的紡織廠股票，利用部份資金替馬克思成立一個退休金戶口，使他免去經常為三餐不繼而發愁；至於馬克思炒股，《書信集》中揭示他賺了四百鎊，《紅色珍妮》（頁一三八至一三九）記述雷同。而事情的經過是——馬克思得到令

他失望的七百鎊遺產（他預期更多），尚幸一名在曼徹斯特的信徒，把全副家當七百餘鎊送給他，使他一共有一千五百鎊，那在19世紀80年代，是一筆可觀的錢財。馬克思「先富起來」，不但開始過小資產階級生活，搬新居、在家開舞會（ball，僱請樂隊及穿制服的侍應；賓客五十多位），同時「在美國和英國股市投機（speculated）」。他說：「投機十分省時，這是把敵人的資金據為己有的最佳方法！」初嘗甜頭，他對股市的想法十分浪漫（「簡單和天真」也）。此後馬克思再沒有投機的紀錄，估計是「慘敗」後「斬手指」戒賭（他的資金給敵人吃了）。僅僅在「賺了四百鎊」兩年後，馬克思夫人又要上當舖，可見馬克思雖然熱中小資生活，但這段「嘆世界」的日子十分短暫，這也許強化了他痛恨小資產階級的深層原因。

三、

　　在男女關係上，馬克思和恩格斯都很隨便，他們的「身教」，成為蘇共革命成功後興起的「一杯水主義」（男女性關係如口渴飲水般簡單）的「藍本」。小時候，馬克思與夫人家是鄰居，真正是青梅竹馬，她第一次見到他時他不足一歲，「在母親懷裏吮奶」；馬克思小孩時便有霸氣，是猴子王，珍妮一家人（包括家傭）都喜歡他又有點怕他，十多歲時他便常和珍妮的父親辯論政治問題，其無礙辯才，令珍妮傾倒……；最後他們

在家人反對下成親。同時暗戀（傾慕）馬克思的是珍妮家的婢女戴慕絲（Helene‘Lenchen’Demuth, 1820-1890），當珍妮「生完又生」被家務纏得失魂落魄時，她母親派這名侍婢前往「救駕」。從《紅色珍妮》選刊的相片，這位婢女身材豐滿、並不漂亮卻甚肉感。有次珍妮前往荷蘭向親戚求援，空手失望回倫敦時，竟然發覺戴慕絲懷有身孕，她矢口不說誰人經手，馬克思更若無其事，當然推個一乾二淨，但孩子的相貌和馬克思「雷同」（physical likeness to K. Marx in every point）；在馬克思「央求」下，恩格斯收養了這個孩子，並認是他的私生子（恩格斯臨終時才把此子生父是誰告知馬克思的小女兒伊蓮娜）。除了馬克思夫婦、恩格斯和婢女戴慕絲本人，馬克思的親朋戚友都不知道此子的真正身世。

米拉教授的敍事與上說稍有出入。米拉指出，戴慕絲和馬克思苟合所生的私生子，名亨利·戴慕絲（Henry Frederick〔後改為Lewis〕Demuth, 1851-1929），由於馬克思死不認賬，此子只好寄養於「勞工家庭」，而因為領養者無餘錢可以「供書教學」（戴慕絲收入菲薄，其處境與馬克思鼓吹應善待勞工階級的主張相去甚遠），亨利因此只受過很少正規教育，不過，「優良基因」令他成為「熟手技工」，同時是工會的中堅分子……。一生為家傭的生母病故時，留給他的遺產只有九十鎊。米拉所寫應比《紅色珍妮》較近事實，如

亨利為恩格斯收養，肯定有機會受良好教育。

四、

　　馬克思這位無產階級偉大導師的家庭，只能以一團糟形容，不僅他自己有不少女人，他在倫敦出生的小女兒伊蓮娜（Eleanor, 'Tussy' Marx, 1855-1898）的感情生活，多姿多采，卻以悲劇收場。伊蓮娜聰慧且有寫作才能，是維多利亞時代信奉社會主義的婦解分子，對性事頗為隨便（displays a guiltless sexual agency），最初戀上一名比她大十七歲的法國左傾記者（P-O. Lissagaray），「意外失去貞操」，且無償地把他的法文著作《1871年巴黎公社史》（*The History of the Paris Commune of 1871*）譯為英文，可惜這段情緣因這位法共突然失蹤（一說她突然變心）而告終……。不久後她戀上英國「憤青」阿維林（E. Aveling, 1849-1898），倫大動物學學系畢業，極左無神論者，是個「貪婪無厭自以為是」的「壞蛋」（villain）；他們曾一度合撰鼓吹社會主義的「政治小冊子」，且曾同遊美國，歸英後聯名撰寫《1891年美國的工人運動》（*The Working-Class Movement in America, 1891*）。他很快原形畢露，騙取伊蓮娜親友包括亨利‧戴慕絲的金錢，最後改名換姓重婚；當伊蓮娜獲知真相後，服藥自殺（一說為阿維林謀殺），時年43歲；過了三四個月，「負心漢」阿維林因腎病去世。

　　富家子弟恩格斯年輕時有「登徒子」之名，其人之「花弗」，不難想見。恩格斯不相信婚姻制度，因此他與愛爾蘭女工、社會主義狂熱信徒瑪麗‧彭斯（Mary Burns, 1823-1863）同居十五年（她臨終前恩格斯才遂她願與她舉行病榻婚禮），她病故後，恩格斯順手牽羊，與在他家當管家、瑪麗的妹妹麗絲（Lizzie Burns, 1827-1878）同居……。由於這對姊妹均為文盲（妹妹略識ABC），這段婚姻不像婚姻的姊妹先後「共」事一「夫」的奇妙關係，遂沒有留下任何「文獻」（如日記如通信）可供傳記作者發揮，英國作家麥克里亞（G. McCrea）只好據第三者伊蓮娜‧馬克思所見所聞有關彭斯姊妹的生活和工作片段作為素材，於去年寫成評家未予好評的小說《恩格斯夫人》。

　　把這兩名被中共捧上九重天的「偉大革命理論家」從天上拉回地生活的血肉之軀，並無絲毫貶意，只是展示兩位被共產主義信徒視為發出了「真理光芒」的無產階級理論家，亦是有血有肉有情慾有性慾的凡人。換句話說，本文只是看馬、恩人性化的一面而已，無損他們著述成為中共立黨建國的「根本指導思想」的崇高地位！

2016年9月29日

蚊患病毒藏機會
糖尿病增亦商機

一、

　　在當前經濟環境下，無錢的人痛苦，有錢的人煩惱。這句筆者說過多次的話，其實頗有語病，因為無錢者，在所有的經濟環境下都很痛苦，只有有兩個錢的人（包括領取退休金的），在這無息甚且負息情況下，才會天天為可能消蝕的財富（或將到手的退休金）繞室徬徨！

　　有論者認為，由於各國央行均行大印鈔票之策，預示紙幣——張五常教授所說的無錨貨幣——的購買力已處於長期下降軌，因此，與其持有無息存款，何如購進「磚頭」，以現今的物業價格，不論在甚麼大城市，雖然樓價已被「炒高」，但「很高」之後可能「更高」；至於租金收入，扣除種種稅項雜支，仍屬正數，因此，買樓作為投資，尚有可為。這種分析錯不了，不過，有兩點「近憂」置業者須知。其一是世界各國政府都鬧窮，而窮人——佔90%以上人口——要求政府設法

拉近貧富差距之聲日趨「凌厲」，入不敷出的政府只好向物業，尤其是持有高價物業的外國業主開刀，那意味在海外置業的香港財主，將面對苛捐雜稅的壓力，因而要做好持有物業成本大增的心理準備和財務安排。其一是買樓出租，是不少新發財的「夢想」，以此為「不勞而獲」的最高境界，但除非購買相當數量的物業，然後聘請專人管理（收租、維修及應付政府的「干擾」），若須親自管理物業，業主將會疲於奔命，而且每年平均有十個月租金收入，已是大幸，以有的租客固會在按金到期若干個月後突然「失蹤」，而且物業在舊租客退租而與新租客未見之間多半會有一段沒有任何收入的空置期，加上修理水電廁所以至應付政府的瑣屑事務，會令業主頭大如斗。除此之外，由於利率已減無可減剩下加息一途，其帶來經濟進而物業的不明朗前景，還有經濟危機可能掩至買家消失樓價下挫的困擾，當小業主並不是賺安樂錢的好辦法。還是筆者鑄造的那句──天下無難事？賺錢最艱難！大家不可不當心。

惟有有辦法「印公仔紙」（股票）的上市公司老闆，才可以成為無牽無掛的業主（股東分擔了他們的煩惱）。萬一樓市不景，樓價挫租金縮，這類業主並無損失，因為和發行定息債券不同，「公仔紙」並無一定派股息的規限，當經濟大局不妙影響公司盈利及前景時，「今年不派息（或減息）」，一句便把問題「解決」。印「公仔紙」買實物，是資本主義社會的最佳營生！

二、

今屆諾貝爾生理學（醫學）獎得主大隅良典，以研究細胞「自噬」（Autophagy）有突破性發現而獲獎。細胞「自噬」的發現，讓醫家有辦法找出若干迄今無特效藥疾病如柏金遜症、糖尿病及癌症的治療線索，那意味「循此路進」，利用細胞「自噬」機制研發出來的藥物，將相繼面世⋯⋯。筆者以此為「引子」，真正想寫的是，投資者應看流行病或「絕症」的蔓延情況，在相關藥物上投資，相信是「資深」投資者行之有年的王道投資策略。如今醫治因經濟生活有變引致的疾病以及病菌變種引發新病的特效藥，都是「投資對象」。當然，藥物分有效無效，且有真有假，投資者必須先來一番深入研究才能「落手」。這裏說的藥物，指的是治療新疾病如寨（茲）卡和突然大規模蔓延的慢性病如糖尿病！

在航空交通普及化「世界是吾家」的時候，各地人民為遊樂為商務「飛來飛去」，成為傳播病菌環球擴張的「元兇」，這種情況，不因機艙都有「噴霧消毒」及海關俱設「檢疫站」而緩和；事實是，如今情況愈加嚴重，因為除了航空交通愈快速愈繁忙之外，氣候的「反常」變化，令病菌加速變種，用之有年的抗生素因而失效，「高度傳染性疾病」遂環球蔓延。據世衛組織（WHO）的說法，在過去五十年（兩個世代），世上出現了三十九種「古之所無」的傳染性病菌（毒），

令現存抗生素基本無效。在這些新病變中，以基孔肯雅熱（Chikungunya Fever）及寨卡病毒最嚴重。這兩種醫家束手的疾病，都由蚊子傳播，而氣候暖化蚊子滋生加速，令這類傳染病對人類威脅愈大。這兩種從登革熱（公元二百年前後在中國發現）衍生的疾病，困擾全球，有關藥物的研發，值得投資者留意。

寨卡由蚊子傳播，預防之法只有設法「滅蚊」及研發中寨卡毒後的特效藥，近年寨卡病從拉美傳至亞洲的同時，研發相關藥物有成的藥廠Cepheid（CPHD）的股價升個不亦樂乎，從2002年3月8日的二點九六美元，反覆上升至今年10月6日的五十二點六五美元，這也許是可以獲利回吐的價格　其他生產同類藥物藥廠還有TrovaGene（TROV）、Chembio Diagnostics（CEMI，該公司正在研發一種可攜帶的簡便試測寨卡病毒的儀器）及Roche Holding（ROG.VX，其Zika PCR test已獲美國食品藥物監督管理局〔FDA〕批准使用）……。至於它們現價是否值得投資，若沒有「心水」，應請教投資顧問。

三、

不過，目前最應留意的——有投資前景的，是治療糖尿病的藥物。據總部設於比利時布魯塞爾的「國際糖尿聯會」（International Diabetes Federation, IDF）公佈的數字，中國（去年底）有一億一千萬多名（至2040年

可能達一億五千餘萬名）糖尿病患者，約佔全球患者四分之一，有一成左右的中國成年人患此病——1980年的數字為1%、2000年5%，增速驚人。「美國醫學協會」（American Medical Association）的同名會刊JAMA公佈一項2013年進行的調查，顯示大約有一半中國成年人即約共四億九千三百萬人患上「早期糖尿症候」（血糖含量再升一級便屬糖尿病），若不就醫，十年內便會成為病患者。

糖尿病是所謂「富貴病」（營養過剩）之一，國人患此病數目急升，反映的正是經濟改革有成，人人有財力有心情「大杯酒大塊肉」的盛世；更重要的是富起來之後崇洋，國人飲食「西化」，大食美式「垃圾食物」，加上和大家在熒幕所見內地晨運客人山人海以至跳廣場舞的大媽「人多勢眾」不同，美國醫家的統計，只有12%左右的內地成年人定期做運動，令高度營養物質在體內沉澱，糖尿病遂遍地開花。

糖尿病是慢性病，迄今無根治的特效藥，而且衍生的腎功能衰退、心臟病、視力減退以至不良於行等，令醫療費用大增。據IDF的數據，2015年中國醫療開銷中約13%用於和糖尿及與之有關的疾病上，具體數字為一千七百三十四億元人民幣；數字看似駭人的高，但仍遠遜發達國家。同一資料來源顯示，中國每年平均用於每名糖尿病患者的醫療費約合四百二十一美元（佔人均GDP〔七千九百九十元〕5.3%），美國的同類數字為

一萬零九百零二元或19.5%（人均GDP五萬五千八百零五元）。內地的醫療費用當然遠較便宜，但隨着病情蔓延和嚴重化，有關開支大有增加餘地。瑞銀（UBS）的研究人員一早看中內地的糖尿病市場，其研究報告《中國糖尿藥市場》（The Diabetes Drug Market in China），估計國內與醫治糖尿有關疾病的藥物銷售額，將由2014年的二百三十億元人民幣，增至2025年的一千二百九十億元人民幣。

迄今為止，歐美藥廠的產品幾乎「壟斷」內地的高檔藥物市場，那意味這類藥廠的股價仍有攀升餘力！不過，由於有「價格管制」，它們無法賺取暴利。然而，由於內地鄉鎮糖尿患者（約佔總數九成）基於經濟理由都採用廉價及效能可能比不上西方名廠的國產藥品及草藥，若經濟不致衰退人均收入持續穩定上揚，可預期日後會有更多患者轉用進口「西藥」，那等於說那幾間生產糖尿藥的外國藥廠的股價可以看高一線。值得大家參考的是企管顧問公司麥健時剛發表的研究報告《2020年中國消費者》（Meet the Chinese Consumer of 2020; McKinsey.com），指出2020年內地家庭消費將達四萬三千八百億美元（2000年為六千四百億、2010年為一萬五千五百億），而用於醫療的開支，從2000年的不成項至2020年佔總開支10%。內地病患者多用外國「貴藥」，是可以預期的。

正如筆者一再強調，「賺錢最艱難」，投資者並不

騁懷寫讀

是購進相關藥廠股票便能圖利，出入市時機的拿捏，是決定贏虧的關鍵（如於2000年7月購進Cepheid的股票，至2002年3月可能已輸至「斬手指」），以股市有太多精明透頂的人參與其間，那意味有的藥廠股已被炒高有的則炒極不高⋯⋯。要在股市有作為，還須做大量工夫！

2016年10月11日

狗吃人來人吃狗
國以瓷名古來興

■要了解伊斯蘭世界，企鵝最近出版的《古典伊斯蘭世界百科全書》（下稱《百科》）＊，是不錯的讀物；是字典式辭書，類似我國古代文士有聞必錄的「筆記」，每段從數十字至數百字，長短不一，悉從尊便；這種體裁的書不必從頭讀起、毋須考其真偽，而是可置諸案頭，有閒暇有興趣時翻閱一下。以筆者的經驗，常有意外驚奇。

本書作者諾威利（1279-1333），埃及王朝「公務員」，從「文員」做起，受知於蘇丹馬孟魯克（Mameluke），為其「侍從之臣」；曾出使敘利亞和黎巴嫩，參與敘利亞反擊蒙古入侵的戰役，見多識廣，加以「勤奮好學」，通曉「阿當以來」（伊斯蘭對上帝先男後女「造人」〔男人捏土而成女人則是阿當的肋骨變成〕及樂園【Paradise】的描述，與基督教大體相同）即洪荒時期以降的埃及歷史和諸種怪力亂神的傳說及習俗，連花木動物地理律法詩詞食譜笑話（尤其是有

馳懷
寫讀

關身體各器官特別是與性器官有關的黃色笑話）以至回教「神蹟」等都十分嫻熟。1314年他對當官「朝九晚五」的刻板生涯有點厭倦，遂於公餘動手撰寫這本包羅萬有的「手冊」，不少今之回教徒亦未必知道的奇風異俗，均一一紀錄其中；而他下筆謹慎且有根有據（問題是那些「史料」不少是無法證實的流言，有根有據因此不等於是真相），大增其可讀性。諾威利於1333年病故時，遺下三十卷（Volumes）共九千多頁的巨帙。企鵝本譯者穆亨那（E. Muhanna）為美國布朗大學比較文學講座助理教授，他做了不少整理工夫，把之濃縮至約三百頁（連「引得」近三百二十頁），有別於「磚頭書」，便於攜帶，是可隨身攜帶的消閒奇珍。當然，那些阿拉伯譯名特別是譯為英文的人名地名，是可以很惱人的！

　　■中國（China）是琉璃陶藝（any glass curio）的總稱兼代名詞，說明中世紀之前，我國已以製造「新奇小玩意」出名，而當時這類精雕細刻的工藝，肯定是隨絲路的開拓（始於公元114年前後）而大量流入埃及及其他中東國家，成為阿拉伯人的珍藏，《百科》作者必然為製作精美的工藝品所傾倒，才會高度評價這些「玻璃工匠（藝術家）」，形容他們賦予工藝品以靈魂，令觀賞者心情愉悅；不過，筆者揣測時人也許稱這類工藝品特別是中東少見的玻璃擺設為「中國人的製作」，後

來從簡,只餘下Chinese或China一字。《百科》所說,有的也許是作者耳食而非親睹之物,如記中國有一種「滑脂燈籠」(grease lanterns),當其蒙塵骯髒時,「投之於火,燈籠光亮如新卻不致焚毀」(...Purified and not burn),這恐怕是想像之言。當時中國工藝品價格昂貴,那從《百科》說中國製白銀器皿以數倍於物品重量的價錢成交可見!

「中國人」是琉璃工藝品的代名詞,與「西方(源於英國)把精細瓷器(骨瓷)稱為(bone china)一樣,俱足反映「自古以來」我國工匠的琉璃手藝超群,為世人欽羨!

■《百科》認為印度洋(Indian Sea)珍珠充斥,印度山丘則有取之不盡的寶石,而印度樹木有香味的花果滴出香水!和中國有大量手工藝品不同,印度以天然資源豐富名於時,印度以有成群大象、犀牛、老虎、孔雀和鸚鵡及盛產紅寶石、檀香木、香料及華麗服飾聞名。這種描述接近事實但被渲染誇大,非常明顯。

■對通姦、雞姦、口交及私通等「淫行」的懲罰,作者引述當時「法學權威」的「判決」,重重鞭打至死或亂石擲死,而且引述「先知」訓示,主動被動「兩造」同罪;那與如今大家從電視上所見「伊斯蘭國」以至中東若干回教原教旨國家處置犯有關「罪行」者的手

法，完全一致。

　　■《百科》卷四〈論植物〉（The Fourth Book-on Plants），對植物沒興趣者輕輕放過，便大錯特錯，以其第五章完整地（？）紀錄了中東地區種種提高「房事樂趣」的傳說和「藥物」。以寫大量「性學作品」的滬上名家周越然若得讀《百科》，他的《言言齋性學札記》必然更生色！有關性事和性器的敍事所以歸入植物部，皆因提高性能力的「偏方」，大都以植物特別是豆類「入藥」。

　　■強化男性性功能，阿拉伯人認為應從內外兩方面入手。外部以衣着裝扮為主；內部則是服食「丹藥」，「丹藥」可以是食物，如「奄列」（omelet）便是，它的主材料為馬豆（chickpea，以其發芽時若鷹嘴，亦稱鷹嘴豆）、蠶豆、洋葱（white onions）和雞蛋，「製法」是把它們放進鍋裏，加入牛奶（或羊奶），攪拌、煮爛、收水，然後研成粉末，再加十隻雞蛋黃，以平底鍋加油（當然不是豬油，惟未說明甚麼油）炒之，灑下適量香料，便可上碟「進補」。這種「奄列」可當素食，別論其「性能」，確是營養食品。

　　另一「偏方」是取一隻以馬豆、蠶豆和腰果（kidney beans）飼料養的肥母雞（fat hen），生劏去內臟，放進加大量碎洋葱的馬豆濃湯中，雞熟後撈起，

和以三隻肥雞搗爛的脂肪，把之塞進一肥雞腔腹（「鳳吞膏」？），文火燉之，然後加鹽及中國肉（玉）桂（Chinese cinnamon）、薑及香料……，「偏方」用上肉桂的甚多，反映絲路貿易的盛況。除壯陽補陰的食物，本章還有不少有關「縮陰」和「擴陽」的「偏方」，看來荒唐無稽，不再說它了。

此章二、三十頁，所記「偏方」雖多，然十分粗糙，「配藥」方法亦從簡，遠遠不及見諸李零《中國方術》（正考及續考）和趙洪聯《中國方技史》的多元及多姿多采，當然更比不上荷蘭高羅佩的《中國古代房內考》了！

■伊斯蘭（教）曆六九五年（公元1295-1296年），埃及爆發大瘟疫，物資因供應短缺而價急升，於是形成「古之所無」的惡性通貨膨脹，《百科》（頁二五八至二五九）粗略地紀錄了數項主食的價格升幅，如小麥升至一百八十銀元（當年的貨幣Silver dirhams〔迪拉姆，埃及重量單位，約為三點一二克〕）一包（約一百五十四磅），但從甚麼價位上升，沒有說明，令以下的價格顯得沒有意義——雞每隻二十銀元，那時候並無統計數字，這也許是作者無法比較價位升幅的原因，但他以「雞的重量等於銀幣的重量」，說明雞價之貴；然而，銀、雞同價，是作者聽回來的市場消息，如事實果如此，不是「物價」太貴便是銀價大貶值！四磅

寫懷
讀騁

重蜜瓜賣四銀元一個，等於一磅一銀元……。不過，上
述是開羅價，在鄉間，一包小麥只賣九十五銀元（若從
此價升至一百八十元，升幅百分之百，亦不算厲害），
物價飛升因瘟疫肆虐，開羅死人無數，墓地不足，只能
「挖淺坑把數不清男女老幼的屍體丟進去，然後覆以薄
土」；覆土稀薄，野狗遂有機會大喫人肉，而這些狗
隻，很快成為瘟疫生還者的大餐！

　　（閒讀偶拾）

2016年10月20日

＊　Shihab Al-Din Al-Nuwayri:*The Ultimate Ambition in the Arts of Erudition: A Compendium of Knowledge from the Classical Islamic World*。也許應在書名之後加「博學之極終目的」為副題才恰可。

議會倫理烏煙瘴氣
古老淫業集資經營

　　時局令人眼花繚亂，世變千頭萬緒，下筆難免躊躇。

　　香港事務方面，立法會的「宣誓風波」，教人目瞪口呆，擲筆興嘆，驚詫議會的政治倫理淪落，若最後不能釐清立法會的職務和權限，後果豈止禮崩樂壞，法治沉淪才是實景；而在這場政治角力中，姑勿論誰是誰非，港人看到的是一場「小學雞」（豈止兩位尚未宣誓的新科議員）的對壘，讓人對港能夠自「理」的積極功能大失信心。

　　香港外的事情更令人憂心，原來去週末闖進中國宣稱擁有主權的南海海域的美軍導彈驅逐艦，隸屬總部在太平洋彼岸美國加州聖地牙哥（聖迭戈）的第三艦隊，那豈不意味美國決意在南海此一本屬第七艦隊（基地在南橫須賀）巡弋的海域增兵（近兩百艘不同類型戰艦及一共五艘航母）！美國圍堵中國的「島鏈」，不但未因菲律賓總統杜特地（杜特爾特）的「投共」而有缺口，

反而變本加厲進一步強化……。

上述這些「問題」，筆者花多一點時間思考後才一一評說，目前思緒仍待整理，未能成章。筆者向來以讀閒書解悶平亂去憂，此際寫些讀閒文有得的「有益無建設性」話題，希望消煩解悶，娛己娛人！

一、

60年代初在本港開分支的荷蘭合作銀行（Rabobank），9月底以「數以十萬計歐羅」融資「世上第一家由娼妓親自經營的妓寨（院）」，轟動金融界，此事令筆者想起色情事業的「經營模式」頗可一寫，順說舉世聞名的荷蘭娼妓（從女字旁的名詞，已因幹此營生者不少是男性而不正確）業，也許為讀者樂見。

賣淫為世上「最古老的行業」，「最古老」當指洪荒時期已見（當時妓女以牧人為對象，在未有貨幣的年代，「酬金」多為羊BB），對此有興趣者可讀維基百科的History of Prostitution。可以一提的是，古希臘七賢之一的政治家、詩人梭倫（Solon，B.C.630-560）任雅典首任執政官（行政長官）時，進行後人所稱的「梭倫改革」，當中便有為了集中管理而成立世上第一家公開接客有別於廟宇娼妓（Temple Prostitution）的商業妓院（Brothel）……。

回說荷蘭淫業，早於1830年合法化，為保障賣淫者

（當時已有女有男）的收入，1911年立法禁止「閒雜人等」抽取娼妓的收益，俗稱龜婆的鴇母*漸成絕唱，而作為一門職業，「扯皮條」（Pimp，如今稱為Hooker liaison manager）從此式微。不過，據說此法從未嚴格執行，環繞娼妓賺錢者尚多。至1988年，妓寨在荷蘭已是合法行業，於2000年10月進一步規定娼妓必須領取商業牌照，自此妓寨成為商業機構。荷蘭政府視性工作者為「單幹戶」（Independent entrepreneurs）或自僱女性/男性商人（Self-employed Business Women [or Men]），她/他們必須報稅、交稅；作為消費者，嫖客當然還得付6%的服務增值稅——荷蘭的VAT為19%，淫業有優惠，皆因當局有意招徠遊客當嫖客之故。荷蘭政府拓展淫業，不遺餘力，「減稅」之外，還設「淫業新聞中心」（Prostitution Information Centre），以方便海外尋「芳」客。

二、

荷蘭人不認為賣淫有甚麼不道德的問題，因此，有社會投資基金「創業基金會」（Start Foundation）購買物業，把之改為妓寨，然後以「合理價格」租給「單幹娼妓」；這家持有十四個「地舖」（娼妓展示「貨色」的櫥窗）的基金，位於紅燈區，名其公司為「我的紅燈」（My Red Light）。

社會基金不以牟利為標的，但「我的紅燈」的做法

極具商業頭腦，以娼妓單幹（本港的「一樓一鳳」？）可免除中間剝削令純利更可觀；生意有可為，不但會吸引更多人賣淫，投資者亦有興趣（合法生意，因此沒有道德風險）——沒有「扯皮條」和鴇母＊，投資者不太可能在賣淫者身上投資，卻可投資在相關物業上，今年7月，便有兩家退休基金出資六千萬歐羅，購進阿姆斯特丹紅燈區的物業，然後把之改建為適合展示「玉體橫陳」的臨街櫥窗。

　　由於必須填報稅表，稅局因此得知有關淫業每年營業額的數字，2013年為六億二千五百多萬歐羅，以利得稅率33%計，政府年稅入約兩億歐羅（當然還在VAT的收益），那當然不是甚麼大數目，卻因其可吸引好此道的男女嫖客專程而來，旅遊業大有進益。娼妓合法化的經濟效益不可小覷（問題是，合法之後，晚飯後兒子對老爸說我要去嫖妓時有甚麼後果）。

　　在這種背景下，9月底荷蘭合作銀行批出貸款給「我的紅燈」，成為大新聞，細看便知只屬尋常，是一項商業貸款而已，以該公司購進物業後裝修需錢，向銀行舉債，正常的商業活動。預定明年5月開張的這家未定名妓寨，將有男女及雙性性工作者約五十名，他（她/祂？）們都是股東，免除中間剝削，經濟誘引較大，服務必然較周到，客如輪轉，生意興隆，可以預卜。「嫖客須知」的是，荷蘭娼妓（不少是來自東歐及東南亞的業餘娼妓，她/他「賺夠錢」便回國從良，買田

置業）都是明碼實價，不同花式價錢互異，惟每次時間二十分鐘則一。嫖客在櫥窗看貨後「買鐘」時必須「肉金先惠」，如此少了許多因藉口「貨不對辦」或「服務不周」而生的糾紛！

三、

　　妓寨的經營模式，從合作銀行批出貸款後，可能會起變化並在賣淫合法地區迅速發展。對於這類賣（租更恰可）肉行業，妓院之外，脫衣舞廳的經營亦很特別，相信知之者也不多，筆者便是其一。直至最近看了一篇由舞孃執筆的長文，才粗略了解一點內情，題為〈何以脫衣舞孃財政上類同髮型師〉（見 thebillfold.com）的長文，提供了一些入門常識。

　　以美國的例子，經營脫衣舞廳的商人，只提供酒食、場地及一切有關服務如保安等（當然，最主要是獲得營業執照），舞孃是自僱的「單幹戶」，其跳舞收入直接來自「點跳」的顧客，舞孃與店東分成（舞孃名氣大可分得較高成數），當然，從荷里活電影所見，跳得令顧客「性」起的舞孃會獲「舞資」以外的小賬，不過，作為個體戶，舞孃亦得非常「豪爽」地給服務人員如唱片騎師、侍酒師、侍應（供應小食服務員）、打雜，以至保安人員一點「貼士」，以換取他們的合作。

　　文章詳細描述作者與顧客互動的細節，無益無建設性亦無讀趣，不去說它。在讀此文之前，筆者以為舞孃

是舞廳東主的僱員，哪知是沒有底薪亦不涉最低工資的自僱「單幹戶」──筆者的「新發現」，也許讀者早已知之。

2016年10月27日

＊　經營妓寨的多為女性，「古時候」（常見於明清小說筆記）稱為「鴇母」（或「老鴇」）。鴇為頭小頸長體型龐大的鳥類，古代常見（《詩經》便有記此鳥的〈鴇羽〉），今已是稀有動物。據說鴇有雌無雄，春情發動時雌鴇會與其他鳥類交配，「態度隨便」，古人遂認為此鳥「性淫」，苟合便稱「鴇合」。據學者考證，最先以鴇鳥形容妓院老闆娘的是明劇作家朱權，他在〈丹丘先生論曲〉一文中說：「妓女之老者曰鴇；鴇似雁而大，無後、虎紋，喜淫而無厭，諸鳥求之即就。」（見許暉：《這個詞原來是這個意思》，台灣漫遊者文化事業）。

尚秉和的《歷代社會風俗考》（北京中國書店）卷四十四另有說法，尚氏引《北里誌》：「妓之母多假母（引按繼母或庶母）⋯⋯。」而「假母」的別稱「老爆子」，以其動輒鞭撻稚妓，「威怒爆發如炭之爆也。」稱鴇母是「爆母」之訛，以訛傳訛，「爆母」漸漸消於無形。因經營模式有變，鴇母已消失，其名何所得，便不必太刻意求真了。

誇張失準長征遠
真實謊言道滄桑

■今年10月21日，為紅軍完成長征的八十週年紀念日，中共總書記習近平發表了長篇講話，當中指出下面數點筆者個人有興趣的事實：

甲、「從1934年10月至1936年10月，紅軍第一、第二、第四方面軍和第二十五軍進行了偉大的長征」；

乙、「長征途中，英雄的紅軍，血戰湘江、四渡赤水、巧渡金沙江、強渡大渡河、飛奪瀘定橋、鏖戰獨樹鎮、勇克包座、轉戰烏蒙山，擊退上百萬窮兇極惡的追兵阻敵，征服空氣稀薄的冰山雪嶺，穿越渺無人煙的沼澤草地，縱橫十餘省，長驅二萬五千里。」

丙、「在風雨如磐的長征路上，崇高的理想，堅定的信念，激勵和指引着紅軍一路向前。在紅一方面軍二萬五千里的征途上，平均每三百米就有一名紅軍犧牲！」

不厭其「長」錄下上列要點，旨在說明：一、長征橫跨1934至1936年，日數當在七、八百天以上，與過

去有人指全程只走了二百七十一天的説法，相差極大。二、前人據逐日逐地里數的統計，指出長征行程一共只有一萬八千多里。三、中共説長征二萬五千里，前人認為「也許是把第一軍團以外部隊另走的路程一併計數才得此里數。」此説顯然不確，因為習主席強調「紅一方面軍」走了二萬五千里！

■十多年前，因為有二英人以三百八十四天時間走了一程長征路線，引起一些爭議，筆者遂據一篇刊於1936年7月20日《逸經》的「統計」，指出二萬五千里是誇大之詞；為了讓讀者對長征有客觀的理解，茲把這篇題為〈《逸經》早有定論〉、於2003年11月7日發表的拙文（收《舞袖長風》）刊出（筆者「偶拾」舊文，也許可説是「資深作者」的專利）——

倫敦《每日電訊報》消息，兩名在北京工作的英國人哉斯林（Ed Jocelyn，35歲，史學博士）和麥伊榮（Andy McEwen，37歲，報刊編輯），用三百八十四天時間，沿着1934年底至1935年底紅軍長征的路線，走了一回，並逐站計算里數，得出全程在五千五百英里至七千英里之間——美聯社簡而化之，指出（全程）六千英里，以每點三英里為一華里計，即這二名英國人一共走了約二萬華里。

消息公佈後，據美聯社報道，延安外事辦發言人對這二名英國人的「新發現」，嗤之以鼻，認為二萬五千

里長征是「歷史事實」，「難道歷史可以改變？」

歷史的確不可改變，問題是歷史如果有錯漏，後人便有改正的責任；這二名「約翰牛」一步一腳印走完長征路，求真精神可嘉。其實，長征路線二萬五千（華）里只是中共的說法，非共世界向有「異議」，比如《劍橋百科全書》便指長征路程約五千英里（八千公里），即等於約一萬六千華里。

有趣的是，署名幽谷的作者發表於「民國二十六年（1937年）7月20日第三十四期《逸經》文史半月刊（主編為香港人〔生於新會縣雙水鎮木江維新里〕、太平天國史家簡又文〔1896-1978；筆名大華烈士〕）「今代史料」欄的〈紅軍二萬五千里西引記〉，據長征主力「紅軍第一軍團」行軍路程逐日逐地（從出發地至宿營地）的里數統計，不計休息日（尤其是1935年7、8月間在毛兒蓋和波羅子的較長時間休整），全程並非如中共所說的三百六十九或七十天，只走了二百七十一天（1934年10月十二天、11月二十四天、12月二十四天；1935年1月二十二天、2月二十六天、3月二十四天、4月三十天、5月二十七天、6月二十三天、7月十天、8月十四天、9月十六天、10月十九天），行程一共一萬八千零八十八里；單日行程最遠的一天是1935年5月1日從冷水溝走至奇馬的一百四十里。作者的結論是「號稱二萬五千里，是誇大之詞」。

長征里數所以中外（中共和外間）出現這麼大差

距，筆者以為可能有三。

第一是當年紅軍走得甚為狼狽，條件極差、環境惡劣，無法詳細記下路程里數，二萬五千里是大概的說法。

第二是中共當局也許把第一軍團以外部隊另走（因迷途或逃避國民黨部隊截擊而抄小路）的路程亦計算在內。

第三當然是故意誇大其詞，以彰顯「紅軍不怕遠征難」的偉大。

不過，當年紅軍究竟走了多少路，現在已「無關宏旨」，正如剛剛走畢長征路線的其中一名英人麥伊榮所說：「他們毋須誇大其詞，走畢近二萬華里已是了不起的成就！」事實正是如此。

當筆者讀到這則新聞時，馬上記起多年前在《逸經》上讀過一篇幾乎全是統計數字的文章，定一定神，不消十分鐘便找出這本幾乎已被「遺忘」、六十多年前在上海出版的雜誌。事隔多年，記憶「猶新」，一找即着，不亦快哉！

值得一提的是，這二名英國人新長征途中遇到一位名叫Xiong Huazhi（熊華芝？）的68歲女士，可能是毛澤東與賀子珍在長征途中生下送給四川農民養育的女兒；如實屬，她便是現在北京的李敏的親姊姊。

■掌故大家高伯雨（高貞白，1906-1992）， 80年代初在《信報》闢「聽雨樓隨筆」專欄，1982年某日

有〈《逸經》和屈醫生〉一文（收牛津《聽雨樓隨筆》第五卷），與本文有關的部份如下：「近年有人在台灣影印《逸經》半月刊全份，共三十六冊，本來還有三十七期一冊，應於1937年9月5日出版的，已在字房排好了字，並打了清樣的了，還未付印，因為淞滬抗日戰爭，我軍形勢急劇惡化，不得不臨時停刊。陸丹林就把三十七期的清樣裝成一冊，自己保存起來。

「可惜陸君已於1972年逝世，如果今日影印《逸經》，和他借來合印，倒也是出版界佳話。」

筆者手上的便是缺三十七期的台灣的影印本，陸丹林為該刊編輯主任。筆者有閒便翻閱，以其中有不少有益有啟發性的文章，如羅孝全牧師（I. J. Roberts，「洪秀全從他學道」的牧師）的〈洪秀全革命之真相〉（簡又文譯）、工爻輯譯的〈外人筆下之蔣介石〉、方紀生譯的〈日本賣春考〉、漢南的〈蘇聯的間諜機關G.P.U.〉以至幽谷的〈李太白──唐朝的大政治家〉等，都是閒讀妙品。

■此刻再讀幽谷這篇副題為「紅軍第一軍團西引中經過地點及里程一覽表」的文章，其實是統計表，詳細記錄長征第一天1934年10月16日從銅鑼灣出發於山王壩宿營至翌年長征終結的10月21日、一共行了不足三百天的每天點對點（從出發地──經過地宿營地）的里數，理論上「誤差」甚低，且其所加起來的里數與那二位英

人紀錄的路程，相差不足10%。筆者以為可信性不低！

　　■為紀念長征八十週年，中央電視台播放的大型長征紀錄片，因被內地老左視為「反華艷星」白靈參與演出而「掀起軒然大波」；白靈拍過不少裸照，且曾以性感肉彈形象主演過數部荷里活電影，因此不見容於「道德大多數」。內地網民批她的演出，特別是「身穿紅軍軍裝在鏡頭前搔首弄姿，讓人作嘔」，侮辱了那些「風雨侵衣骨更硬，野菜充飢志愈堅；官兵一致同甘苦，革命理想高於天」的英雄紅軍。據《信報》消息，此事已引起中央高層關注，惟《環球時報》稱「白靈事件」非央視所為，而白靈本人發表公開信，強調愛國……。此事如何了結？相信是不了了之。

　　和長征八十週年有關的新聞，還有四川省社科院向長征沿途十四省市區發出「長征路線申遺」的倡議，「得到十四省市區的積極響應。」申請把長征路線各重點列為「文化遺產」，是不錯的主意，因為既可令到此一遊者尤其是學生（包括香港學生）認識、緬懷紅軍的英雄事跡，復可振興旅遊業，何樂不為。不過，內地網民譏諷反對之聲嘹亮……。

　　無論如何，在「申遺」之前，請有關當局先把長征的日期、路程、所經地方及里數弄清楚！

　　（閒讀偶拾）

2016年11月3日

供奉僧侶賣肉　侍親賣身孝義

　　■10月27日作者專欄談荷蘭娼妓業，提及「廟宇娼妓」（Temple Prostitution），因與文旨無關，沒加細說；卻有讀者來問何以廟宇有娼妓，本欲翻書說之，哪知資訊得來全不費工夫──因為有友人剛送來一套二冊《書淫艷異錄》（葉靈鳳著張偉編，福建教育出版社），「增補本·甲編」（第一冊）有〈宗教賣淫〉一文，說的正是「廟（宇）娼（妓）」。按：葉靈鳳（1905-1975）上海南下作家，主編《立報》及《星島日報》副刊並為多家報刊撰稿；他愛書成狂，自稱是比「書癡」還甚的「書淫」。

　　葉文引有「史學之父」之稱的希臘史家希羅多德（Herodotus）在其傳世巨構《歷史》（引按，即《希臘波斯戰爭史》）（Greco-Persian Wars）第一卷的有關記述，寫於一千五六百年前的書似太囉嗦，筆者簡而化之如下──巴比倫女性一生中必須與外鄉人交媾，才能盡「公民義務」，交媾地點在維納斯神廟。「適齡」婦女以各自的方法（步行、騎馬或坐「轎」）到達神廟，坐成一排，直至有「遊客」看中，丟銀幣於她膝

上示意；銀幣大小不拘，婦人不得拒絕。丟出銀幣後，異鄉人便可帶同這名婦人離開神壇……。婦人生得美麗的，很快就為人選中，醜陋的要待很久（有的等了二三年）才能「完成義務」……。強調與「異鄉人」交媾，是因為此舉目的在為當年只有男性商旅以至水手「解決性飢渴」。「嫖客」拋出的銀幣，歸廟祝所有，換句話說，婦人「奉獻」肉體，既能解「異鄉人」的「鄉愁」，復能以「肉金」供養廟中僧侶，真是一「睡」二「得」！「廟娼」的來源，有的是家長犯了罪，將女兒獻給神贖罪；有些是和丈夫不睦（可能丈夫性無能或她不能撩起他的性亢奮，當然還有外人無法理解清官難斷的家庭瑣事），甘願自動獻身。當時巴比倫婦女，還要學習種種祝神的儀式以至舞蹈和做愛的「技術」。

葉文指出：「最初，獻祭的代價並無一定，但日子久了，人多了，漸漸的便形成一種規則，大家只要照規則納費就行。男子以金錢或貨物，廟娼以自己的肉體，共同獻給神以求祝福，祭司便藉此收入以維持香火。「後世的賣淫制度雖然由此濫觴，但嚴格的說，這種廟娼的舉動實不能說是賣淫，因為他（她）們已經將自己的勞動和勞動所得獻給神了。」

■「廟娼」是否源於希臘，待考；古代東方的「廟妓」，則在印度「發源」，早在元前二、三千年即距今四、五千年前，印度賤民的女兒「年紀輕輕」便被視

為「神的僕人」，被送至廟宇作種種諸如祭禮儀式、跳舞及為婆羅門祭司和信眾提供性服務的「工具」。隨着社會進步、經濟體吸納大量女工，作為一門專業，「廟妓」便趨式微卻未絕跡，在窮鄉僻壤的婆羅門廟宇，仍有一窮二白只餘肉體可用的賤民婦人當「廟妓」……。顯而易見，以出賣肉體或更恰切地說以出租肉體所得奉獻給神的迷信，仍被「有心人」充份利用。

打正名號的「廟娼」雖已少見，但變相的肯定仍存在。泰國也許是一個極佳的例子。台灣自由評論網（talk.ltn.com.tw）9月4日的「超凡評論」欄有題為〈去泰國當然是要happy啊，不然要幹嘛？〉文題雖然很口語化，作者卻是佛光大學公共事務學系教授兼系主任陳尚懋。文章點出收益約佔該國GDP一成的旅遊業，向來以四S吸引遊客──四S是陽光、沙灘、大海和性（Sun、Sands、Sea和Sex）。

對於後者，陳教授的剖析，十分到家，生動地解釋了何以在這個佛教國家，性產業如斯興旺？梳理陳文，理由可分下述四點──

一、受傳統文化的「荼毒」，女人是「次等公民」（泰俚云：「女人是水牛男人才是人」），因此，佛教鼓勵女性以向僧侶提供食物及衣物等方式「積功德」，如此這般，來生才能投胎為男性。

二、泰國上座部（舊稱小乘）佛教（Theravada Buddhism）的教義，指出為幫助家庭解決經濟問題及捐

助寺廟，賣淫「不是那麼可恥！」

三、以泰國的傳統，女性賺錢——包括出租肉體——養家，是天經地義的事，換句話說，為養家而當「性工作者」，在道德上完全站得住腳。

四、一夫多妻家庭在泰國尤其鄉間是常態，而男人大都遊手好閒，賺錢能力有限，無法養家，已婚婦人為了養家，當娼是少數不必受專業訓練的工作，女性遂優為之。泰國是否有「廟妓」，筆者不得而知，但據陳教授的分析，泰國娼妓不少是變相的「廟妓」！

■我國古代是否有「廟娼」，筆者未見有關記載，惟傳奇小說假借佛教之名鼓勵女性以肉體「還神」，則甚顯然。《續玄怪錄》卷五及《太平廣記》卷一〇一〈延州婦人〉均載：「昔延州（引按：今之延安）有婦女，白晳頗有姿貌，年可二十四五。孤行城市，年少之子悉與之遊，狎昵薦枕，一無所卻。數年而歿，州人莫不悲惜，共醵喪具為之葬焉，以其無家，瘞於道左。大曆中，忽有胡僧自西域來，見墓，遂趺坐具，敬禮焚香，圍繞讚嘆。數日，人見謂曰：『此一淫縱女子，人盡夫也。以其無屬，故瘞於此。和尚何敬耶？』僧曰：『非檀越所知，斯乃大聖，慈悲喜捨，世俗之欲，無不徇焉，此即鎖骨菩薩，順緣已盡，聖者云耳。不信，即啟以驗之。』眾人即開墓，視遍身之骨，鉤結皆如鎖狀，果如僧言。州人異之，為設大齋，起塔焉。」

這名「狎昵薦枕，一無所卻」（以色誘人而且來者不拒）的美女，也許正是「廟娼」的始祖！值得注意的是，這個傳奇故事並非出自佛典，是小說家言；後來有人再把這段「傳奇」，敷衍為短篇小說（傳奇）「馬郎婦」……。

■近來冰島的新聞似乎特別「吸睛」，月前有女議員在國會發言時，當眾解開上衣餵懷中嬰孩以母乳（可帶 B B「登堂」已是一絕，當眾餵母乳更是奇景），而10月中旬的民調，顯示海盜黨（Pirate Party）的支持度達22%，在10月29日大選中，據31日《信報》消息：「反建制的海盜黨得票較2013年多二倍……。」其在國會議席，由三席增至十席；冰島國會只有六十三議席，成立於2012年的「海盜黨」，成績不惡。海盜黨的政綱鼓吹「劫權濟人」（The Robin Hood of Power），即要把大權從精英手中奪回交給普羅百姓！看來真的很有吸引力，難怪有超過五分之一受訪者的支持。

另一應為讀者告的冰島「新聞」，是從《經濟學人》衍生的那本雙月刊《1843》，發表短文題為〈冰島男根博物館大收旺場之效〉（The Iceland's Penis Museum Pulls it off），指那家於1997年8月23日開張「世上唯一陽具博物館（Phallological Museum）」，如今陽具藏品已是從開張時的六十三具增至二百八十六具。

目前該館入場費約為一百港元，佔其總收入的三分之二，其餘收益來自仿製各式陽具的紀念物。由於全球只此一家，參觀者「大排長龍」，2011年是有一萬四千多人，今年頭九個月已賣出五萬多張門券！

這篇雜文的內容，老實話，不及筆者於數年前所介紹的詳盡，有興趣者請讀2012年10月12日「春意盎然說冰島系列」之〈揚威京奧鑄陽誌慶　陽具博覽冰島獨有〉（收《前海後港》）。

（閒讀偶拾）

2016年11月17日

夾道嘉果不擅取
遊客失物即寄還

　　日本「近事」三則，也許有點參考價值和讀趣；近事加上引號，是因為有的事是古以有之，只是筆者近日才覺得可以一寫罷了。

一、

　　一則筆者在這裏寫過的笑話。兩經濟學家同行，甲見路上有百元現鈔，四顧無人，對乙説，我們拾之去喝杯咖啡如何？乙不屑一顧，因為他不相信有價值的東西會留在路上。

　　經濟學家很喜歡這則「笑話」，因其所示的「經濟學原理」，放諸四海而皆準。

　　就此「笑話」，西方經濟學家不知道的事有二。A、這則「笑話」的原產地是我國；B、此「經濟學原理」在日本行不通——因此不是世界通行。

　　説A，唐房玄齡等撰寫的《晉書》第四十三卷列傳第十三（中華書局版第二冊）〈王戎〉條：「王戎，字

濬沖，琅邪臨沂人也……。戎幼而穎悟，神彩秀徹。
視日不眩……。年六七歲，於宣武場觀戲，猛獸在檻中
虓吼震地，眾皆奔走，戎獨立不動，神色自若……。
又嘗與群兒嬉於道側，見李樹多實，等輩競趣之，戎
獨不往。或問其故，戎曰：『樹在道邊而多子，必苦
李也。』取之信然」。經濟學家不肯為路上現鈔折腰
（不相信路上有有價值的東西），道理與「戎獨不往」
同！順便一提，王戎（234-305）為西晉竹林七賢之
一，「性貪吝，廣收田園，常晝夜計算……。家有好李
（樹），出貨，恐人得種，恆鑽其核，為時人所譏。」

　　話B，日本不論大城小鎮，在不同季節，路旁街角
皆見果實纍纍的果樹，它們無人看管，但未見路人「競
趣（取）之」；幾天前所見，結滿橙黃色　子的果樹，
於大城陋巷小鎮大道，真是隨處可見，而出土的竹筍以
至滿街結滿白果的銀杏（深秋「修聳入天插」〔梅堯臣
句〕的金黃銀杏樹最怡情悅目），無人「問津」，推
翻了上舉的「經濟學原理」──這些蔬果，可口有益且
「有價」，但日本人就是「一芥不取」，寧願讓「有價
值的東西」留在樹上、掉在地面（白果滿地常見）！

二、

　　雖然天災頻仍，但赴日旅客，即使在五年前地震加
海嘯令福島核電廠的核反應堆「溶解」導致核輻射洩漏
「有害健康」的陰霾下，仍然逐月上升。去年赴日旅客

達一千九百七十三萬人次，比2014年的一千三百四十一萬增47.13%，為2003年日本觀光局發起「日本旅遊活動」（Visit Japan Campaign）以來的五點二一倍，成績斐然。在這近二千萬人次的遊客中，來自中國的佔四分之一、接近五百萬，比前年倍增（旅日遊客人數依次為南韓四百萬、台灣三百六十七萬、香港一百五十二萬及美國剛剛突破百萬）。這些遊客的總消費共三萬五千餘億日圓（約合三百三十多億美元），中國遊客佔近41%的八千零八百多億日圓，顯見不少中國遊客是「大豪客」——日本人稱「血拚購物」的中國遊客的消費行為為「爆買」（Bakugai）。

日本旅遊業大旺的理由，大家耳熟能詳，不外是日圓貶值、簽證方便、無微不至全心全意待客（omotenashi）以及免稅服務周到（可以同店收取現金）。值得注意的是，日本人的敬業樂業、顧客至上等，是在要賺你的錢時才彰顯，當你要賺他們的錢時，日本人是非常非常非常難纏的！

除了上舉待客優點，筆者尚發現一項對遊客有「隱性吸引力」、其他國家絕對辦不到的日本特點，此為日警把「拾遺」寄還失主的服務。據東京都警視廳11月中旬公佈的統計，在2015年財政年度（三月結），外國遊客向警察報失的物品共七萬九千七百多件，警方尋獲（均為日人「拾遺」交給警方處理）並成功寄回海外失主的，共五萬五千多件；今年4月至9月的半年內，海

外遊客報失的物品五萬五千六百多件，比去年同期增近70%。如此「高增長」，不知是否外國遊人知道失物不難復得因此粗心大意所形成。

日本人不是路不拾遺，而是「拾遺交警」，如此不嫌麻煩，足以顯示成功公民教育的「正能量」……。筆者不解的是，警方有處理外國遊客失物的專責部門，但郵寄的費用由哪個部門承擔？按照常理，這應屬旅遊觀光局的開銷，但有關新聞對旅遊局與警局如何「分工」，並無說明。日本警方如此認真處理失物，如果遇上惡作劇的遊客「集體故意失物」，有關當局不但會十分忙碌且可能大失「預算」。

筆者和內子均有在日本失物而很快「物歸原主」的經驗。內子「丟」失手袋，十分焦急，回酒店後擬赴警局備案，但失物已在櫃枱候領；筆者則在東京日比谷公園散步時遺失三卡（身份證、回鄉證及信用卡），一卡數小時後「被交回」酒店（為向之報失的警署送回），其餘則於數天後由酒店寄回香港。

多年前筆者一家遊米蘭，午飯後「汽車不見了」（筆者曾略記此事及日本失物回歸），通意語的溫州店伴非常熱心，幫忙報警，但警方嬉皮笑臉，不當一回事，因為失物失車在意大利是常態，見怪不怪。意大利警察如有日本同行的認真，相信意大利的竊賊便不會那麼猖獗。

三、

在天災頻仍經濟增長長期在衰退邊沿掙扎的日本置業（買樓），看來似乎不是有利可圖的「生意經」，事實上亦真是如此。最近三兩年，日本尤其是東京和大阪的樓價曾一度「飆升」，原來是先富起來的內地同胞的「傑作」，由於人民幣兌日圓相對強勁，加上受2008年北京奧運帶起北京樓價而憧憬2020年東京奧運有類同效應，2014至2015年間，大批內地買樓團湧進日本，「炒起」日本的樓價，不過，所謂「炒起」，對世界大都市特別是香港人來說，真是小兒科而已。據東京物業經濟學社（Real Estate Economic Institute）的數據，東京二十三區三房公寓的平均價格，在2015年4月底為五千三百一十萬日圓（約四十四萬美元），比距今二十多年的90年代初期，升幅為香港人絕不會放在眼裏的11%！

可是，「好景」不常，經濟上升乏力、薪金水平下降、出生率為－0.16%（在人口一億以上的國家中最低），還有結婚人口增長似有若無，令日人的置業數量銳挫，於2012年開始的「買樓能力調查」（Housing Affordability Survey）顯示，只有18%受訪者表示會「看看有沒有適合的樓宇」。對香港人來說，日本物業市場是完全不可理喻的。

說起日本物業，是因為有友人在東京購一約千呎

的住宅，作為旅遊居停之用；這宗物業交易，令人感到
日本人做事認真、絕不欺客而且做好長期安排，免去業
主的麻煩。物業的建築和實用面積，無一吋差異 ；所
有公共地方，包括地下大堂及騎樓（露台、陽台），都
不計算在內（如此，業主便無權在騎樓「僭建」及晾衣
物），而最令人感到不可思議的是，樓價撥出一定百
分比，作為大樓常年維修費的「備用基金」（Sinking
Fund，字典譯「償債基金」，筆者不同意）；而由於物
業附近有一神社（東京十大之一），每年均參加祭神巡
遊，區內住宅每戶每月要交二百日圓（約十五港元）作
為神社經費，如此神社便不必每年上門募捐……。真正
乾淨利落，顧客稱便。

2016年11月30日

海上家園貨櫃村
速決速建可以居

一、

　　幅員甚小、人煙稠密、經濟活潑有力，加以過去數十年在政府有效地調節土地供應，令樓價「升完可以再升」，遂在港人心中種下了「買樓必賺」的心結。回歸以來，首屆和現屆特區政府均有增加供應以抑壓樓價升勢的用心，可惜人謀不臧，歲月蹉跎，樓價不僅居高不下，且有更上層樓之勢……。樓宇有價，本是經濟興旺的徵象，可惜因為收入增幅追不上樓價，租不起買不起樓的人日多，民怨載道，政府因而大失民心。

　　了解簡單供求關係的人都知道，需求寬緊決定樓價升跌，要使樓價下降（是否市民負擔得起，是社會頭等大事卻絕非政府的分內事），若非經濟蕭條，增加供應是唯一可行的辦法。香港地小人稠，增加供應不是易事，前海的建設以至港珠澳大橋通車在即，以內地幅員之廣土地供應無限，本來可紓香港樓宇不足之窘，然而，港人對內地的依法而治及三權合作（三權合作怎能

蕭貪，真希望內地學者撰文指教），既難認同更不習慣，加上不一定能找到合適的工作，希望近鄰的內地城市紓解香港樓困的好夢難圓。

　　不論從哪一角度看，政治經濟若無負面的根本性變化，香港物業市道會繼續朝一般受薪階級難以負擔的方向前行！

二、

　　突然談樓市，是見本地傳媒似未報道一項「國際消息」——11日factor-tech.com報道法屬波里尼西亞（French Polynesia，群島，總面積四千一百六十七平方公里，人口不足二十七萬）和「海上家園研究所」（The Seasteading Institute）簽了協議，讓該社在其首都（Papeete）成立經濟特區，圈海建城。對於「海上家園」，筆者過去數度在作者專欄評介*，如今見這項看來不切實際有點異想天開的計劃，找到合作者且有試點，當然要寫它一寫。事實上，若證實可行，海水環繞的香港應可仿效！

　　「海上家園」的倡議人，是經濟學宗師佛利民的單傳嫡孫柏特利（Patri Friedman, 1976；佛利民獨子大衛的獨子），2008年4月，他與友人合作成立「海上家園研究所」，研究能否在公海上打造可以在上面興建樓宇（應為二、三層高的平房，以在港人認知中，樓宇是高樓大廈）的浮台（Spar buoys），位處公海，等於「業

權」不屬任何國家,而由於浮於水面,可隨心所欲選擇定居「海點」。在網絡無處不在、手機電腦無人無之、衛星通訊普及、雲端科技無遠弗屆、太陽能風力水力發電及海水化淡科技趨於成熟的現在,讓「逐海浪而居」即居無定「海」的人,能夠如常工作生活⋯⋯。

鑽油台科技不斷創新、遠洋郵輪日新月異、直升機及定期渡輪普及化,令長居「海上家園」技術上沒有困難(食水和食物供應不成問題)。在小小佛利民構想的「海上家園」原形,其「浮台」是可容納二三百居民,在重達一萬二千噸的「浮動小島」生活⋯⋯。不過,如此「海上家園」,存在若干與自然有關的風險待解決,比如能否抵受颶風吹襲及海潮急升驟降的衝擊,便令保險公司不願承保(或保費太昂貴),其安全性因之令人憂懼(價值十多億美元的鑽油台在蘇格蘭內海曾被狂風巨浪「推倒」導致百多人死亡)。顯而易見,「海上家園」作為一個社區,其居民可過海深皇帝遠帝力於我何有的自由自在生活,但經濟代價可能很高,非有錢階級不能負擔,然而,「1%」的富裕階級,不論生活在甚麼國度、地區,以資本主義社會錢能通神,他們都可獲充份自由,「海上家園」的吸引力不大。

小小佛利民的構想能否落實,要看法屬波里尼西亞「試島」的實驗結果。按「特設城市」2010年底以洪都拉斯「死城」(為群山及鹹水湖包圍的城市)特魯祖希路(Trujillo)為「試點」,似不成功——這與該國進行

經濟改革失敗有關，但聲言「以（香）港為鏡」的「特設城市」，由於沒有香港自由法治的社會環境，才是「死因」！

三、

多年以來，「海上家園研究所」進行了大量「可行性」研究，開了數次「國際性會議」，紙上藍圖的「海上家園」，媲美電視廣告所見海灣迷你小國杜拜的海上新市鎮；不過，從其仍要向公眾募捐（十美元有交易）上看，樂於投資的人大概不算很多。小小佛利民意念的最熱中支持者為網絡支付平台「Paypal」創辦人、「臉書」原始投資者、國際象棋高手及《從無到有》的作者蒂爾（P. Thiel），他當年斥資一百五十萬美元，作為「啟動資本」，在「海上家園研究所」的活動上，雖然仍見他的身影，迄今他注資多少，筆者未之見；如今已有「試點」，資金也許會源源而至。

這回與波里尼西亞磋商的「試點」，從研究所網站提供的模型相片看，似乎「浮台」已改為固定於淺水環礁湖（Lagoon），狀若八爪魚，儼然是個度假勝地，比「乘桴浮於海」的構思安全及實用得多。不過，小小佛利民的原始意念是要貫徹艾・蘭德（Ayn Rand）窮畢生之力鼓吹的自由意志（Libertarian），絕對放任，充份自由，不受國家束縛，沒有社會福利更沒有「最低工資」……。和「海上家園研究所」代表會談的

波里尼西亞官員有經濟復興部（Minister for Economic Recovery）、藍色經濟及數碼政策負責人以及數個城市（如大溪地）市長，以一個不足二十七萬人口的島國，真可謂陣容鼎盛，看這個小小國衙門之多、官員之眾，「海上家園」不能隨波逐流浮動游走，又怎能逃過官僚主義的魔爪?!

　　對於香港來說，「海上家園」是可以仿效的辦法，那是成本較低（香港地價太厲害了）又能配合香港四面環水的地理環境，有關官員應多留意立法會議員何不組團前往取經？然而，香港「多風」的天氣，技術上的困難不少。不過，「海上家園」不易成事，學學荷蘭和英國的改裝貨櫃箱為住宅又如何？如今航業不景氣，空置的貨櫃箱正好「廢物利用」，在「棕地」平整後加上三通、五通的「基本設施」，組成貨櫃村，也是紓解無殼蝸牛的需要（議員亦可組團赴歐考察）……。香港實在不能繼續蹉跎歲月，樓荒如此嚴重，是振作做點實事的時候了。

2016年12月15日

* 分見2009年12月〈特設城市以港為鏡〉、2001年9月1日〈坐臥元是道蓬萊海上尋〉及2015年12月15日〈遠離有形之手海陸興建新城〉，分別收《股旺樓熱》、《政客嬉春》及《以港為鏡》。按所及「新城」，是指經濟學家羅馬（Paul Romer）創議的「特設城市」（Charter City）及「海上家園」。

利率通脹財赤齊升
黃金又成投資新寵

一、

　　宏觀經濟學家已就「特朗普經濟學」（Trumponomics）展開辯論，要達成多數人認同的結論，為期尚遠，那不在經濟學家們「工作不力」，而是昨天美國選舉人團才投票確認特朗普獲得三百零四票，他才通過驗明正身，正式當選為美國第四十五任總統，其宣誓就職的日期是明年1月20日，離正式掌政還有二十多天，換句話說，他的施政路向，大家只能從其競選政綱以及近日的言論揣測，由於當選政客不兌現及修改競選承諾，在西方國家是常態。因此，現在的揣測——經濟學家現在縱達成有共識的結論，亦可能與未來政策大有差距。不過，正如中國社科院世界經濟與政治研究所昨天公佈的《世界經濟黃皮書：2017年世界經濟形勢分析與預測》指出，只要特朗普落實部份競選承諾，便會造成「世界經濟增長率進一步下降」而「部份國家外匯市場大幅度動盪，甚至頻繁引發貨幣危機」。

這種宏觀的解讀有一定的參考價值。

　　經濟增長放緩外匯市場波動加劇，投資的風險便在這裏。和經濟學家紙上談兵不同，投資者以真金白銀（機構投資者則以「他人的錢財」〔OPM〕）下注，「以錢作則」，支持自己對經濟前景的看法；看公開市場反映的投資趨勢，大多數投資者認為在特朗普治下，美元匯價強勢持續、利率和通脹率均看俏。眾所周知，過去數年，利率和通脹已跌至無可再跌的低水平，如今在特朗普勝選之後，利率與通脹率同步上揚，而從政府債券被拋售導致孳息率急升，加上聯儲局提升利率，令人有利率升勢會持續的預期。這種多年未見的形勢，將顛覆當前的經濟秩序，惟此為大勢所趨，經濟學家雖然仍在抽象層次討論「特朗普經濟會帶領美經濟走向何方」，投資者已紛紛盤算如何在新環境下增加自己的財富。八十後九十後的讀者對通貨膨脹也許很陌生，筆者可以提示他們的是，通脹如懷孕，孕婦的肚子一天比一天大，通脹率的趨勢亦如此，通脹率天天上升（投資者不會等待已不能充份反映實際通脹的消費者物價指數〔CPI〕公佈才「動手」），直至孕婦臨盆──惡性通脹肆虐民不聊生政府不得不以行政手段配合財政政策抑壓通脹升勢為止！

二、

　　市場中人都知道，美元利率上升有提升美元匯率之

力，而利率上升的根源是「經濟過熱」令通脹率攀升，為抑壓通脹利率遂與之同步上升；教人困惑的是，通脹是貨幣——美元購買力的「摧殘劑」（美國聯儲局成立於1914年1月1日，當時美元的購買力，以消費者物價指數為基準，迄去年底已萎縮了95.9%〔CPI不精確，經濟學家的數據是99.2%〕。可見通脹蠶食貨幣購力的厲害）。換句話說，在通脹率看漲的環境下，持有強勢美元，當然比持有相對美元弱勢的貨幣有利，然而，通脹尤其是惡性通脹肆虐（如津巴布韋及委內瑞拉的通脹），持有美元一樣吃虧！

在這種大環境下，與通脹有關（不一定是掛鈎）的商品如石油、黃金以至基建所需原料如水泥、鋼材和木材等，其價格上升潛力不容忽視；以大家比較熟悉的黃金為例，其歷時四年半（2011年至2015年年底）的跌（熊）市，令其現價（在一千一百四十美元水平）頗為吸引；金價熊市跌幅雖然驚人，但從長線投資或視之為組合投資必備投資「工具」看，黃金仍大有可為——以現價計，金價從2000年1月至去週五仍升了三倍，以升幅計達305%，相當可觀！應該一提的是，昨天《信報》網站「看圖測市」欄分析走勢，認為「倫敦金缺乏反彈動力，短期仍有望走低」。說的不無道理，但看得遠一點，筆者相信金價易升難跌。

特朗普11月9日當選，數天後適逢「黃金大國」印度實施「外匯管制」，稍遏印人購金熱潮，加上12月14

日聯儲局加息零點二五厘，金價挫10%強，卻仍較2015年12月17日的低點升約8.7%。在動盪不居的經濟條件下，黃金變爛銅始終是淡友唱淡的戲碼。

三、

利率上升，論者指出持金成本上升。這確是事實，但投資者必須了解，利率以年計，加息的負面影響即對持金成本的增加有限，而利率上升美元匯價轉強，還有特朗普大搞本土基建必然令財赤飛升……。所有種種，抵消加息對金價的消極影響。這裏要特別強調的是，除非炒期金，持實金者絕少「做倉」，那等於説，和以分期供款置業不同，利率上升對持金者影響有限，但置業者則大受打擊。這是何以利率上升物業市場必然放緩而貴金屬可能不受影響的底因。

一如過往本港上市公司「印公仔紙買實物」，如今內地大款亦「照辦煮碗」，在內地和本港大舉IPO、大事在港「採購」，財富如此和平交接，是貫徹「一國兩制」的明證。精明商人不願持有現金、必然發行股票及「舉債」以擴充業務，便是對「公仔紙」信心不足之故。這種「思維」用在金融和資本市場上，是投資專家力勸投資者的投資組合中應以大約一成資金購進黃金的「理論基礎」。

看各大國的財赤，有錢人難免會有「無錨紙幣不值錢」的想法，已執拾「書包」等鐘聲下堂的奧巴馬總

寫懷
讀騁

統，八年任內予人以循規蹈矩理財的印象，哪知財赤在
他任內，由十萬六千億增至十九萬九千億美元，增幅近
倍（如今進入加息軌，美政府的利息開支難免大增且
新發行債券成本急升，這種惡性循環的結果是財赤更
多），「有銀兼有識之士」眼看金價熊市完結（當然，
他們不一定完全正確），加以了解特朗普上台後本土優
先的經濟策略肯定會令財赤急飆，吸納黃金（白銀）以
至揀肥而購某些與基建有關的商品，相信將成為明年的
投資熱潮！

2016年12月21日

菲傭禮包家鄉寄
「父老」遷美「聖老」稱

一、

「間斷地寫『聖誕』及其相關物事，起碼十次或以上，此刻又為『應景』，索腸搜腹、終於找到一些新話題……。」這段話寫於去年12月24日（文題〈季節致意 恭賀新禧 宗教多元不稱聖誕〉，收《不稱聖誕》）仍派用場，而筆者現在的心情和「處境」與一年前並無二致。

先說兩宗與「聖誕」有關的「漏眼」（可能看漏了眼而非本地媒體「漏網」）舊聞。

甲、委內瑞拉警方本月中旬扣捕兩名公司負責人，罪名是囤積居奇——存倉的「聖誕玩具」達三百八十二萬一千九百二十六件（數字具體而微，大概是為示經手官員沒有〔不能〕據為己有吧），存而不賣（若本港的「空置物業」），目的在營造供應不足而遂提高價格的目的。官方的數據是不少玩具的售價比來貨價高五千倍（百分之五萬！）。表面看來，如此厚利，真的是大

寫懷馳讀

「奸商」所為！

委內瑞拉行不知所謂的「社會主義」（2013年國會通過法令，政府有決定零售價即規定業商邊際利潤率的權力），政府外行指揮內行的商界，經濟一團糟、通脹比天高（大概只有津巴布韋能與比肩），今年10月的數字為773%（為受薪者謀幸福，政府遂把最低工資提高770%，令受薪者有約5%的實質加薪；但加時遲「拿」時快，這點「實質加薪」轉瞬化為烏有），IMF預測明年的通脹率達1,600%！情況如此嚴峻，貨幣購物力如瀑布直瀉，商人不「吊高來賣」，怎能生存……。但當政者權力在握，管不了這麼多。委內瑞拉政府要把這批充公而來的玩具免費送給「窮人的孩子」，是理直氣壯「專門為人」的典型例子。

乙、這一宗似乎亦未見於姚崢嶸「新奇文共賞」（立場新聞）的「新聞」，見於網誌Quartz，題目的是當外勞的〈菲人每年「聖誕」均寄百磅禮物箱回家〉（菲郵局規定「禮物箱」最重不超過一百三十磅）。問過數友人，有的不知家備有此「盛舉」，有的則說家中舊物均送菲傭，她們寄回家的「禮物箱」一年何止一個！

據這篇短文所示，每年12月，有親朋戚友在海外工作的菲律賓家庭，大都會收到如文題所示的「重禮」（他加祿〔菲國語〕稱為Balikbayan，意為「回饋祖國」〔return（to）country〕），外出工作後，一年一

度送「實用禮物」給家人親友,是該國的傳統,每年此際,菲國郵局和快遞公司收發的「禮盒」在七百萬件左右(2011年,菲人赴外工作人數為一千零四十四萬,香港排名十一位)。「禮盒」的禮物,可說包羅萬有,最常見的為家庭用品、罐頭食物、家電、舊衣物、牙膏、維他命丸、廁所用品及朱古力。文章還具體描述「禮物箱」的大小、郵資以至「海外菲律賓傭工」(OFW)工多藝熟的「打包」技巧,大開眼界。

非常明顯,外出「打工」的OFW,為的是「匯錢養家」,12月這種實用的「禮物箱」,顯然是「額外」的禮物。

有親朋戚友在海外工作的菲律賓人,年年「聖誕快樂」;有小孩的委內瑞拉家庭,今年「聖誕快樂」——委人若以為世上真有「免費玩具」,國家經濟肯定只有淪落一途!

二、

每年「聖誕」,世界各地都有與「聖誕老人」有關的慈善或商業活動,今年的活動以西班牙馬德里的「聖老慈善籌款競跑」最為矚目,約一萬三千名紅袍白鬍背負禮物袋的「聖老」,為上街作慈善競走而歡呼咆哮,真是非常熱鬧極之壯觀!

雖然人人(?)喜歡「聖老」,但探知其前世今生者,相信不多。原來,「聖誕老人」是Father Christmas

騁懷
寫讀

（下稱FC，雖與足球會同但為方便亦不管了這麼多）信雅達之譯（有一把大鬍子，譯「老人」順理成章），但今人只知其名為Santa Claus，不知此一風俗傳至美國後，在英語世界流行數百年的FC竟為Santa Claus（下稱SC）所吞噬。

如「復活節白兔」象徵復活節，「聖誕老人」（FC）象徵「聖誕」，而「聖誕父親」稱「老」，除老態不龍鍾和一把白鬚，尚因「聖誕」古已有之，其代表不可能不老；而「聖老」（FC和SC）幾乎毫無例外是大肚子，因為「聖誕節」是古時候家人團聚大喫數天因而不可能不腹大便便；和現代「聖老」不同，中世紀的並沒有滑下煙囱送禮物的能耐，當然更沒有坐馴鹿雪橇的戲碼，因為當時他並不住在北極圈——所有這些哄小孩快樂的商業性發明，是Santa Claus取代FC後才在零售商的設計下慢慢出現的。FC居無定所，而SC則是道地的紐約客！

眾所周知，SC的原型是三世紀小亞細亞米拉（Myra，今土耳其境內古鎮）地方主教，神蹟多多，死後封聖，是為Sanctus Nicolaus，英語化便成Santa Claus；SC慈悲為懷，以派送禮物給窮人成為當時最受歡迎人物。最先借用其名在聖尼可拉斯日（12月6日）派禮物給小孩的是荷蘭人，是日也，荷蘭小孩把鞋放於窗檻，翌日便收大人假借SC之名送來藏於鞋中的禮物⋯⋯。此習俗傳至美國時，「紐約歷史學會」（New

York Historical Society）創辦人平達德（J. Pintard）大為興奮，認為有機可乘，以他的使命是使紐約成為新阿姆斯特丹，把SC據為己用，是令紐約阿姆斯特丹化不可或缺的一着；此事引起大作家華盛頓‧歐文（W. Irving）的興趣，他以寫膾炙人口的短篇小說《李伯大夢》（Rip Van Winkle）的生花妙筆，寫成推介SC的小冊子；而該學社另一成員詩人摩爾（C.C. Moore），為讚美SC寫了一首詩，不知為了和韻或其他理由，把12月6日改為24日。「聖老」從歐洲（荷蘭）移民新大陸，「大勢所趨」，但自此FC便成絕響。

「聖老」從Father Christmas變成Santa Claus，看似小事一椿，卻預示美國的發明對現代世界的影響與日俱增，而事實確是如此；自此之後，摩天大廈、飛機、汽車、牛仔褲、「熱狗」以至漢堡包，和SC一樣，在美國發軔而風行全球！

聖尼古拉斯（約270-343）是樂善好施的天主教聖人，他在意大利東岸名城巴里（Bari）的墳墓，「朝聖者」至今仍絡繹於途。如今三尺童稚都知道「聖老」和「聖老村」是子虛烏有的「童話」，有機會帶他們去巴里「聖老」墓前獻上鮮花，不一定有建設性卻肯定是有益的事。

2016年12月22日